suhrkamp taschenbuch 5249

AF203399

Berlin ist kochend heiß im ersten Sommer nach der Pandemie. Die Touristen sind zurück in der Party City, überall wird exzessiv gefeiert, die Menschen genießen die Zeit nach dem Lockdown. Gut für Tom Lohoff, der für das Partyvolk aus aller Welt Wohnungen, Drogen jeglicher Art, Sex und Zugang zu Top-Clubs im Angebot hat. Und hohe Spielschulden bei einem fiesen Gangster. Tom braucht Geld, egal woher, auch wenn er lügen und betrügen muss.

Auch politisch geht es in der Stadt heiß her. In ein paar Wochen sind Bundestagswahlen, die Rechten inszenieren die Entführung eines ihrer Politiker als False-Flag-Operation, um auf Stimmenfang zu gehen, und Tom hat ihnen versehentlich eine seiner Wohnungen vermietet. Die Dinge geraten außer Kontrolle. Atemlos hetzt Tom durch Berlin, immer unter Druck, immer in Gefahr, immer auf der verzweifelten Suche nach Geld. Und da sind noch ein psychotischer Nazi und eine ausgekochte Polizistin. Gewitter krachen über der Stadt, und am Brandenburger Tor und über dem ehemaligen Führerbunker kommt es zu einem blutigen Showdown.

»*Berlin Alexanderplatz* war vorgestern, *Berlin Heat* ist heute.«
Günther Grosser, Berliner Zeitung

»Ein höchst gegenwärtiger (Polit-)Thriller mit Biss, Witz und Verstand, der mit großer Lust das Leben feiert.«
Ulrich Noller, WDR 5

JOHANNES GROSCHUPF, 1963 in Braunschweig geboren, wuchs in Lüneburg auf. Studium der Germanistik, Amerikanistik und Publizistik an der Freien Universität in Berlin. Viele Jahre als freier Reisejournalist für *Die Zeit*, *FAZ*, *FR* u. a. unterwegs. 1994 Hubschrauberabsturz in der Sahara. 1998 entstand aus dieser Erfahrung das Radio-Feature *Der Absturz*, das im Jahr darauf den Robert Geisendörfer Preis erhielt. Danach literarische Arbeiten, v. a. im Jugendbuchbereich, und Artikel für *Tagesspiegel* und *Berliner Zeitung*. Zuletzt erschienen: *Berlin Prepper*. Thriller (2019), für den er den Deutschen Krimipreis (1. Platz) und den Politikkrimipreis der Heinrich Böll Stiftung Baden-Württemberg 2020 erhielt. Für *Berlin Heat* wurde er mit dem Deutschen Krimipreis 2021 (2. Platz) ausgezeichnet.

Johannes Groschupf

BERLIN HEAT

Thriller

Herausgegeben von
Thomas Wörtche

Suhrkamp

Die Handlung und alle handelnden Personen sind frei erfunden.
Etwaige Ähnlichkeiten mit tatsächlichen Begebenheiten
oder lebenden oder verstorbenen Personen wären rein zufällig
und sind nicht beabsichtigt.

Erste Auflage 2022
suhrkamp taschenbuch 5249
© Suhrkamp Verlag AG, Berlin, 2021
Alle Rechte vorbehalten.
Wir behalten uns auch eine Nutzung des Werks
für Text und Data Mining im Sinne von § 44b UrhG vor.
Umschlagabbildungen: plainpicture/Readymade-Images/Joachim
Grusell; travelview/Shutterstock
Umschlaggestaltung: LNT Lübbeke, Naumann, Thoben, Köln
Druck und Bindung: CPI books GmbH, Leck
Dieses Buch wurde klimaneutral produziert.
ClimatePartner.com/14438-2110-1001
Printed in Germany
ISBN 978-3-518-47249-1

www.suhrkamp.de

BERLIN HEAT

It's not a party,
it is a fight.

Anonyme Inschrift im Hinterzimmer
des »Erika und Hilde«

1 Das Wettbüro *Arena* in der Potsdamer Ecke Pohlstraße ist am Mittag nahezu leer. Hinten sitzt Dmitri der Locher und bohrt mit einem Kugelschreiber Löcher in die weggeworfenen Wettscheine. Auf den Bildschirmen laufen Fußballspiele von gestern, Werbung für Onlinewetten und günstige Sofortkredite. Draußen sind es zweiunddreißig Grad. Ich bin seit sieben Uhr auf den Beinen nach drei Stunden Schlaf, es ist einer dieser Ritalin-Tage, hundertachtzig Beats per minute, einer dieser Tage, an denen ständig irgendwas ist, und das bei dieser Hitze. Das Paisley-Hemd klebt an meinem Oberkörper. Ich stehe an der Kasse und lasse mir die dreihundertzwanzig Euro auszahlen für Camila Giorgis Sieg im Achtelfinale, als Rudi mit einer Plastiktüte hereinkommt. Rudi ist einer der Spieler, die jeden Tag hier auftauchen, um ein paar Wetten zu setzen, der Rubel muss rollen. Den Zocker sieht man ihm nicht an. Sommerjackett über dem Arm, offenes Hemd, Lederschuhe. Rudi ist eigentlich immer gut drauf, grüßt alle, hat immer ein Lächeln im Gesicht, ein Siegertyp.

»Hallo Rudi«, sage ich, »wie läuft's, hast du einen Tipp für mich?«

Heute hat Rudi keinen Tipp. Heute grüßt er nicht. Sein Gesicht ist übernächtigt, fahl. Er stellt sich hinter mich und atmet angestrengt durch den offenen Mund, als komme er vom Joggen. Mich macht das immer noch nervös, wenn jemand ohne Maske in meinen Nacken atmet. Atila an der Kasse lässt sich Zeit mit dem Auszahlen, bei ihm dauert es immer, wenn er Geld herausrücken muss. Ihm tut das körperlich weh, sich von den Scheinen zu trennen.

»Ihr könnt euch ruhig mal ein paar Ventilatoren leisten«, sage ich. »Die gibt es für dreißig Euro in jedem Baumarkt. Das ist abartig heiß hier.«

»Sag das mal dem Chef, Tom«, sagt Atila und studiert immer noch meinen Wettschein, um einen Fehler zu finden. »Auf uns hört er nicht. Vielleicht hört er auf dich. Sag ihm das mal. Er will sowieso mit dir sprechen, es geht um irgendwas mit Kreditrückführung.«

»Der Schein ist in Ordnung, Atila, Giorgi hat gewonnen und die Quote stimmt«, sage ich. Das fehlt mir noch, dass die Schulden jetzt fällig werden, ausgerechnet jetzt, meine Geschäfte kommen gerade erst wieder ins Laufen. Die Touristen kehren allmählich zurück nach Berlin, brauchen Ferienwohnungen, Apartments, da bin ich der richtige Mann, Tom Lohoff. Bleiben wir lieber beim Wetter: »Ich meine ja nur. Draußen sind es zweiunddreißig Grad. Hier drinnen eher knapp vierzig. Hier knallt die Sonne den ganzen Tag drauf.«

»Ich weiß«, sagt Atila und langt ins Fach mit den Geldscheinen. »Ich arbeite hier. Dreihundertzwanzig Euro, nicht schlecht. Schönes Hemd hast du, wo kriegst du immer diese Hemden her?«

Rudi schiebt mich zur Seite, drängt nach vorn. Er fasst in seine Plastiktüte und holt ein Beil heraus. Ein robustes Handbeil, die Klinge schimmert.

»Immer sachte«, sage ich. Mein Mund ist trocken, jetzt ist mir kalt.

Rudi ignoriert mich, er hebt das Beil. »Ich will mein Geld zurück«, sagt er zu Atila. »Jetzt. Alles, was du hast.«

»Allahu akbar, mein Freund«, sagt Atila hinter der Plexiglasscheibe und hebt die Hände, um Rudi zu beschwichtigen. Er lächelt sein Kassiererlächeln. »Willst du hier jemand enthaupten? Meinst du, das ist witzig? Ich sag dir, das ist nicht witzig. Wir sind hier nicht in Frankreich. Ich gebe dir Hausverbot, wenn du das Beil nicht weglegst, Hausverbot ab sofort und lebenslang, dann kannst du woanders spielen.«

Der Sessel neben ihm ist leer, sein Kollege Ufuk ist unterwegs, draußen eine rauchen oder einen Kaffee holen. Atila weiß, er ist allein. Er weiß: Wenn Spieler durchdrehen und in den Berserkermodus gehen, sind sie nicht mehr aufzuhalten. In diesem Sommer liegen die Nerven bei allen blank.

»Ich will mein Scheißgeld zurück«, sagt Rudi und hebt das Beil über seinen Kopf. Seine Halsschlagader tritt hervor, als er zu brüllen beginnt, er hat rote Flecken am Hals. »Ich habe die Schnauze voll, das muss aufhören, ein für alle Mal.«

»Du kriegst dein Geld«, sagt Atila, »aber erst mal ist Tom dran, der war vor dir. Ordnung muss sein.« Er schiebt mir die dreihundertzwanzig Euro über den Tresen. Rudi steckt die Scheine ein, ehe ich danach greifen kann.

»Warte mal«, sage ich. »Das ist mein Geld. Giorgi im Achtelfinale gegen Halep, das waren drei knappe Sätze.«

Rudi dreht sich um und geht hinüber zu seinem Wettautomaten, der zweite von links. Jeder von uns Zockern hier hat seinen bestimmten Automaten, an dem man am liebsten seine Wetten platziert. Nenn es Aberglauben, meinetwegen. Alle sehen völlig gleich aus, aber man hat so ein Gefühl für seinen persönlichen Favoriten, wenn er einem irgendwann mal fünftausend, fünfzehntausend Euro gebracht hat, diese eine geniale Multikombiwette vor drei Jahren. An dem einen Abend, als alles lief. Als die Strähne einfach nicht aufhörte. Kombiwette ging klar, Tor in der Verlängerung in der polnischen Liga und Connor McGregor besiegte seinen Gegner im Oktagon innerhalb von vierzig Sekunden, und man hatte drauf gesetzt. So eine Ahnung gehabt. Jeder von uns hat diesen einen Abend gehabt. Zwanzigtausend Euro gutgemacht, mit einem Schlag ist man aus allen Schulden raus. Wieder Land in Sicht. Hat wieder Boden unter den Füßen. Jeder von uns rennt diesem Abend hinterher. Dann bleibt man bei seinem Wettautomaten, entwickelt eine Bindung zum Gerät. Mein Wettautomat steht in der Mitte, Rudi nimmt immer den zweiten links. Hat ihn jahrelang Tag für Tag mit Zehnern, Zwanzigern, Fünfzigern gefüttert. Jetzt holt er aus und wuchtet das Beil mit aller Kraft, mit seiner ganzen Wut, seinem Frust, seinem Schuldendruck auf den Automaten. Mitten ins Gesicht des Monitors. Ich kann das verstehen, ich habe es mir selbst schon tausendmal vorgestellt, der Kiste in die Fresse zu treten, weil sie immer nur nimmt und nimmt, schluckt und schluckt, und nichts zurückgibt außer Nieten, wertlosen Wettscheinen, die Dmitri dann lochen kann. Es gibt ein hässliches Geräusch, als die Klinge eindringt, ein Knarren von hartem Kunststoff. Dimitri hinten in seiner Ecke hebt den Kopf, versteht noch nicht, was los ist, und wendet sich wieder den alten, zerknüllten Wettscheinen zu. Rudi holt aus und schlägt noch einmal zu, jetzt splittert der Monitor auf, ein Spalt zeigt die schwarze Leere hinter dem Touchscreen.

»Ich will mein Geld wiederhaben«, sagt Rudi zu Atila. »Mach hin.«

»Ich brauche deinen Wettschein, Götveren, verstehst du«, sagt Atila, und ich weiß es, er verflucht seinen Kollegen, der nicht aus der Pause wiederkommt, sondern lieber stundenlang mit Azra telefoniert. »Ich kann dir nichts aus-zahlen ohne Wettschein. Das weißt du genau. Ich brauche deinen Wettschein.«

Rudi sagt nichts, kommt zurück zum Kassenschalter, holt aus und hackt das Beil in die Plexiglasscheibe, die so-fort aufreißt, splittert, auseinanderbricht beim zweiten, dritten, vierten Schlag. Ich nehme grad noch rechtzeitig meine Hände vom Tresen, die Klinge fährt ins Resopal, ein Satz neue Finger kommt teuer, das Geld habe ich nicht. Ru-di ist noch längst nicht fertig, er führt das Beil mit beiden Händen, sein Gesicht ist vor Anstrengung verzerrt, die drückende Luft macht ihm zu schaffen. Atila in seinem Ka-buff weicht zurück.

»Okay«, sagt er. »Okay. Ich habe verstanden. Du willst dein Geld. Warte doch. Ich gebe dir dein Geld, tamam.«

Rudi lässt das Beil für einen Moment sinken und sieht zu, wie Atila hastig die Scheine aus den Fächern zieht.

»Mach hin«, sagt er und hebt wieder das Beil. »Wieso nicht gleich so, wir könnten längst fertig sein, ich hab auch nicht den ganzen Tag Zeit.«

Ich habe mir um Rudi nie Sorgen gemacht. Es gibt viele Männer in diesem Wettbüro, die knapp bei Kasse sind, im Grunde alle. Ich selbst habe mindestens zwölftausend Euro Schulden, allein bei Krasniqi, dem das *Golden Dolls* gehört und der auch diese Filiale führt. Außerdem einen Bank-kredit, dessen Raten ich seit Monaten nicht mehr bedient habe, die Briefe mache ich nicht mehr auf. Dazu Schulden bei meinem Mitbewohner David, bei meinem Vater natür-lich, einigen Freunden. Wie manche im letzten Winter die Infektionszahlen gelesen haben, 12 473 am Montag, 17 377 am Dienstag, 18 874 am Mittwoch, so wache ich jeden Morgen auf und überschlage meinen Schuldenstand. Standard. Jeden Tag denke ich mir: Neuer Tag, neues Glück. Das Mantra eines jeden Soloselbstständigen. Aber Rudi ist Lehrer. Einer dieser Quereinsteiger, die der Senat vor einigen Jahren an die Schulen gelockt hat, als es noch Gelder gab. Achtzehn Monate berufsbegleitender Vorbereitungsdienst, Referendariat, unbefristeter Arbeitsvertrag, und seitdem ein gutes Gehalt. Rudi kann im Grunde zocken, wie er will, das Geld wächst bei ihm einfach nach. Haben wir jedenfalls gedacht. Ich auch. Rudi erzählt einem immer, dass er grad siebenhundert Euro eingefahren hat. Nettogewinn. Indiana Pacers gegen Chicago Bulls, muss man halt wissen, wer fit ist und wer nicht, und entsprechend investieren, sagt Rudi. Achthundert Euro für ein Spiel in der slowakischen Fortuna-Liga. Mindestens fünfhundert Euro Reingewinn bei einem Berliner Hinterzimmerboxkampf. Rudi geht immer als Sieger vom Platz. »Ich spiele nicht, ich gewinne«, das ist sein Spruch.

»Gratuliere«, sage ich dann immer. »Gönn ich dir.« Was man eben so sagt. Wir alle im Wettbüro erzählen von unseren Siegen, keiner verliert ein Wort über die Verluste, die ständigen, verfickten, beschissenen Verluste, die einem ins Herz schneiden und die einfach nicht aufhören. Die Verluste, die einen killen. Wie jeder habe ich auch Abende, an denen ich siebenhundert gewinne, und am selben Abend verliere ich dreitausend, weil der Schiedsrichter in der dreiundneunzigsten Minute noch einen Elfer pfeifen muss und der Videoschiedsrichter nicht eingreift und mir die ganze Kombiwette kaputtmacht. Dabei ist der Elfer schwach geschossen, der Torwart noch mit den Fingern dran, er lenkt den Ball gegen den Innenpfosten, von dort trudelt er ins Tor.

Das tut weh. Ein Herzinfarkt ist nichts dagegen. Dann sitze ich da. Siebenhundert Euro, die ich eben noch so gut wie sicher in der Tasche hatte, sind wieder weg, einfach weg. Das geht einem an die Nieren. Man versucht immer, cool zu bleiben, die Verluste mit einem Lächeln wegzustecken. Aber der Druck kann während einer wochenlangen Pechsträhne unerträglich werden, und Rudi hat, wie ich das mitgekriegt habe, seit April oder Mai nichts mehr gewonnen. Nur noch verloren. Rudi ist blank. Und Rudi hat Familie. Deswegen muss er jetzt mit der Faust auf den Tisch hauen, mit dem Beil zuschlagen. Wir sind doch alle fertig vom endlosen Warten während der zweiten Welle im Winter, weil wir unsere Corona-Zuschüsse längst online verpulvert haben, als die Wettbüros und Spielhallen zu waren. Da kann Olaf Scholz Milliarden und Milliarden bereitstellen, wir haben das alles spätestens im letzten Sommer in die Wettautomaten gejagt und zum Schornstein raus. Kredite sind seit diesem Frühling nirgends mehr zu kriegen, außer bei Krasniqi. Wir alle stehen bei Krasniqi auf dem Zettel, ich frage mich manchmal, wie ich ihm eigentlich jemals die zwölftausend Euro zurückzahlen soll. Ehrlich jetzt? Keine Ahnung. Ich muss es wieder reinholen, deswegen zocke ich ja. Aber Rudi? Rudi mit seinem Lehrergehalt?

Rudi zerlegt die Plexiglasscheibe, während Atila ihm die Kohle auf den Tresen klatscht.

»Hier«, sagt Atila und knallt ihm widerwillig hin, was er in der Kasse hat. »Du machst einen Fehler, kann ich dir sagen, du kriegst dein Geld, aber nimm dein Beil weg, das bringt nichts.« Schein um Schein klatscht er Rudi hin. Zwanziger, Fünfziger, Hunderter.

»Nimm's nicht persönlich«, sagt Rudi und hackt wie

blöd auf den Wettschalter ein, die Resopalplatte platzt auf, das Plexiglas splittert weg. »Ich will nur mein Scheißgeld zurück. Verstehst du? Meinen Anteil. Was ich hier alles reingesteckt habe, seit Jahren. Was ich euch an Unsummen in den Arsch gesteckt habe, soll ich das mal zusammenrechnen?«

Als er schwer atmend innehält und einen weiteren Stapel Geldscheine vom Tresen nimmt, will ich ihm das Beil aus der Hand reißen. Er hat meinen Gewinn eingesteckt, meine dreihundertzwanzig Euro für Giorgi im Achtelfinale, das gehört sich einfach nicht. Es ist ein solides Beil für den Gartengebrauch, vermutlich aus dem Geräteschuppen seines Kleingartens an der neuen Stadtautobahn in Treptow. Der Schaft ist nass vom Schweiß seiner Hand, er lässt nicht los, wir taumeln gegen einen der Wettautomaten. Ich habe seinen keuchenden Atem mitten im Gesicht und kann seine Panik riechen, er hat die ganz Nacht wach gelegen, sein extrem komplexes Leih- und Rückgabesystem immer wieder im Kopf durchgespielt, um irgendwo noch eine Lücke zu finden, doch es gibt niemanden mehr, den er noch anpumpen kann, dem er wenigstens einen Zehner aus dem Kreuz leiern kann. Und mir ist ebenso klar, er hat in den langen Stunden der Nacht jede erdenkliche Form von Einnahmen erwogen und verworfen, vom Pfandflaschensammeln bis zum Banküberfall, Unterschlagung oder Diebstahl, man denkt einfach an alles und die Kopfschmerzen hören nicht auf, die Schweißausbrüche auch nicht. Schon gar nicht die Lust weiterzuzocken. Ich kenne das selbst. Rudi ist nur noch ein zitterndes Tier, in die Enge getrieben, verängstigt, in Panik. Die Luft ist einem abgeschnürt, man kann nicht mehr atmen. Vielleicht hat seine Frau ihn verlassen, die

Kinder mitgenommen. Das sind die Nächte, in denen sich Gott von einem abwendet und kein Erbarmen mehr hat.

»Nimm jetzt das Geld und verschwinde«, sage ich zu Rudi, obwohl mich die Scheine selbst geil machen. Ein Handgriff zum Tresen, und ich hätte mal wieder ein paar Tausender zwischen den Fingern. »Mach schon. Lass mir das Beil.«

Rudi hört mir nicht zu. Er ist fertig, leer, fängt fast an zu heulen, und endlich wird seine Hand schlaff und lässt das Beil los. Atilas Kollege kommt von der Toilette zurück oder von seinem Flirt mit Azra. Ufuk ist zurück in der Hütte, ein massiger Mann, hundertfünfzig Kilo schwer. Atila gibt ihm ein Zeichen, Ufuk versteht sofort und sprintet an den Wettautomaten vorbei auf die Kasse zu. Rudi hat nur Augen für die Geldscheine, rafft sie an sich, knüllt sie, stopft sie sich in die Hosentaschen.

Ufuk grätscht ihm die Beine weg, schlägt ihm gleichzeitig mit der Faust auf die Nase, die sofort mit einem harten Knacken bricht, das Blut schießt hell heraus, während Rudi noch fällt, dann kniet Ufuk schon über ihm.

»Du Penner«, sagt er und gibt ihm rechts und links Maulschellen. Er hat fette Goldringe auf allen Fingern, die tun ihre Wirkung. Rudis Kopf schlägt hin und her, das Gesicht ist nass, verschmiert von Blut, er sagt nichts, wimmert nicht mal, vielleicht ist er ohnmächtig.

»Weißt du, was er hier will mit seinem Beil?«, fragt Atila vom Tresen aus. »Seinen Anteil will er. Sein Geld will er zurück. Sind wir eine Bank, wo die Leute einzahlen? Ich ruf Krasniqi an, ob er ihm sein Geld zurückgeben möchte. Vorher trete ich ihm aber noch in die Eier.« Ufuk schlägt weiter auf Rudi ein, ihm macht das einfach Freude.

Ich lasse das Beil fallen, wische mir die Hand an der Hose ab und gehe auf die Straße. Draußen rufe ich die Polizei an, ich hoffe, dass sie kommen, ehe Krasniqis Männer hier aufkreuzen und Rudi mitnehmen.

Mein Herz hämmert, als hätte ich selbst den Laden in Stücke gehauen. Hundertachtzig Beats per minute. Für heute reicht es mir. Muss meine Ressourcen schützen. Das war mein Tag: drei Stunden Schlaf, seit sieben morgens wieder wach, zum ersten Kaffee eine Ritalin geschluckt und mit meinem BMW E39, der neuerdings rasselt, durch die Stadt gefahren, so früh am Tag geht es mit den Temperaturen noch. Ich habe mein Programm abgearbeitet. Die Wohnung in Hellersdorf aufgeräumt, die Bettwäsche abgezogen und zur Reinigung gebracht, die Putzleute angerufen. Original Plattenbau, zwölfter Stock, der Fahrstuhl funktioniert nie. Braunes Laminat an den Wänden. Die alten Quadratknöpfe für die Stockwerke. *VEB Berliner Aufzug- und Fahrtreppenbau. Fahrkorb nicht rückwärts und nur wenn beleuchtet betreten. Personen haben sicheren Stand einzunehmen. Tragfähigkeit 6 Personen.* Das beeindruckt die Hipster aus aller Welt so sehr, dass sie es fotografieren und auf Facebook setzen. Die lieben den Fahrstuhl, seine Falttür, die Knöpfe. Die Wohnung ist eigentlich immer vermietet, die stehen Schlange dafür. Danach muss ich weiter in die Wohnung in Kreuzberg, Ratiborstraße, hinten am Görlitzer Park, typische Partywohnung mit entsprechendem Ärger. Die Nachbarn haben sich massiv über die drei Spanier beschwert, die dort zwei Wochen lang offenbar ununterbrochen gefeiert haben. Ich habe zwei pakistanische Putzfrauen, die sich darum kümmern, aber inzwischen beschweren die sich auch über den zusätzlichen Aufwand. Die wollen sich das auch nicht mehr antun. Glasscherben, verdreckte Couch, vollgekotzte Teppiche, die kleine Küche ein einziger Saustall, das Klo verstopft, Rotweinflecken an den Wänden im Flur. Gleich danach musste ich weiter nach Fennpfuhl, meine Lieblingsgegend, immer noch Lichtenberg, aber fast schon Friedrichshain, mein Vater wohnt dort auch, und ich habe seit vorgestern dort ein anspruchsvolles Pärchen aus Boston im dreizehnten Stock.

Der BMW säuft unfassbar viel Sprit und klappert auf der Landsberger Allee in einem Maße, dass mir der Schweiß ausbricht. Das wird teuer, wenn ich ihn zur Reparatur bringe, und wenn ich allein daran rumschraube, wird es noch teurer. Und irgendwann steht Krasniqi mit seiner Kreditrückführung in der Tür, aber da gibt es im Moment nichts rückzuführen, gar nichts, geschweige denn zwölftausend Euro. Man kann einem nackten Mann nicht in die Tasche greifen. Doch das wird Krasniqi nie verstehen. Wenn ich nicht zahle, stellt er sein Forderungsmanagement um und schickt Zef und Gezim, seine albanischen Kettenhunde, und das nennt sich dann Tirana Inkasso. Ich habe wirklich eine Pause verdient und gehe für den Rest des Tages in die Spielhalle, um zu daddeln und Rudis zerschlagenes Gesicht zu vergessen.

2 Am nächsten Tag bin ich wieder im Wettbüro an der Potsdamer Ecke Pohlstraße. Ich kann einfach keinen Tag auslassen. Rudis gehackten Wettautomaten haben sie schon ausgetauscht. Nichts erinnert an den Ausraster von gestern. Der Teppichboden vor der Kasse hat keine Blutflecken mehr. Eine Paste aus Backpulver und Wasser hilft, gute Stunde einwirken lassen, mit kaltem Wasser reinigen, hat mein Vater auch immer empfohlen. Das hat er gelernt, als er Kommissar bei der Polizei war. Das Plexiglasschild vor dem Schalter ist ersetzt worden, alles wieder schick. Die Jungs sind auf Zack. Heute sitzen Konan und Ömer an der Kasse, sonst ist der Laden so gut wie leer. Dmitri macht seine Löcher in die weggeworfenen Wettscheine. Diesmal habe ich eine Plastiktüte dabei, und das macht sie nervös nach dem Vorfall mit Rudi gestern.

»Meister«, sagt Konan, »was hast du da in der Tüte, zeig uns das mal.«

»Aber schön langsam«, sagt Ömer neben ihm und steht auf, fingert in der Tasche nach seinem Teleskopschlagstock. Ömer ist keiner, der stundenlang mit seiner Freundin telefoniert, wenn Not am Mann ist. Ömer ist der aktionsorientierte Typ.

Ich hole die beiden Tischtennisschläger heraus, die ich vorhin in Lichtenberg gekauft habe. »Zwei Kellen«, sage ich. »Eine für Marla, eine für mich. Ich frag sie heute.«

»Alles klar«, sagt Konan. »Die Marla vom Coffeeshop drüben? Kennst du sie? Gehst du mit der?«

»Genau die Marla«, sage ich. »Heute frag ich sie, ob sie mit mir an der Platte im Park spielt. Mal so als Anfang.«

Konan und Ömer schauen sich an und lachen, weil sie erleichtert sind wegen der Tüte oder neidisch wegen Marla. Ich lasse sie lachen und gehe an meinen Automaten. Immer noch die Hochsommerhitze, immer noch kein Ventilator. Ende August. Seit vier Monaten hat es nicht einen einzigen Tropfen geregnet. Die Tür des Wettbüros steht offen, draußen lärmt die Potsdamer Straße mit kräftigem Puls. Er pumpt den Mittagsverkehr von der Leipziger Straße, vom Potsdamer Platz in kräftigen Stößen hinein nach Schöneberg. Alle müssen hier durch. Betonmischer und Container-Schlepper mit Barnimer Kennzeichen, drüben am Park am Gleisdreieck wird neuerdings wieder gebaut, dort ragen sechs Kräne in den Himmel. Im letzten Jahr haben sie dort wochenlang den Aushub der Baugruben abtransportiert, Kolonnen von Lastern warteten bis runter auf die Potsdamer. Außerdem Lieferwagen, Handwerker und Hausmeister, ein Elektriker mit dem Slogan *Erleben was verbindet*, der Kastenwagen eines Glasermeisters, ein fetter Möbelwagen *Ich soll Sie schön grüßen*, drei Taxen, der 85er Bus vom Hauptbahnhof nach Lichterfelde, dahinter der 48er von Mitte nach Zehlendorf, Fahrräder zischen auf dem schmalen Radweg an den Passanten vorbei.

Die Potsdamer Straße: übermüdet, kurzatmig, ungeduldig, breit und staubig. Ich liebe sie. Eine räudige Straße, aber wach. Immer wach. Mein Kiez seit Jahren. Manchmal schaue ich eine halbe Stunde nur aus der Tür, statt mich auf die Wetten zu konzentrieren, den nächsten Tipp, den nächsten Einsatz. Ein Paketbote hat sein Fahrzeug auf der Busspur abgestellt und kramt in seinen Lieferungen, ein Radfahrer brüllt ihn an, der Fahrer des 85er Busses hupt. Fußgänger in Scharen auf den Gehwegen, man trägt jetzt keine FFP2-Masken mehr, nur einigen Rentnern kleben die FFP2-Masken noch unter dem Kinn, sie fühlen sich trotz der Impfungen immer noch als Risikogruppe, die Letzten ihrer Art. Viele sind gar nicht drangekommen, einige wollen nicht. An den Laternenpfählen hängen die Wahlplakate der Parteien zur Bundestagswahl, photogeshoppte Männergesichter, angestrengt lächelnd, weiße Zähne, glatte Haut. Die Wahl ist in fünf oder sechs Wochen, CDU und Grüne liegen in den Umfragen vorn, FDP und AfD schmieren ab, die haben während Corona nie einen Fuß in die Tür gekriegt. Die Berliner wählen noch dazu ihr Abgeordnetenhaus, einen neuen Regierenden. Außer den Medien interessiert das niemanden.

Es ist ein abartig heißer Sommer, die Kneipen haben endlich wieder offen, doch das Bier ist unfassbar teuer geworden, alle wollen die Ausfälle wieder reinholen, die Restaurants und Clubs auch, und die Leute drängen sich am Tresen, an den Tischen der Schankstuben, in den Hinterzimmern. Sind ja geimpft jetzt. Trotzdem ist es komisch, man ist ständig misstrauisch, wer einem in die Quere kommt, einen von der Seite anquatscht, auch wenn man dreimal geimpft ist.

Spatzen im Tiefflug zwischen den parkenden Autos. Jungtouristen auf E-Rollern, Kaffeebecher in der einen Hand, Smartphone in der anderen, Sonnenbrille im Nacken. Was für ein Sommer, der einfach kein Ende nimmt. Jeden Morgen sind Gewitter angekündigt, sie bringen aber, wenn sie überhaupt kommen, keine Abkühlung, nur zusätzliche Schwüle. Freitagmittag, die Leute machen sich bereit fürs Wochenende.

Mein seltsamer Kiez. Ein paar Häuser weiter, bei *Staroske*, stehen die Angestellten und Büroleute über einem Teller Soljanka, Möhreneintopf, Graupensuppe. Trotz der unablässig knallenden Sonne haben sie eingefallene Gesichter, erloschene Mienen. Jetzt schnappen sie Luft nach fünf Stunden vor dem Bildschirm, Korrekturlesen, Telefonakquise, dreißig Minuten Pause, jeden Tag die gleiche Speisenauswahl. Einer nimmt den Leberkäs, isst hastig, der Schweiß rinnt ihm die Schläfen hinunter, alle schweigen und scrollen auf ihren Handys, nur die Verkäuferinnen tratschen untereinander. Zwei Häuser weiter bei *Puschel* hocken die Trinker schon vor dem dritten Bier. Endlich wieder in der Kneipe sitzen, darauf haben sie Monate, ein ganzes Jahr gewartet. Einige von den früheren Stammkunden hat es erwischt, Covid-19, Intensivstation, die waren tagelang intubiert, erzählt der Wirt, die kommen nicht mehr, und keiner weiß, was aus ihnen geworden ist. Können die noch rauchen? Treppen steigen? Ich bin Anfang dreißig, auch nicht mehr ganz jung. Wenn ich in den zweiten Stock renne, pumpt mein Herz auch schon am Anschlag. Die Zigaretten, der Kaffee und die Ritalin-Pillen.

An der Ecke Pohlstraße im Café *Deli* stehen sie Schlange: Kunsthändler und Galeristen, junge Mütter, Italiener, die sich verlaufen haben. Marla macht den Tresen, Marla und ihr Lächeln. Mein Lieblingscafé, meine Lieblingsfrau. Heute frage ich sie, ob sie mit mir Tischtennis spielt. Mit mir ausgeht. Wir alle tun so, als beginne das Leben von vorn, wir fangen einfach mal was an, ich vielleicht was mit Marla. Aber erst mal etwas Geld verdienen. Krasniqi wartet auf seine zwölftausend. Ich habe eben zweihundert Euro im dritten Rennen auf *Daddy Chill* gesetzt und fünfunddreißig Euro auf einen Auswärtssieg von Bolnissi in der Evrovnuliga in Georgien, als sich zwei Männer zu mir setzen und mich fragen, ob ich einen Bekannten von ihnen für einige Tage unterbringen kann.

»Wir haben gehört, du hast ein paar Wohnungen an der Hand«, sagt der eine, der eine Iriedaily-Kappe trägt. SO-36-Style. »Wir brauchen ein Apartment für einen Freund von uns.«

Auf dem Bildschirm sehe ich, wie die Windhunde in Australien zu den Startboxen geführt werden. *Daddy Chill* wirkt austrainiert und schläfrig, hoffentlich ist das die Arroganz des kommenden Siegers. Ich habe nur wegen seines Namens auf ihn gesetzt.

»Kann ich, sicher doch«, sage ich. »Was sucht euer Freund? Ein Apartment in einer Partygegend?«

»Nein«, sagt der andere. Er trägt eine Brille mit Stahlgestell und einen grünen Adidas-Trainingsanzug und sucht in seinen Taschen nach Tabak und Blättchen. Ein drahtiger Typ, kalte Augen. »Keine Partygegend. Der will seine Ruhe haben, verstehst du?« Er spricht leise, verwaschen, ich muss mich vorbeugen, um ihn zu verstehen. Die beiden Vögel gefallen mir nicht, die sind kaum Mitte zwanzig, fiebrig, grinsen schräg. Wer jemanden in einem Wettbüro wegen einer Wohnung anquatscht, der kann gar nicht koscher sein. Andererseits brauche ich das Geld.

»Kein Problem«, sage ich. »Da habe ich was in Pankow, Familiengegend. Oder in der Seestraße im Wedding, zweiter Hinterhof, ganz still. Oder Fennpfuhl. In Hellersdorf habe ich auch was, aber die ist für länger vergeben.«

Der Nuschler im grünen Trainingsanzug fragt: »Gehören dir die alle? Oder machst du nur den Verwalter?«

»Ich bin Facilitator«, sage ich. Das Wort beeindruckt die meisten Leute mehr als eine Visitenkarte. Die Jungs nicken sofort, als ob sie es verstehen. Tun sie nicht. Ich erkläre es ihnen: »Ich habe fünf Wohnungen im Angebot. Wer nach Berlin kommt, um Party zu machen, ist bei mir richtig. Ich habe Amis, Briten, Spanier, Franzosen, Schweden als Kunden, und die sind alle zufrieden mit mir gewesen, weil ich nicht nur Apartments zu korrekten Preisen biete, sondern ihnen auch besorgen kann, was sie sonst noch für ihre Wochenenden brauchen: Gras, Koks, Speed, Lachgas, Ketamin, Zauberpilze. Aber das bleibt unter uns.«

Die beiden nicken jiepernd, »geil, geil«, keckern wie Teenager. Doch ich merke schon, darauf sind sie gar nicht aus. Was wollen sie eigentlich? *Daddy Chill* japst und wartet immer noch in seiner Box auf den Startschuss, drei Boxen weiter *Mockingbird*. Ich kenne mich mit Hunderennen nicht gut aus, habe ihn aber neulich in den Siegerlisten gesehen und will wegkommen von den irrwitzigen Kombiwetten für die armenische Fußballliga. Will wegkommen vom Binge-Daddeln mit den Glückspielautomaten. Gestern Abend, als ich die Sache mit Rudi aus dem Kopf kriegen wollte, habe ich da hundertachtzig Euro verloren, das bringt nichts. Ich will das umstellen. Wieder ganz seriös wetten, Sieger oder Platz, dann den Gewinn bei Ömer und Konan abholen, bunkern, und irgendwann kann ich meine Schulden zurückzahlen.

»Fennpfuhl wäre gut«, sagt der mit der Iriedaily-Kappe. »Meine Oma wohnt da. Die haben Hochhäuser wie früher, korrekte Platte, so was baut man heute gar nicht mehr. Und ich sage dir: Die Wohnungen sind heute noch tipptopp gepflegt.«

Ich will das Rennen sehen. *Daddy Chill* tänzelt in der Box.

»Du hast völlig recht«, sage ich. »Fennpfuhl ist ein Geheimtipp. Das wissen selbst die Berliner nicht, wie geil die Gegend ist. Die Wohnung ist nicht so superbillig, dafür ein richtiges Schmuckstück, da habe ich selber mal drin gewohnt. Dreizehnter Stock, weiter Blick über Friedrichshain und über den Alex.«

»Klingt gut«, sagt der mit der Iriedaily-Kappe. »Brauchen wir für eine Woche mindestens. Was soll das kosten?«

»Fünfhundert die Woche«, sage ich. Vielleicht sollte ich

mehr fordern, denke ich sofort. »Endreinigung noch mal siebzig.«

Die beiden nicken. »Klingt doch okay. Können wir machen.«

»Außerdem ist die Gegend gut angeschlossen«, füge ich hinzu, um ihnen die Entscheidung zu erleichtern und sie endlich loszuwerden. »Falls euer Freund in die Stadt will, dann nimmt er die Straßenbahn und ist in zehn Minuten am Alex. Nach Friedrichshain kann er fast laufen. Und wenn er nur mal schnell ein Bier trinken will – die haben da auch eine Kneipe auf ihrem Dorfplatz. *Plötners Destille*. Das Bier zweidreißig. Da sitzen Urberliner, total authentisch.«

»Der geht nicht mehr viel raus«, sagt der andere. »Ich sag doch, der ist eher so der ruhige Typ. Sitzt gern vor dem Fernseher. Fernseher gibt's doch in der Butze?«

»Na klar ist die Wohnung mit einem Fernseher ausgestattet, was denkst du denn«, sage ich. »Meine Güte. Ihr könnt sie euch ja vorher angucken.«

Die Hunde sind immer noch in ihren Startboxen. *Daddy Chill* in der 4, sein Fell nass vom Vortraining, er zittert vor Adrenalin. *Mockingbird* in Box 7 macht Ärger, deshalb verzögert sich der Start. Ich wische mir den Schweiß von der Stirn.

»Hörst du uns überhaupt zu?«, fragt der im grünen Trainingsanzug. Er hat seine Zigarette fertig gedreht und angezündet, bläst mir den Rauch ins Gesicht. Endlich der Startschuss. *Daddy Chill* kommt gut aus der Box, rennt vorneweg, das Feld ist nach wenigen Metern schon weit auseinandergezogen, *Mockingbird* hängt noch dran. Der im grünen Trainingsanzug stößt mich an.

»Ja doch«, sage ich. »Von mir aus geht das klar. Euer Freund kann in drei Tagen rein.«

»Das ist schlecht«, sagt der mit der Iriedaily-Kappe. »Wir dachten eigentlich an heute. Besondere Umstände.«

»Heute geht nicht«, sage ich. »Ausgeschlossen. Heute sitzt noch ein Pärchen aus Boston in der Wohnung, die haben bis übermorgen gezahlt. Danach wird das gründlich gereinigt, da lege ich auch Wert drauf. Desinfiziert bis zum get no. Gib Corona keine Chance.«

»Stark, finde ich voll gut, die Einstellung«, sagt der andere. »Aber wir brauchen die Wohnung heute Abend. Das ist einfach eine dringende Sache. Wir würden auch was drauflegen, soll nicht dein Schaden sein. Wir würden das echt zu schätzen wissen, wenn du uns hier etwas entgegenkommst. Es wäre ein Gefallen.«

Die beiden Nasen verderben mir das Hunderennen, das undeutlich über den Bildschirm flackert, wo ist *Daddy Chill*, die Köter sehen alle gleich aus, ich kann mich nicht konzentrieren. Dabei stecken da zweihundert Euro von mir drin.

»Ich sag doch, das geht leider nicht«, sage ich. »Das ist nett, wenn ihr mir entgegenkommen möchtet, weiß ich zu schätzen, aber: Ich schulde euch keinen Gefallen.«

»Uns nicht«, sagt der andere, der mit den toten Augen. Vielleicht nimmt er die falschen Pillen oder bei ihm ganz tief innen drin ist irgendwas erloschen. »Anderen schon. Denen schuldest du einiges. Das spricht sich herum. Wir können dir helfen, wir zahlen im Voraus.«

Die leise Drohung habe ich gehört, vielleicht hat Krasniqi sie zu mir geschickt. Ich spiel das Spiel mit, nicke interessiert. Der mit der Iriedaily-Kappe holt einen Briefumschlag aus der Innentasche seines Humana-Jacketts, lässt mich kurz hineinschauen, steckt es wieder ein. Ich bin beeindruckt.

Er sagt: »Wir können dir echt helfen. Übrigens, ich bin Henne. Das ist Ronny. Uns wäre echt daran gelegen, die Wohnung schon heute zu kriegen. Uns wurde gesagt, du kannst was ermöglichen. Deshalb kommen wir ja zu dir. Tut uns leid wegen dem Hunderennen, wir sind auch gleich weg.«

»Ich kann die beiden doch nicht einfach raussetzen«, sage ich, doch meine Stimme ist unsicher geworden. Im Umschlag sind Pi mal Daumen zweitausend Euro. »Die haben bis Samstag gebucht und bezahlt.«

»Kannst du doch«, sagt Henne und rückt näher, legt mir eine Hand auf die Schulter. »Das ist deine Wohnung. Du meldest Eigenbedarf an. Dann ist die Party für die Amis jetzt eben vorbei. Müssen sie eben woanders weiterfeiern.«

Zweitausend Euro bar auf die Hand, das ist genau das, was ich jetzt brauche. Eine Finanzspritze, eine Handbreit Wasser unterm Kiel. Dmitri der Locher sitzt hinten und tut, was er tun muss. Konan und Ömer im Kassenkabuff beobachten unser Gespräch, und sie wissen auch, dass ich Geld brauche. Vielleicht haben sie die beiden an mich verwiesen. Sie wissen vermutlich auch, dass ich beim Hunderennen wieder verlieren werde. *Daddy Chill* gibt sich alle Mühe, kratzt die letzten Körner zusammen, das kann ich sehen. Doch die anderen haben ihn mittlerweile eingeholt, so sehr er sich die Lunge aus dem Leib rennt. Die anderen sehen noch locker aus. Ich denke an Rudi und sein Beil, ein Schwall Wut schäumt in mir hoch, die ohnmächtige Wut des Verlierers, man müsste diese Fernsehschirme mal gepflegt zerlegen. Die Stimme des Kommentators überschlägt sich, als die Hundemeute auf die Zielgerade einbiegt, die sehnigen Körper in verzweifelter Ekstase. Das wird Platz fünf, bestenfalls. Meine zweihundert sind weg.

»Was ist jetzt?«, fragt der mit der Iriedaily-Kappe. Henne. »Geht das klar mit der Wohnung? Kriegst du das hin?«

»Ich kümmere mich darum«, sage ich. »Warte mal. Sekunde. Geh mal aus dem Bild.«

Auf den letzten Metern fällt *Daddy Chill* endgültig zurück, die Augen weit aufgerissen, die Zähne gefletscht, er wird von allen anderen überholt und macht dennoch weiter, hasst sich förmlich ins Ziel. Als Letzter. Konan nickt mir höhnisch zu und deutet auf Dmitri, der nachher meinen Wettschein kriegt. Konan grinst mich an und hebt den Daumen. Arschloch. Die Kassierer am Counter wissen es immer vorher.

»Abgemacht«, sagt Ronny und stößt mir einen Finger auf die Brust. »Das ist jetzt der Deal: Wir fahren da gemeinsam hoch, du kommst mit. Am besten, wir treffen uns hier an der Ecke. Heute Abend um zehn. Nein, halb elf.«

»Könnt ihr nicht hinkommen und wir treffen uns vor dem Haus?«, frage ich.

»Du bist heute Abend hier um halb elf«, sagt Henne und zeigt auf den Briefumschlag. »Und dann fahren wir gemeinsam mit unserem Freund hoch nach Fennpfuhl, du bringst uns in die Wohnung und kriegst dein Geld.«

Ich nicke, genervt, es fühlt sich an, als hätten sie mich grad über den Nuckel gezogen. Die beiden verschwinden im Gedränge auf der Potsdamer Straße, zwei bosnische Zocker mit Kaffeebechern in der Hand kommen herein, grüßen Ömer, holen sich das ausgedruckte Tagesprogramm und setzen sich an den Bildschirm, der die Spiele der türkischen Liga zeigt. In Australien schlüpfen zehn neue Windhunde in die Startboxen, ohne mich. Ich gehe zu Dmitri und lege ihm meinen Wettschein hin, er freut sich. Die Bosnier unterhalten sich, lachen, endlich sind sie unter sich, haben eine Auszeit von den Familien, den Frauen. Sie haben ihre Kombiwetten mit Halbzeitstand und diverse Restzeitwetten laufen, das sehe ich von hier, ist mir aber egal, ich will jetzt zu Marla. Meine gute Laune kehrt zurück. Das wird schon klargehen mit den zweitausend Euro.

3 Im *Deli* ist es mittags immer voll. Kein Wunder, der Laden ist klein wie eine Nussschale. Trotzdem wollen alle rein. Auf den Tischen stapeln sich die Kaffeetassen, die Teller mit den Muffin-Krümeln, den Resten der Ciabatta-Toasts, der 4-Chocolate-Cakes. In der stickigen Luft schwirren Fetzen von Gesprächen, Telefonate der Entwickler, die in ihrer Agentur Webseiten für Kunden bauen: »Ich bin gleich zurück, du kannst es in the time being einfach ausprobieren. Ich komme dann mit Feedback auf dich zu. Es ist extrem wichtig, dass die Seiten richtig crisp werden.«

Eigentlich heißt der Laden *Queen of Muffins*, doch die Leute kommen nicht wegen der Muffins. Sie kommen wegen der Frauen, die am Tresen arbeiten. Alle tragen schwarze Shirts und sie machen einen Kaffee, den es in der ganzen Stadt nicht noch mal gibt. Sie spielen die frühen Stones, A Tribe Called Quest, Tracy Chapman, die Kaffeemaschine mahlt mittendrin die nächste Portion Bohnen. Im *Deli* stehen immer, Corona oder nicht, mindestens zehn Leute in der Schlange bis raus auf die Straße. Vor einigen Monaten haben sie die Preise um fünfzig Cent erhöht, daraufhin sind noch mehr Kunden gekommen. Models und Maler, Steppjackentouristen, Grafikdesigner, App-Entwickler mit ihren

Laptops. »Wir sollten das im nächsten Meeting ansprechen, damit der Feel-good-Faktor hochgeht.« Freundinnen, die stolz ihre Babybilder vergleichen. »Weißt du, ich habe gleich bei der Geburt ein Mommy-Makeover machen lassen, du fühlst dich einfach besser, wenn nicht alles an dir schwabbelt und hängt.«

Ich gehe so gut wie jeden Morgen hin, wenn ich mit meinen Touren fertig bin, jeden Mittag, wenn ich aus dem Wettbüro komme, und kurz bevor sie am frühen Abend zumachen, hole ich mir noch einen Americano. Ich gehe nicht wegen der anderen Frauen hin, sondern wegen Marla. Sie ist groß, blond, hat grüne Augen und das klarste Gesicht, das ich je gesehen habe. Wenn sie lächelt, hat sie ein Grübchen auf der linken Wange. Und sie lächelt gern.

Der Laden ist voll, ich muss anstehen hinter drei italienischen Touristen, die sich lautstark unterhalten, zwei Freundinnen und einem Büroangestellten, der nach seinem Möhreneintopf bei *Staroske* hier noch einen Espresso trinkt. Ich denke an Ronny und seine toten Augen hinter der Stahlbrille. Was für ein Freund soll das sein, was für eine kranke Verabredung haben die mit ihm heute Abend?

Marla sieht mich am Ende der Schlange stehen und nickt mir zu, und ich vergesse die beiden nervösen Typen von eben mit ihrem Freund, der eine Wohnung braucht. An den Tischen lachen sie, »da musst du echt kein midnight oil drauf verbrennen, ist eher so guestimate«, die Kaffeemaschine lärmt, neben Marla arbeitet Henry, der die Kasse macht. Hinten in der schmalen Küche toasten die beiden Jungs die Ciabatta-Brote. *Daddy Chill* hat sein Rennen verloren, aber ich bin frisch am Start.

»Kann ich dich vielleicht nachher abholen?«, frage ich,

als Marla mir den Kaffee über den Tresen schiebt. »Hast du Zeit?«

»Abholen?«, fragt sie. »Cool. Ich habe um sechs frei. Was machen wir?«

Ich zeige ihr die Tüte mit den beiden Tischtennisschlägern. »Wir gehen spielen«, sage ich. »Drüben im Park. Was denkst du?«

»Du willst gegen mich spielen?«, sagt sie. »Ernsthaft?«

»Unbedingt«, sage ich, »angeblich bist du wirklich gut.«

»Wer hat dir denn gesagt, dass ich gut bin?«, fragt Marla. Sie hat sich auf den Tresen aufgestützt, beugt sich zu mir, riecht nach Kaffee. »Ich meine, im Tischtennis.«

»Das meine ich auch, Tischtennis«, sage ich und nehme meinen Kopf nicht zurück, unsere Gesichter sind sich ziemlich nah. »Alle sagen es, Henry, Denise, angeblich warst du Juniorenmeisterin Britz-Süd oder so, konnte ich selbst kaum glauben, deshalb würde ich es gern mal ausprobieren.«

»Ausprobieren«, sagt Marla. »Und dann gehst du gleich los und kaufst Kellen für drei fünfzig das Stück. Das nenne ich mal motiviert.«

»Bin ich«, sage ich. Bin ich auch wirklich. Der Laden um uns herum pulsiert vor Gesprächen, »das ist ein no regret move«, Hektik, Push-Nachrichten-Plings, »lass uns die Seite killen, das ist mir total latte«, Zeitungsrascheln, Lachen. Über allem das weiße Rauschen des Verkehrslärms draußen auf der Potsdamer.

»Könnt ihr mal bitte das Flirten einstellen«, sagt einer hinter mir in der Schlange. »Hier sind noch Leute, die einfach nur einen Kaffee wollen, ohne zwei Stunden anzustehen.«

»Dann um sechs«, sagt Marla und zeigt ihr Grübchen.

»Um sechs, abgemacht«, sage ich und gebe ihr High five.

Ronny mit den toten Augen fällt mir wieder ein, als ich draußen den Kaffee trinke, und das bringt mich auf den Boden der Tatsachen zurück. Ich muss vorher noch das Pärchen aus Boston erreichen und in eine andere Wohnung umsetzen. Vielleicht nach Kreuzberg, in die Ratiborstraße, ich rufe die Putzfrauen an, ob sie damit schon durch sind. Sind sie nicht. Die Stimme klingt abgehetzt und vorwurfsvoll, sie wollen mehr Geld haben für so eine Sauerei. Ich verspreche ihnen mehr Geld. Ich will das hinkriegen. Die Bostoner melden sich nicht unter der Nummer, die sie mir gegeben haben. Ich nehme den BMW und fahre raus nach Fennpfuhl.

In der Innenstadt steht die Hitze wie ein Block. Jeder Atemzug schmerzt. Auf der Leipziger ist alles dicht. Fahrräder schlüpfen durch, E-Roller-Fahrer, verirrte Touristen. Die Sonne brennt auf den Asphalt. Ich habe vier Stunden, um diese Sache zu regeln, mir ein frisches Hemd anziehen und dann Marla abzuholen. Ich habe acht Stunden, bis ich die beiden Kreuzberger Vögel mit ihrem Freund an der Ecke Pohlstraße treffen soll. Und noch acht Tage oder acht Wochen, bis Krasniqi den Kredit zurückhaben will. Einen genauen Termin haben wir nicht ausgemacht, er meinte, er wird sich melden. Wenn ich die zweitausend habe, könnte ich vielleicht meine Schulden bei David zurückzahlen. Oder ich setze mal alles auf eine Karte. In meinem Kopf überschlagen sich die Zahlen, Berechnungen, Abzüge, Rückstände, ein undurchdringliches Dickicht an knochentrockenen Bilanzen, die unterm Strich nur einen Schluss hergeben: Du bist pleite. Du brauchst die zweitausend, dringend. Hol sie dir.

Also weiter, über den Alexanderplatz. Vor dem *Primark*

lagern jetzt wieder die Schulklassen aus deutschen Klein-
städten und starren erschöpft auf ihre Smartphones, neben
sich die vom Schweiß und verschütteten Energydrinks
aufgeweichten Papiertaschen mit ihren Einkäufen. Womit
die ihr Taschengeld verpulvern. Als ich in ihrem Alter war,
habe ich längst gezockt. Die Landsberger Allee hoch, am
Friedrichshain vorbei, dichter Verkehr auf drei, vier Spuren, Deutschrap aus den Autofenstern, dumpfe Bässe, die
Leute wollen nach Hause, raus in den Speckgürtel, ins Ei-
genheim, den Garten wässern. In Brandenburg herrscht
Waldbrandgefahrenstufe fünf. Ich zünde mir noch eine Zigarette an. Das Klappern unter der Motorhaube gefällt mir
überhaupt nicht.

Hinter dem ehemaligen Schlachthof steigen die Hochhäuser und Plattenbauten von Fennpfuhl auf. Ein Platten-
bauparadies aus den Siebzigerjahren, und auch jetzt noch:
vierunddreißigtausend Leute auf zwei Quadratkilometern,
so dicht wohnt man sonst nirgends in Berlin.

Das Haus, in dem ich die Wohnung habe, ist eines der
höchsten, es liegt hinten in der Rudolf-Seiffert-Straße. Unten ist eine Augenarztpraxis, zu der nie jemand hingeht, dabei sind die anderen Arztpraxen immer voll mit Rentnern.
An der Ecke ein Döner-Imbiss und die verlassene *Rio*-Bar.
Das *Rio* war mal ein Treffpunkt der russlanddeutschen
Männer, die in Ruhe Karten spielen und reden wollten. Das
ist jetzt vorbei. Die Stühle sind noch auf der Terrasse kopf-
über gestapelt, doch seit dem ersten Lockdown ist der Laden zu. Drinnen verstauben die Geldspielautomaten mit
Clash of Beats und *Demi Gods*, die ich selbstredend auch wie
irre gedaddelt habe, als ich in der Gegend wohnte, und die
angegilbten Poster an der Wand, die brasilianische Schön-

heiten in knappen Fußballtrikots zeigen. Das Hochhaus ist umgeben von Parkplätzen, aus früheren Zeiten stammt der Spielplatz, als es in dem Viertel noch Familien mit Kindern gab, doch das ist lange her, der Spielplatz mittlerweile aufgegeben und der Sand in der Buddelkiste von Unkraut überwuchert. Erinnert mich jetzt an Hellersdorf, wo ich aufgewachsen bin.

Ich fahre mit dem Lift in den dreizehnten Stock, klingele an der Tür, um niemanden zu erschrecken, wenn ich reinkomme. Nichts regt sich. Ich schließe auf und sehe mir die Wohnung an. Alles im grünen Bereich, das Pärchen hat nur wenig Zeug von sich ausgebreitet, das Frühstücksgeschirr steht in der Spüle. Ich schicke ihnen eine SMS, dass sie leider umziehen müssen wegen eines unvorhergesehenen Zwischenfalls, ich habe aber eine wirklich fantastische Ausweichwohnung. *Sorry guys, really sorry for any inconvenience.* Ob sie bald vorbeikommen können, damit ich sie zur anderen Wohnung bringen kann. Dann rufe ich die Putzfrauen an und frage, ob sie mit der Wohnung in der Ratibor fertig sind. Sind sie, sagen sie. Immerhin das. Ich fange an, die Klamotten der Bostoner zusammenzutragen. *Don't touch our stuff*, schreiben sie prompt zurück. *We're back in a minute.*

Das sind sie tatsächlich, und nicht in guter Stimmung. Ich spreche mein schlimmstes Englisch, um ihnen ein Überlegenheitsgefühl zu geben, bei Amerikanern wirkt das fast immer. Die Frau ignoriert mich, packt gleich ihr Zeug im Bad zusammen, nimmt die Klamotten vom Bett. Ihr Freund lamentiert herum, beide Hände in die Hüften gestemmt, und versucht meine Notlage auszunutzen für eine finanzielle Entschädigung. Sie müssen ja, meint er, quasi ihren Urlaub unterbrechen durch den Umzug. Sie haben bis übermorgen gezahlt, wie ich mir das überhaupt vorstelle, das ist ihnen noch nie passiert, noch nirgendwo auf dem ganzen Planeten. Ich lasse ihn reden, nicke und bleibe auf Abstand, bei Amerikanern weiß man nie, was sie mit sich rumschleppen, da ist praktisch das ganze Land infiziert, da können sie noch so viel impfen.

Ich rauche draußen auf dem Parkplatz, bis sie mit ihren Klamotten und Rollkoffern runterkommen, dann bringe ich sie mit einem Taxi runter nach Kreuzberg in die Ratiborstraße, hinten am Görlitzer Park, nicht weit vom Landwehrkanal, wo die Hipster sich gegenseitig auf die Füße treten. Am Pavillon an der Thielenbrücke sammeln sie sich zu Hunderten, hocken auf der Uferböschung und trinken ihren Ingwertee. Die beiden Bostoner finden das alles super. Die Wohnung gefällt ihnen jetzt natürlich doch, Altbau und Hinterhof wie in den Zwanzigerjahren, und der Freund verzichtet auf die Entschädigung. Und ob ich vielleicht weiß, wo sie was zu rauchen kriegen können. Schiefes Grinsen, *you know what I mean*. Ich empfehle ihm die Händler im Görli gleich um die Ecke.

Unten wartet der Taxifahrer, die Uhr läuft, eine Nachbarin quatscht mich an den Briefkästen an und beschwert sich über die Spanier, das sei nachts unerträglich, sie müsse morgens aufstehen und kriege bei dem Lärm kein Auge zu. Und der Geruch nach Weinkotze morgens im Treppenhaus. Außerdem sei das eh eine Sauerei mit den Ferienwohnungen, sie werde das der Verwaltung sagen. Ich versuche sie zu beschwichtigen, muss aber weiter. Man hat eigentlich nur Scherereien als Vermieter.

Ich nehme das Taxi wieder zurück nach Fennpfuhl, fahre in den dreizehnten Stock und hoffe, dass der Freund von

Henne und Ronny wirklich ein stiller Typ ist. Die Wände im Haus sind dünn wie Sperrholz, man hört jedes Husten, jeden Furz. Die Wohnung sieht ordentlich aus, ich mache die Fenster auf, um zu lüften, desinfiziere die Couch, die Stühle, die Anrichte. Rauche am Fenster eine Zigarette, die Sirenen von Polizei und Notarztwagen fräsen sich durch den Nachmittag. Unten am Alex sticht die Nadel des Fernsehturms in den flachen, ostigen Himmel, grau und mürrisch. Der Fernsehturm ist vermutlich die übrig gebliebene Antenne einer Raumstation, die vor Milliarden Jahren hier abgestürzt sein soll und deren Trümmer unter dem gesamten Zentrum der Stadt liegen, nur der Fernsehturm ist der einzige sichtbare Überrest dieser Alien-Kultur, die mal zu Besuch gewesen ist. So erzählen sie es jedenfalls im *c-base*, und wenn man so zugeballert ist, wie ich es damals mit fünfzehn, sechzehn auf alle Fälle an jedem Wochenende war, dann glaubt man das eben. Der Fernsehturm sieht tatsächlich aus wie eine Funkantenne, und davor rutschen die S-Bahnen in den Bahnhof hinein, klein wie Spielzeuge, winzige Menschen rennen über den Platz, es ist Freitagnachmittag. Hoch die Hände, Wochenende. Großartiger Ausblick, auch jetzt in der Augusthitze, wenn die Hochhäuser und Straßenzüge sich wie ein graues, von Staub und Hitzedunst flirrendes Relief zum Horizont ausbreiten. Außergalaktische Alien-Kultur oder ein stiller Schöpfergott, keine Ahnung, es sieht grandios aus in dieser Sekunde, dann werfe ich die Zigarette weg und mache weiter.

Ich sauge zur Sicherheit einmal durch, mache die Spülmaschine an, putze die Spüle und drüben das Klo. Hier schrubbt der Chef noch selbst. Das Geld geht mir nicht aus dem Kopf. Zweitausend Euro, das ist im Grunde viel zu viel, das kann gar nicht stimmen, doch damit kann ich bei Krasniqi jedenfalls einen Teil der Spielschulden abtragen. Ich muss mein Hemd wechseln, bevor ich Marla abhole, darf die Kellen nicht vergessen, fahre mit dem BMW wieder am Alex vorbei. Gut gemacht, Tom. Zweitausend Euro verdient, die muss ich den Typen gleich abknöpfen, wenn sie in die Wohnung kommen und den Schlüssel von mir kriegen. Zwölftausend Schulden bei Krasniqi, aber das macht nichts, der Bund hat im letzten Jahr hundertachtzig Milliarden neue Schulden gemacht, da hat auch niemand gemeckert. Money comes, money goes.

Freitagabend, nicht mal sechs. Die Stadt sirrt und kommt einfach nicht runter, vibriert vor Adrenalin und innerer Wut. Corona hat uns um ein ganzes Jahr betrogen. Um anderthalb Jahre. Wir haben Pickel vom endlosen Warten. Jetzt ist es genug. Ganz Berlin kratzt sich, ritzt sich manisch, auf einmal sind alle draußen unterwegs, auf der Frankfurter Allee, auf der Warschauer Brücke, Oberbaumbrücke, Hobrechtbrücke, wo sie jeden Abend Bier trinken und Musik hören und die Joints kreisen lassen, auf dem Tempelhofer Feld, in der Hasenheide, im Tiergarten, Charlottenburg, Tegel, in allen Kiezen, vor allem die Jugendlichen, die endlos draußen herumlungern, auch die Studenten und Hipster, die Jungtouristen, die wieder zu Zehntausenden in der Stadt sind, jetzt auch die Brexit-Flüchtlinge, alle wollen sich treffen, wollen was trinken, die Nacht durchtanzen, sinnlos eskalieren, herumlaufen, sich prügeln, in den Parks vögeln, egal mit wem, egal wann. Mir doch egal, ob Marla sich hat impfen lassen. Ich will mit ihr spielen, ihre Arme fassen, ihre Lippen spüren. Nur keinen Scheißmundnasenschutz mehr tragen, keinen Abstand mehr halten, nicht noch einen Sommer verlieren.

4 Vor dem *Deli* stellen sie gerade die Stühle und Tische zusammen. Marla unterhält sich mit Denise, winkt mir zu. Ich habe es grade noch geschafft, in meiner Wohnung zu duschen und ein neues Hemd anzuziehen, David ist nicht da gewesen, jetzt bringe ich ein kaltes Bier mit, wir trinken es auf dem Weg zum Park am Gleisdreieck. Am Rand stehen Townhouses, die vor allem von Botschaftsangehörigen bewohnt werden, Lateinamerikaner und Asiaten. Am Wochenende flanieren die Eltern mit blasierten Gesichtern im Park, ihre Kinder tragen Sneaker von Brunello Cucinelli. Gegenüber hat man einen lang gestreckten Parkhauskomplex bis aufs Betonskelett heruntergestrippt und dann zu eleganten Penthouses mit Glasfassaden umgebaut, natürlich als Eigentumswohnungen verkauft. Für Berliner sind diese Wohnungen nicht gedacht, wir kommen da nur als Lieferanten und Paketboten rein.

»Was war eigentlich gestern los im Wettbüro«, fragt Marla, als wir nebeneinander gehen. »Ich habe dich rauslaufen sehen. Habt ihr euch geprügelt?«

Ich erzähle von Rudi und seinem Beil. Die ekligen Einzelheiten lasse ich weg, die gebrochene Nase, aus der das Blut schoss, die Tritte von Atila, die Stakkatoschläge von Ufuk, als Rudi längst ohnmächtig war. Frauen müssen nicht alles wissen. Mir fällt ein, dass ich keine Ahnung habe, was aus Rudi geworden ist. In welches Krankenhaus er gekommen ist.

»Wir dachten, jemand ist in der Hitze umgekippt, als der Rettungswagen kam«, sagt Marla. »Polizei gleich dahinter. Es gab viel Geschrei, zwei Türsteher von dem Tabledance-Schuppen oben auf der Potsdamer kamen auch angerannt, die kennen sich. Die Polizisten mussten sie handgreiflich aufhalten, als der Typ rausgetragen wurde.«

»Rudi ist zäh«, sage ich. »Der schafft das.« Aber so ganz sicher bin ich mir nicht. Immerhin haben Gezim und Zef vom *Golden Dolls* ihn nicht erwischt.

»Aber wieso zum Henker geht der da mit einem Beil rein, spinnt der?«, fragt Marla. »Kannst du mir das mal erklären?« Ich zucke bloß mit den Schultern. Bin mir nicht so sicher, ob sie es verstehen würde, dass er einfach nur ein Zocker ist und Geldprobleme hat, und da greift ein Mann schon mal zum Beil.

An den Schaukeln auf der großen Wiese hängen ein paar Teenie-Mädchen in neuen Jeans herum und machen Selfies. Die gelben U-Bahn-Waggons quietschen über die lange Kurve der Hochbahn hinüber zur Bülowstraße. Die Tischtennisplatten sind leer, ich packe die Schläger aus, wir spielen uns ein und mir wird rasch klar, dass Marla nicht vorhat, nett zu mir zu sein. Sie ist von Anfang an im Kampfmodus, nach fünf Minuten ist ihr Shirt durchgeschwitzt.

»So wird das nichts«, sagt sie, als sie mir zum vierten Mal meinen lauen Aufschlag zurückgeschmettert hat. »Was ist los mit dir? Ich dachte, du wolltest spielen.«

»Das sagt die Richtige«, sage ich. Von da an spiele ich mit Unterschnitt und versuche ihr das Leben so schwer wie möglich zu machen. Das mag sie. Marlas Schläge haben Kraft und Präzision, dennoch spielt sie mir den Ball zu, probiert einfach aus, wie weit sie gehen kann, ohne das gemeinsame Spiel zu versauen. Wir bekriegen uns mit allem, was wir haben, sie fischt noch die härtesten Bälle zehn Meter hinter der Platte fast vom Boden und bringt sie zurück auf die Platte. Athletischer Körper, starke Beinarbeit, sie hängt sich rein, das Shirt klebt an ihrem BH. Ihr Pferdeschwanz fliegt bei jedem Schlag hoch und ihre Augen blitzen. Schließlich springt ihr der Ball an den Bauchnabel, und sie muss grinsen. »Geht doch.«

»Stimmt das jetzt mit der Juniorenmeisterin Britz-Süd?«, sage ich in einer Pause. Wir sitzen auf der Platte und teilen uns das zweite Bier. Es ist immer noch unsagbar schwül, am Horizont brütet ein Gewitter, man sieht ein paar Blitze flackern, Donner rollen.

»Britz-Süd stimmt«, sagt Marla. »Aber Junioren ist natürlich Quatsch, ich war zehn, das hieß Jugend 11 bei uns.«

»Du spielst immer noch gut«, sage ich.

»Ich weiß«, sagt sie. »Ich kann nicht gut verlieren.«

Die nächste U-Bahn zieht über die Hochbahn zum Gleisdreieck. Man hört das Klappern der Skateboards an der kleinen Rampe. Der ganze Park ist voller Skater, seit Justin Bieber vor zwei Jahren in den beiden Bowls am Waldstück herumgerutscht ist.

»Ehrlich, ich war noch nie in Britz-Süd«, sage ich. »Ich weiß bloß: Da gibt's eine eigene U-Bahnstation. Aber du kannst gern zugeben, dass du aus Gropiusstadt kommst, das macht mir gar nichts. Damit kannst du ruhig offensiv umgehen.«

»Ich komme nicht aus Gropiusstadt«, sagt sie. »Sonst würde ich sagen, dass ich aus Gropiusstadt komme, aber ich komme nun mal aus Britz-Süd. Der Tischtennisverein, der war in Gropiusstadt. Wir haben in der Nähe der Dorfkirche gewohnt, falls dir das was sagt.«

»Sagt mir nichts«, sage ich. Unsere Schultern berühren sich fast, sie dreht ihre Kelle in der Hand herum und klatscht sich auf die Oberschenkel. Ich mag ihren Geruch und ihre nervöse, ungelenke Art.

»Die Dorfkirche ist der Hammer«, sagt sie. »Ich war neulich noch mal da. Die ist uralt. Richtig schön.«

Wir laufen durch den Park und weiter, hinüber zum Kreuzberg, steigen die steilen Wege entlang den Wasserfall hoch und schauen über die Stadt hinweg. Hinten im Westen sammeln sich dunkle Wolken.

»Was machst du eigentlich so«, fragt Marla. »Du kommst jeden Tag, um dir deinen Americano zu holen, und hast nie erzählt, was du so machst.«

»Ich mache Facility Management«, sage ich.

»Das heißt, du bist Hausmeister«, sagt sie. »Kannst du ruhig zugeben. Wir hatten auch einen Hausmeister, der immer den Hof gefegt hat, jeden Dienstag. Hast du auch so einen Kastenwagen, auf dem *Kontrollieren Pflegen Warten* draufsteht?«

»Ich bin kein Hausmeister«, sage ich. »Ich habe ein paar Wohnungen an der Hand, die ich an Touristen vermiete, so wie Airbnb, nur in korrekt. Außerdem besorge ich ihnen, was sie sonst noch brauchen, wenn sie ausgehen wollen. Und die Leute, die meine Apartments buchen, die wollen alle ausgehen. Partyvolk. Hipster. Hauptsache Musik und Party.«

»Und Drogen«, sagt Marla.

»Klar, Drogen auch«, sage ich. »Machst du Party ohne Drogen? Die kommen ja eigentlich nur deswegen nach Berlin, weil es hier überall Drogen ohne Ende gibt. Gut und günstig. Versuch das mal in Stockholm.«

»Hör mir auf mit Stockholm«, sagt Marla. »Ich war da mal mit einer Freundin. Weißt du, was die für ein Bier haben wollen? Das willst du gar nicht wissen. Und dann ist das eine 3,5-Prozent-Plörre, von der du das Doppelte trinken musst, um überhaupt was zu merken.«

»Das ist genau der Punkt«, sage ich. »Deshalb kommen die Leute zu mir.«

»Die Leute kommen zu dir, weil ich in Stockholm Plörre trinken muss?«

»Die Schweden wollen alle nach Berlin«, sage ich. »Weil sie hier ein anständiges Bier zu korrekten Preisen kriegen. Die Briten, die Franzosen, die Italiener. Die Amis, die Australier, die Kolumbianer. Und weil sie nach dem Biertrinken ausschlafen müssen, buchen sie eine Wohnung bei mir. Ich bin ihr Provider, wenn du so willst.«

»Im Grunde bist du doch ein Hausmeister, würde ich sagen«, sagt Marla und hakt sich bei mir ein. »Hausmeister mit Benefits. Es fängt gleich an zu regnen, lass uns in die Bergmannstraße gehen.«

Wir laufen an der ehemaligen Schultheiß-Brauerei vorbei, über den Mehringdamm, da fallen schon die ersten Tropfen, kurz danach rauscht ein heftiger Schauer herunter. Ich ziehe Marla in eine Toreinfahrt, streiche ihr das nasse Haar aus der Stirn und küsse sie. Sie kommt mir entgegen, warme schnelle Zunge an meinen Lippen, meiner Zunge, der Regen prasselt wie verrückt an uns vorbei auf die Straße, wirft Blasen im Rinnstein, ich nehme sie so fest in den Arm, dass ich die Wärme ihres Körpers fühle, streichle ihren Haaransatz im Nacken, weicher blonder Flaum.

Sie trennt sich langsam von mir. »Ich glaube, ich habe noch nie einen Hausmeister geküsst«, sagt sie.

»Gönnung«, sage ich.

»Ganz genau«, sagt Marla. »Gönnung. Geht mir durch und durch. Ist lange her, das ganze verdammte Corona-Jahr habe ich nichts mit fremden Männern gemacht. Hat mir gefehlt, kann ich dir sagen.«

Unsere Hände spielen miteinander herum, der Regen wird allmählich schwächer, hört auf, der Himmel klart wieder auf und wir laufen die Bergmannstraße weiter.

»Hier hat eine Freundin von mir gewohnt, als ich ein Kind war, und da haben wir gespielt«, sagt Marla am Marheineke-platz und zeigt rüber zum Postspielplatz. Auf dem ehemaligen Fuhrhof der Post nebenan steht ein Baukran, offenbar sollen hier Wohnhäuser gebaut werden, überall stellen sie jetzt Wohnhäuser hin.

Man wird selbst zum Kind, wenn man auf einen Spielplatz geht. Wir setzen uns in das Holzhäuschen vor der Rutsche, in dem nur die Dreijährigen aufrecht stehen können, und rauchen eine. Ich will weiterküssen, ihr das nasse Shirt ausziehen, ihren Pferdeschwanz fliegen sehen. Es wird dunkel, ich habe vielleicht noch zwei Stunden, ehe ich wieder in der Potsdamer Straße sein muss, Ecke Pohlstraße warten Ronny und Henne und ihr Freund und zweitausend Euro.

»Warst du schon mal auf so einem Teil?«, fragt Marla und zeigt auf den Baukran.

»Noch nie«, sage ich. »Ich bin nicht schwindelfrei. Allein würde ich da nie im Leben hochgehen.«

»Du bist doch nicht allein«, sagt sie. »Ich bin doch bei dir. Aber du musst vorgehen.«

Der Kran ragt in den Himmel über Kreuzberg. Die Luft nach dem Regen ist klar und frisch, in dieser Gegend sind nur wenige Leute unterwegs; keiner von ihnen merkt es, wenn hier jemand mal schnell die Leiter des Krans hochklettert.

»Wir können auch bis Mitternacht warten«, sagt Marla. »Hab ich kein Problem mit, außer dass ich wahrscheinlich verhungert bin bis dahin.«

»Sorry«, sage ich. »Ich muss nachher noch was erledigen. Lass es uns gleich machen oder wir gehen jetzt einfach noch was essen.«

Marla sieht mich an und zeigt ihr Grübchen. Sie drückt die Zigarette aus und klopft sich den Mulch von der Hose.

»Dann mal los«, sagt sie, »du gehst vor, ich komme nach. Aber ich will auf alle Fälle bis in dieses Führerhäuschen kommen oder wie das heißt. Umkehren gibt's nicht.«

Wir springen über den Zaun auf den Fuhrhof und quetschen uns an den Fundamentplatten des Krans vorbei zur inneren Leiter. Ich schaue nicht nach oben. Nach oben zu schauen hat mir noch nie was gebracht. Ich konzentriere mich auf die Sprosse vor mir, immer nur auf die nächste Sprosse. Mit jedem Meter, den wir nach oben klettern, wird es frischer und windiger. Der Kran scheint im Nachtwind zu schwanken. Die Welt unter mir versinkt, bis auf Marla, die beharrlich hinterherkommt.

»Trödel nicht so«, sagt sie, als ich eine Pause einlege. »Ich würde gern noch heute ankommen. Ausruhen kannst du dich oben.«

Die Sprossen sind kalt, durch den Regenguss nass, ich packe fest zu, als müsse ich mich an jeder einzelnen Sprosse festklammern. Drüben breiten sich die Friedhöfe der Bergmannstraße aus, die Baumwipfel rauschen.

»Mach hin«, sagt Marla unter mir. »Oder lass mich vor.«

Wir erreichen das Führerhäuschen, die Bodenluke lässt sich hochklappen, ich setze mich auf den Sessel des Kranführers und Marla stemmt sich hinter mir durch die Luke.

»Endlich Boden unter den Füßen«, sagt sie und kichert. »Ist da noch Platz bei dir?«

Ich rücke zur Seite, sie setzt sich auf meinen Schoß. »Mir ist kalt«, sagt sie. »Mein Shirt ist nass. Das macht doch nichts, wenn ich es ausziehe?«

»Das macht nichts«, sage ich und helfe ihr beim Ausziehen. Ihr Rücken ist warm, sie schmiegt sich an mich, legt meine Hände auf ihre Schenkel, rutscht ein wenig hin und her mit ihrem Hintern.

»2020 war ein schlimmes Jahr«, sagt sie. »All diese Beschränkungen, Abstandsregeln, das geht nicht spurlos an einem vorbei. Außerhalb des eigenen Haushalts die Kontakte auf ein absolutes Minimum reduzieren. Mein Haushalt sieht mittlerweile aus wie ein Lager von Dildo King. Und ich sage dir ganz ehrlich, das ist nicht das Gleiche. Weißt du noch, wie im ersten Corona-Frühling die halbe Stadt plakatiert war mit *Sex macht schön*? Das macht einen total kirre. Ich will schön sein. Ich will Sex. Und nicht nur mit Dildos.«

»Es ist nicht das Gleiche«, sage ich und schiebe sie kurz von mir, um meine Hose auszuziehen, es ist nicht auszuhalten. Marla wirft einen Blick auf meinen Schoß, meinen Schwanz und streift sich ihre Shorts ab.

»Hast du ein Gummi?«

»Habe ich«, sage ich und fingere es aus der Hosentasche, ziehe es über.

»Wäre das okay für dich, wenn wir das ganze Kennenlernen nachher fortsetzen?« Sie setzt sich, mir zugewandt, auf meinen Schoß, lässt ihn in sich hinein.

»Ist okay für mich«, sage ich.

»Ich meine, die Lieblingsserien und so, als du zwölf warst, was dein Vater beruflich gemacht hat, Kindheitstraumata und alles, wo du dich in fünf Jahren siehst, da können wir gern drüber reden, gleich«, sagt sie und bewegt sich mit kleinen festen Stößen. Ich ziehe sie an mich, atme ihren Leib. Ganz Tier sein im Dunkel der Nacht.

»Hör nicht auf, hör nicht auf«, sagt sie noch, und was sie danach flüstert, kann ich nicht mehr verstehen.

Lass es dauern. Ihr Bauch schmiegt sich an meinen, die beiden Schenkel eine heiße Klammer. Ich schaue über ihre tanzende Schulter weit über die Dächer Kreuzbergs, über die Friedhöfe hinweg. Lass es dauern. Nicht aufhören. Auf der Gneisenaustraße schnüren die Lichtfäden der Autos zum Südstern und Hermannplatz. Wo sehe ich mich in fünf Jahren? Mit Marla in einer engen Küche, Spaghettiträger-Top, ein Baby auf dem Arm, ein Kleinkind zieht sich an ihrer linken Wade hoch, und ich habe auch zwei Kinder auf dem Arm. Und einen Ständer, ich kann nicht genug von ihr kriegen. Der Kran schwankt, aber er steht, stramm und fest, mitten in der unendlichen Nacht.

Marla dreht sich danach eine Zigarette, zündet sie an und gibt sie mir. Wir rauchen abwechselnd. Kein Handysurren. Stille. Über uns wölbt sich der Himmel.

»Überraschend intensiv«, sagt Marla, als sie ihre Shorts wieder anzieht, ein Fenster aufschiebt und das Gummi rauswirft, und ich bin noch weit weg, irgendwo ganz weit draußen. Wenn ich sehe die Himmel, deiner Finger Werk, den Mond und die Sterne, die du bereitet hast. Wann habe ich eigentlich angefangen, an Gott zu glauben?

»Alter«, sagt Marla, »komm mal wieder runter auf den Teppich hier.« Sie zieht ihr Shirt an, gibt mir meine Hose, und jetzt denke ich an die Verabredung mit Henne und Ronny, wie viel Zeit habe ich noch, eine halbe Stunde vielleicht. Wir machen uns an den Abstieg, diesmal geht Marla voran. Der Turm schwankt immer noch, wir tasten mit den Füßen nach unten.

»Nur keine Eile«, sagt Marla, als sie losgeht. »Latsch mir nicht auf die Finger. Ich brauche meine Hände noch.« Ihre Stimme ist dünn und verweht im Wind. Wir lassen uns Zeit und kommen glücklich unten an, klettern wieder über den Zaun zum Spielplatz und ich hole die Tasche mit den Tischtenniskellen, die ich unter der Rutsche gebunkert habe.

»Ich muss leider noch mal kurz los«, sage ich und schaue auf mein Handy, es ist knapp vor zehn.

»Ich verstehe schon«, sagt Marla. »Romantischer Szenenwechsel. Ich hatte mal einen Banker, der nach einer Nummer immer zwanghaft zum Smartphone langte, um sich die Börsenkurse anzusehen. Super kuschlig. Du als Hausmeister bist wahrscheinlich auch rund um die Uhr im Einsatz.«

»Ich bin kein Hausmeister«, sage ich. »Aber ich muss wirklich mal kurz weg. Da ist ein Kunde, der ein Apartment in Fennpfuhl beziehen will. Das dauert keine Stunde, dann können wir noch was trinken gehen.«

»Können wir gerne mal machen«, sagt sie. »Aber heute nicht mehr. Ich lege mich noch vor die Cam, ein bisschen Geld verdienen. Heute ist Freitag, da sind viele Männer einsam.«

Was für eine Cam? Ich frage lieber nicht, ich sehe ihr spöttisches Grinsen, sie wartet nur darauf, dass ich nachfrage. Soll sie sich vor ihre Cam legen in ihrem Haushalt voller Dildos. Es gibt mir trotzdem einen Stich in der Herzgegend. Sie streicht sich eine Haarsträhne aus der Stirn und schaut mich mit ihrem Grübchen in der Wange an, und am liebsten bliebe ich die Nacht bei ihr. Auf der Gneisenau kriegen wir ein Taxi und fahren zuerst bei ihr vorbei, Gustav-Müller-Platz auf der Roten Insel in Schöneberg. Sie beugt sich zu mir, als die Taxe hält, und küsst mich auf den Mund.

»Hoffe, du kommst klar«, sagt sie. »Du weißt, wo du mich findest.«

Ich weiß es. Und ich hoffe, dass ich klarkomme.

Zum Taxifahrer sage ich: »Und jetzt zur Potsdamer, Ecke Kurfürstenstraße.«

5 An der Kurfürstenstraße drehen die Kunden des Straßenstrichs ihre Runden. Die bulgarischen und ungarischen Frauen gehen auf und ab, rauchen geduldig, sie wissen genau, dass einer halten wird, früher oder später. Wenn nicht, ist es ihnen auch egal. Mancher Freier dreht sieben oder acht Runden, ehe er sich für eine Frau entschieden hat. Im *Café Nil* sitzen die Zuhälter, trinken Tee und würfeln. Hin und wieder macht einer von ihnen einen Rundgang draußen, um zu schauen, ob alle noch am Start sind. Damit die Frauen wissen, dass sie nicht allein sind.

Auf der Potsdamer selbst ist wenig los. Das *Deli* ist schon seit sechs Uhr abends zu. Das Wettbüro ist noch offen, jetzt auch richtig voll, alle Männer sind da, stehen vor den Wettautomaten, starren auf die Bildschirme, der Laden vibriert vor Spannung. Heute Abend kann ich nicht. Ein paar Meter weiter sitzen die Cocktailtrinker in der *Victoria Bar*, reden über vergorene Stutenmilch und potenzielle Impfschäden, jemand hat von einem neuen, wahnsinnig aggressiven Virus aus Kambodscha gehört, und jetzt scrollt er hektisch auf seinem Handy, um die Nachricht zu finden, während die anderen ihn auslachen. Sie trinken Regent Punch und Final Words. Nebenan im *Irma la Douce* speisen die Neureichen Seezunge mit Safranrisotto, Schnecken mit Fenchel und betrachten sich in den großen Spiegeln. Ein Trupp Touristen ist auf dem Weg ins *Kumpelnest* in der Lützowstraße. Vor dem *Golden Dolls* stehen Zef und Gezim in ihren schwarzen

Anzügen, die Hände vor dem Schritt verschränkt, und warten auf Kundschaft. Ich fahre an ihnen vorbei, lasse die Taxe hinten am Magdeburger Platz halten und gehe den Rest zu Fuß, als Übergangszeit, eine Zigarettenlänge.

Ich bin spät dran, das weiß ich. Henne und Ronny warten mit einem Behindertenbus vor dem Wettbüro. Hinten im Wagen sitzt ein Mann in einem Rollstuhl. Ich steige zu ihnen ein. Der Mann hebt nicht den Kopf.

»Tag«, sage ich.

Er sagt nichts.

»Weißt du, seit wann wir hier schon stehen?«, fragt Ronny. Er trägt jetzt schwarze Sachen, immer noch die Stahlrandbrille, kaut einen Kaugummi, schmatzt dabei.

»Keine Ahnung«, sage ich, »tut mir leid, hatte noch was zu erledigen«.

»Mach schon«, sagt Henne am Steuer, als ich noch gar nicht sitze. »Kannst du die Tür zumachen, damit wir vielleicht auch mal loskommen, geht das?«

Ich schlage die Tür zu, meine gute Laune ist schlagartig weg. Der Wagen riecht nach Desinfektionsmitteln. Er riecht wie das Jahr 2020, abgestanden und ausweglos. Ronny beugt sich zu mir, seine Stimme ist trotzdem schlecht zu verstehen: »Klappt das jetzt mit der Wohnung? Hast du die Schlüssel?«

Ich hole die Schlüssel aus der Tasche und halte sie ihm hin. »Alles gut«, sage ich. »Die Wohnung ist leer, das Pärchen aus Boston ist raus. Ich habe Staub gesaugt, das Klo geputzt, gelüftet, die Spülmaschine angestellt. Ich zeige euch alles. Alles wird gut.«

»Auf solche Leute stehe ich, die ständig sagen: Alles wird gut«, sagt Ronny zu Henne. »Auf solche Typen hole ich mir echt einen runter. Du hast den Typen ausgeguckt, rede du mit ihm.«

»Also wohin jetzt?«, fragt Henne.

»Fennpfuhl«, sage ich. »Das gehört zu Lichtenberg.«

»Lichtenberg, genau«, sagt er. »Super. Wie komme ich da hin?«

»Ich denke, deine Oma wohnt da«, sage ich. »Du wendest und fährst die Potsdamer hoch zum Potsdamer Platz. Dann über die Leipziger, am Alex vorbei, Landsberger Allee, da ist der russische Supermarkt an der Ecke, Intermarkt Stolitschniy.«

»Den kenne ich«, sagt Ronny und versucht eine Kaugummiblase zu machen, schafft er aber nicht. »War ich schon mal drin. Die haben Zwei-Kilo-Würste. Russen essen so was gern. Nehmen sie mit auf ihre Wanderungen in Sibirien, Wurst und Wodka und Waffen.«

»Ohne mich«, sagt Henne. »Die haben diesen Sommer vierzig Grad in Sibirien, denen taut der ganze Permafrostboden unterm Arsch weg. Normalerweise haben die einen Kilometer Frostboden unter sich, und jetzt haut die Hitze da voll rein, dadurch steigen Gase auf, von denen willst du gar nichts wissen, die waren da Jahrtausende eingeschlossen und kommen jetzt nach oben.«

»Das geht mich nichts an«, sagt Ronny. »Ich würde da bloß wandern.«

»Ja, genau«, sagt Henne. »Dann geh da mal schön wandern. Die haben da nämlich auch an die sechstausend Waldbrände in diesem Sommer, da kannst du deine Zwei-Kilo-Wurst am Stöckchen braten.«

»Dann esse ich die Wurst eben hier, gleich auf dem Parkplatz in Fennpfuhl«, sagt Ronny, kaut seinen Kaugummi und schaut missmutig aus dem Fenster. »Fahr doch mal los, statt hier endlos zu quatschen.«

»Was soll das überhaupt heißen, stolitschni?«, sagt Henne.

»Hauptstadt, glaub ich«, sagt Ronny.

Ich schaue nach hinten. Der Mann sitzt zusammengesunken im Rollstuhl, sein Kopf schwingt ein wenig zur Seite, als Henne anfährt und die Spur wechselt.

»Was ist mit eurem Freund, ist der okay?«, frage ich.

»Kümmer dich nicht um den«, sagt Ronny. »Dem geht's gut. Der braucht einfach viel Schlaf.«

»Das Haus ist aber nicht behindertengerecht«, sage ich. »Davon habt ihr nichts gesagt, dass er im Rollstuhl sitzt.«

»Das wird schon gehen«, sagt Henne am Steuer. »Lass uns erst mal ankommen.«

Weit kommen wir nicht. Am Potsdamer Platz ist die Kreuzung voll mit Hunderten, Tausenden von Radfahrern, die hier ihr Ritual vollziehen, indem sie ihr Rad in die Höhe recken und so minutenlang verharren. Aus Lautsprecherboxen dröhnen Reggae-Bässe, Techno-Loops. Vom Brandenburger Tor her kommt ein unaufhörlicher Strom von weiteren Radlern. Über allem liegt das endlose Schrillen von Tausenden, Abertausenden Fahrradklingeln.

»Die fehlen uns grade noch«, sagt Ronny und schiebt seine Brille hoch. Er stößt Henne in die Seite, seine Stimme jetzt scharf: »Wieso bremst du? Da musst man draufhalten, dann lassen sie dich durch. Stand your ground.«

Henne fährt im ersten Gang im Schritttempo weiter, bis der Wagen von zahllosen Radfahrern eingeschlossen ist. Sie denken gar nicht daran, zur Seite zu gehen und uns durchzulassen. Es sind vor allem junge Kerle in kurzen Hosen, die Waden stramm vom ständigen Radfahren. Rastalocken, Rennradkappen, Vollbart. Zwei Gestalten in Ganzkörperkostümen als Tiger gurken auf Bonanza-Rädern herum. Die meisten Radler haben gute Laune, ein paar sind auf Ärger aus und klopfen gegen unsere Scheiben, einige von ihnen mit den Fäusten. »Stellt den Motor aus!«

Henne hält schließlich an und stellt den Motor ab.

»Sag mir, dass das nicht wahr ist«, sagt er. »Das kann nicht wahr sein. Nicht heute.«

»Letzter Freitag im Monat«, sage ich. »Die Critical Mass. Die kommen fast immer hier vorbei, das dauert nicht lange, Viertelstunde oder so. Geht's eurem Freund wirklich gut?«

Der alte Mann hat sich trotz des Trubels draußen nicht bewegt. Sein massiger Körper ist in sich zusammengesunken, immerhin atmet er regelmäßig. Offenbar schläft er tief und fest.

»Mach dir keinen Kopf um den«, sagt Ronny. »Dem geht's prima. Dem würde es wahrscheinlich noch besser gehen, wenn er bald mal ankommen würde.«

»Der hat wirklich einen guten Schlaf«, sage ich. »Ist aber günstig für die Wohnung, die ist ein bisschen hellhörig.«

»Du hast gesagt, die Wohnung ist tipptopp«, sagt Henne. »Was soll das jetzt heißen, hellhörig?«

Draußen wogt die Menge der Critical Mass, Tausende Fahrräder, darunter Lastenräder mit aufgetürmten Soundsystems, die biestige Bässe in die Nacht bellen. Jungvolk, alte Leute, Ökoeltern mit ihren Kindern und Gesundheitslatschen, Dinkelbrotstullen. Rollerfahrer und Skater haben sich daruntergemischt. Henne und Ronny starren mich an, als überlegten sie, ihre Pläne kurzfristig umzuwerfen.

»Was ist das überhaupt für eine Demo, wenn die mit ihren Rädern nur herumstehen«, sagt Ronny. »Ich habe Kotze im Mund, wenn ich diese Volljockel sehe. Das ist doch Freiheitsberaubung, wenn man hier nicht weiterkommt.«

»Lenk nicht vom Thema ab«, sagt Henne und kaut an seiner Unterlippe. »Was ist jetzt mit deiner Wohnung? Ist die nun hellhörig oder nicht?«

»Keine Sorge«, sage ich. »Euer Bekannter wird da gut schlafen. In den Apartments nebenan wohnen Mieter, die so gut wie nie zu Hause sind. Da stört ihn niemand.«

»Wir hätten uns die Wohnung vorher ansehen müssen«, sagt Henne zu Ronny. »Vorher. Das ist unprofessionell. Das hätten wir vorher klären müssen. Die Aktion ist überstürzt, habe ich gleich gesagt. Wir machen uns hier echt zum Obst.«

»Das sagt der Richtige«, sagt Ronny. »Und wir ziehen das jetzt durch.«

Ich sage nichts, verstehe auch nichts. Was für eine Aktion? Niemals mit den Kunden streiten. Es gehört zu meinem Job, die Leute durch die Nacht zu lotsen, ihnen zu geben, was sie brauchen. Die amerikanischen Jungtouristen wollen immer wissen, wo das *Berghain* ist, wie man hinkommt, wo man sich anstellt, was man anzieht, um reinzukommen. Das *Berghain*, das *Berghain*, das *Berghain*. Wo dieser Sven vor der Tür steht. Das wollen sie unbedingt sehen. Ich zeige es ihnen, das *Berghain*. Ich liefere sie buchstäblich vor dem *Berghain* ab. Zeige ihnen, wo sie sich anstellen müssen, wie ein Kindergärtner. Ermahne sie: Keine Widerworte zu den Türstehern. Ich liefere die Leute ab. Vor dem *Gretchen*. Vor dem *Kater Blau*. Vor dem *Ritter Butzke*. Vor dem *Rosi's, Suicide, About Blank, Mensch Meier*. Ob sie dann reinkommen, ist eine andere Frage. Kann ich nicht garantieren, ich mache nicht die Türpolitik. Diese drei werde ich in der Wohnung am Fennpfuhl abliefern, das Geld nehmen und verschwinden. Ich habe im letzten Jahr so gut wie keine Einkünfte gehabt, weil kaum noch Touristen kamen, wäre ja auch witzlos gewesen, wenn alle Clubs dicht sind. Den Corona-Zuschuss habe ich gekriegt, mehrfach sogar, kontrolliert ja keiner, und umgehend verzockt. Schwamm drüber, Leben geht weiter. Im Moment bin ich aber nur müde, einfach nur platt, denke an Marlas flachen Bauch, das glitzernde Bauchnabelpiercing, ihre flüsternde Stimme, heiser und innig. Am liebsten möchte ich auf der Stelle einschlafen und von ihr träumen.

Draußen erhebt sich ein Sturm von Tausenden Fahrradklingeln, und nach und nach setzen sich die Radler wieder in Bewegung. Sie gleiten an uns vorbei, Lastenräder, Tandems mit Lichterketten, Hollandräder, nicht ohne einen strafenden Blick auf unser Behindertenmobil zu werfen. Der Strom der Radfahrer findet sein neues Bett in der Stresemannstraße und weiter runter zum Askanischen Platz. Henne startet den Motor und bewegt sich Millimeter um Millimeter voran, bis die Straße vor ihm frei ist. Auf der Leipziger gibt er Gas und brettert mit siebzig Sachen an den weiß gestrichenen Wohnhochhäusern vorbei. Dort wohnen immer noch ein paar übrig gebliebene Kaderwitwen, aber längst auch Politiker vom Bundestag, Geschäftsleute, Hipster mit viel Geld, die die Wohnungen zu riesigen Lofts geöffnet haben. Ich war vor Jahren mal auf einer Party da, die ganze Wohnung gerammelt voll mit einer Kohorte krakeelender Kokser, »wolln wir eine ruppen, wolln wir eine ruppen, lass uns eine ruppen«.

»Hinterm Alex dann halbrechts auf die Landsberger«, sage ich. »Dann haben wir es fast geschafft.« Ich will die Sache rasch hinter mich bringen, ich gehöre, ehrlich gesagt, ins Bett.

6 Die Plattenbauten von Fennpfuhl tauchen vor uns auf. Es ist kurz vor Mitternacht, die meisten Fenster der Abertausend Wohnungen in den aufgetürmten Wohnblocks sind dunkel. In den Zufahrtstraßen und auf den Gehwegen zwischen den Wohnblocks ist nichts los.

»Ruhige Gegend«, sagt Ronny vorn.

»Habe ich doch gesagt«, sage ich.

Der Mann hinten im Rollstuhl gibt immer noch keinen Laut von sich. Ronny starrt abwesend aus dem Fenster. Man muss solche Gegenden mögen. Fürs Auge ist das nichts, der Reiz ist subkutan, man braucht Fantasie, was hier möglich sein könnte. Eine Gegend voller Abgründe und ungeklärter Mysterien. Oben im Märkischen Viertel ist das auch spürbar, ich habe Sido geliebt, als ich vierzehn, fünfzehn war, wir alle haben ihn gefeiert, aber auf dem Schulhof herrschte Sido-Verbot. Und mal ehrlich: Marzahn, Hellersdorf, Fennpfuhl, das ist noch eine Spur seltsamer, das ist Osten. Mein Pfuhl, meine Träume, meine Eier, meine Schulden reichen vom ersten bis zum sechzehnten Stock.

Wir tasten uns durch die schmalen Zufahrtswege. Zwei Gestalten kommen von der Straßenbahnhalte und nehmen den Trampelpfad an den Tischtennisplatten entlang. Ein Hundehalter ist unterwegs, sein Hund kackt mit zitternden Hinterläufen zwischen die geparkten Autos, das Herrchen schaut in die andere Richtung.

Vor ein paar Jahren gab es hier einen älteren Herrn, der Nacht für Nacht Kontrollgänge im Haus und in der Nachbarschaft machte. Alter Stasi-Adel, nie über den Fall der Mauer hinweggekommen, hatte deshalb angefangen, Dossiers über seine Nachbarn anzulegen, penible Observierungsprotokolle auf grauem Papier. Als er starb und seine Wohnung ausgeräumt wurde, fanden die Möbelpacker tonnenweise Material über die Mieter in seinem Haus, die Stammkunden im Supermarkt, die Pfandflaschensammlerin, die hier ihr Revier hatte. *Feindlich-negative Einstellung, dekadente Lebensführung.* Er hatte operative Vorgänge entworfen, um gegnerische Kräfte zu zersplittern oder zu lähmen, die Ehe der Familie im neunten Stock beispielsweise zu belasten und zu erschüttern. Auch die Zersetzung von Einzelpersonen war von ihm angedacht und teilweise, wie etwa im Fall des Imbisswirtes Mutlu vom *Anton Döner*, bereits mit systematischer Diskreditierung des Rufes ins Werk gesetzt. Ich hab ihn noch gekannt, als ich hier gewohnt habe, er hielt einen vor den Briefkästen an, wusste genau, wie man hieß, verwickelte einen in Gespräche übers Wetter, die Hetze der Westmedien. Er selbst weigerte sich, den Rundfunkbeitrag zu zahlen, und prozessierte jahrelang um die entstandenen Forderungen. Das Konvolut seiner Akten mit den Forschungen zur Nachbarschaft lag einige Tage draußen im Hof, die Ausmister wussten nichts damit anzufangen, es wanderte dann ins Altpapier.

Auf der Rudolf-Seiffert-Straße ist nichts los, ich öffne die Schranke zum Mieterparkplatz und lasse den Transporter zum Hintereingang des Gebäudes fahren. Henne würgt den Motor ab. Der Mann im Rollstuhl reckt den Kopf hoch und schaut mich verständnislos an.

»Aufwachen«, sage ich. »Sie haben Ihr Ziel erreicht.«

Er antwortet mit einem Altmännermurren tief im Hals, wo die Schlacke sitzt. Hebt eine Hand und lässt sie wieder sinken. Sein Kopf sackt nach vorn. Wie lange soll der überhaupt in meiner Wohnung unterkommen? Der kommt allein vermutlich nicht klar. Wer versorgt ihn? Wer kocht für ihn? Wer setzt ihn aufs Töpfchen, wenn er muss? Ronny schaut mich mit seinen toten Augen an, als könne er meine Gedanken lesen, ich frage lieber nicht.

»Woher habt ihr eigentlich diesen Behindertentransporter?«, frage ich stattdessen.

»Wegen dem Rollstuhl«, sagt Henne. »Glaubst du, in einen Golf fünf passt ein Rollstuhl rein? Wie hätten wir den alten Mann denn deiner Ansicht nach hierherbringen sollen?«

»Schon klar«, sage ich. »Ich wusste nicht, dass man diese Teile auch leihen kann. Ich dachte, die gehören zu sozialen Diensten oder so.«

»Du denkst vielleicht ein bisschen viel«, sagt Ronny. »Alles, was wir von dir wollen, ist diese Wohnung, die hoffentlich nicht allzu hellhörig ist.«

»Und einen Aufzug, in den man mit dem Rollstuhl reinkommt«, sagt Henne.

»Ihr hättet das vielleicht auch vorher sagen können, dass euer Freund behindert ist«, sage ich. »Dann hätte ich euch eine andere Wohnung gegeben. Die hier ist nicht so richtig behindertengerecht. Das fängt schon damit an, dass die Rampe zum Hauseingang grad umgebaut wird.«

»Wir kriegen das schon hin«, sagt Henne. »Mach dir um uns keine Sorgen.«

Ich mache mir Sorgen um das Geld und die Umstände, die danach entstehen. Ich habe schon einige Spinner in meinen Wohnungen gehabt. Das Schlimme an Spinnern ist, dass man sie nicht mehr loswird, wenn sie erst mal drin sind. Das Schlimme an mir ist, dass ich es immer zu spät mitkriege, dass es Spinner sind.

»Wie lange soll das eigentlich gehen mit eurem Freund?«,

frage ich, als sie ihren Bekannten aus dem Wagen hieven. »Wer kümmert sich um ihn?«

»Du gehst mir auf den Geist«, sagt Ronny und drückt mich zur Seite. Sie schieben den Mann im Rollstuhl zum rückwärtigen Eingang. Die Tür ist wie immer nur angelehnt. Hier kann jeder kommen und gehen, wie es ihm passt. Es gibt zwar ein Schild »Dieser Bereich wird videoüberwacht!«, doch das schimmelt da schon seit den späten Neunzigern vor sich hin. Zu zweit heben sie den Rollstuhl zwei Stufen hoch. Er passt auch in den Aufzug, Ronny und Henne quetschen sich hinter ihm in die Kabine, ich nehme die Treppe. Die Stockwerke riechen nach Sommer und Dürre. Niemand kommt mir entgegen. Hier und da höre ich Fernseherstimmen, einen röhrenden Staubsauger, das Klappern von Tellern, Bässe. Eine Frau telefoniert auf Russisch, sie klingt nach endlosen Vorwürfen. Im fünften Stock rappt Joe Rilla *Danke für den Sekt du Spast ich ex das Glas.* Im dreizehnten Stock ist es ruhig. Hier wohnen zwei vietnamesische Frauen und ein paar russische Arbeiter, die praktisch rund um die Uhr außerhalb unterwegs sind.

Ronny und Henne stehen mit dem Mann im Rollstuhl vor der falschen Wohnungstür.

»Habt ihr schon geklingelt?«, frage ich.

»Wieso sollten wir klingeln, wenn wir wissen, dass du unterwegs bist?« Ronny klingt genervt.

»Es ist die Wohnungstür hier drüben«, sage ich und schließe die richtige Tür auf. Ich mache kein Licht im Wohnzimmer, damit die Aussicht der nächtlichen Stadt sie beeindrucken kann. Ein endloser Strom der Fahrzeuge in beide Richtungen. Weiße Vorderlichter, rote Rücklichter, die polnische Flagge in ständiger Bewegung. Der alte Mann in seinem Rollstuhl schaut kurz auf, als er ins Zimmer gerollt wird, sagt aber nichts.

»Habt ihr hier kein Licht?«, sagt Henne und sucht nach einem Schalter.

Die Wohnung ist nicht exzessiv möbliert. Berlinbesucher brauchen nicht viel. Ich habe einige meiner alten Sachen dagelassen. Eine Couch mit flachem Beistelltisch, Fernseher, rubinroter Teppichboden, der schon leicht ausgetreten ist. Ein Esstisch an der Durchreiche zur Küche, zwei ausrangierte Regale.

»Braucht ihr noch einen Rundgang durch die Wohnung oder findet ihr euch zurecht?«, frage ich und lege die Schlüssel auf den Couchtisch. »Sonst würde ich jetzt mal die Biege machen, dann habt ihr eure Ruhe. Und die Miete, hatten wir ja gesagt, wolltet ihr bei Schlüsselübergabe zahlen, das können wir gern jetzt gleich erledigen.«

»Wir brauchen für heute Abend was zu essen«, sagt Ronny. »Kannst du uns was besorgen?«

»Unten gibt es einen Döner-Imbiss«, sage ich und bewahre die Ruhe. Dabei passiert mir das ständig, ich bin schon aus der Tür raus, habe schon Feierabend, dann fällt denen noch was ein. Aber gut, man will kein Unmensch sein. »Auf dem Marktplatz ist ein Italiener, der auch außer Haus verkauft. Der Inder auch. Oder eben der Döner-Imbiss.«

»Ich esse nichts vom Inder, das ist nur Formfleisch«, sagt der Mann. »Und vom Türken schon gar nicht. Bring mir eine Pizza Salami von diesem Italiener, dazu einen Rotwein, wenn er auch Flaschen verkauft, manche von den Italienern machen das.«

Er kann also reden, wirkt sogar ziemlich klar im Kopf, der weiß genau, was er will. Behandelt mich wie einen Dienstboten, doch ich bin erst mal froh, dass er gut beieinander ist.

»Für mich auch eine Pizza, Salami oder Funghi, mir egal«, sagt Henne. Ronny streckt drei Finger aus.

Ich gehe zum Italiener. Die beiden Kellner packen gerade zusammen, Feierabend. »Es gibt dahinten noch einen Lieferdienst, die machen auch Pizza«, sagt der eine. »Lila Pizza heißen die. Die Gamer lassen sich nachts die Pizza von denen bringen, aber die soll abartig sein, ganz schlimm.«

Ich laufe trotzdem hin. Vor der Tür stehen drei lila E-Roller. Drinnen scrollen drei Lieferanten auf ihren Handys. Der Pizzabäcker will mir keine Pizzen auf die Hand verkaufen. »Du bestellst, wir liefern dir.«

»Ich hätte gern drei Pizza Salami«, sage ich. »Eine Flasche Rotwein dazu.«

»Wohin sollen wir liefern?«

»Ich nehme es mit«, sage ich.

Er schüttelt seinen kleinen Kopf. »Alter, hast du was an den Ohren?«, sagt er. »Wir liefern nur aus. Wieso machst du hier solche Probleme? Bestellen kannst du hier, dann gehst du nach Hause, wir bringen es dir an die Tür.«

Einer der Fahrer sieht von seinem Handy auf. »Wo wohnst du?«

»Gleich da drüben: Rudolf-Seiffert 33«, sage ich. »Der Name ist Lohoff.«

»Ich bring's dir. Aber sag mir auf jeden Fall deine Wohnungsnummer, ich suche mir sonst einen Wolf auf dem Klingelbrett.«

Ich bestelle die drei Pizzen und gehe in die Rudolf-Seiffert zurück, warte vor der Tür. Es dauert zwanzig Minuten, bis er mit seinem E-Roller vor die Haustür kommt. Ich bezahle ihn, fahre mit dem Fahrstuhl nach oben, klopfe an der Tür. Die Pizzapackungen sind heiß, ein Geruch nach billigem Käse wabert durch die Ritzen.

Ronny macht auf: »Wo warst du Penner denn? Wir wollten dich schon als vermisst melden.«

Wenn ich was nicht abkann, dann Dumpfbacken, die mich als ihren persönlichen Laufburschen behandeln. Ich bringe die Pizza zum Esstisch, stelle die Tüte mit der Weinflasche daneben, will mich endlich vom Acker machen.

»Okay«, sage ich. »Lasst es euch schmecken. Ich muss jetzt los. Wie ist das jetzt mit dem Geld?«

Ronny reagiert nicht, er starrt mich nur mit seinen eisigen Augen an. Überhaupt hat die Atmosphäre in der Wohnung sich verändert. Auf dem Esstisch neben den Pizzapackungen liegt eine Hornbrille, die Gläser sind gesprungen. Der alte Mann ist aufgestanden und reckt sich. Die Hemdsärmel aufgekrempelt, die oberen Knöpfe offen, sodass sein Unterhemd zu sehen ist.

Er macht Gymnastikübungen vor dem Fenster, ungelenke Kniebeugen, bei denen er zehn Zentimeter nach unten geht. Das ist auch für einen Siebzigjährigen schwach. Immerhin hat er Beine und kann aufstehen, ist doch was.

Henne klappt die Pizza auf und sagt: »Wer hat dir gesagt, dass du Lila Pizza holen sollst? Du solltest unten zum Italiener gehen, Marco Polo oder wie der heißt.«

»Die hatten zu«, sage ich. »Die haben mich zu Lila Pizza geschickt.«

»Neulich gab es auf Kiss FM ein Ranking der zehn schlimmsten Pizzalieferdienste«, sagt Henne und zieht mit spitzen Fingern ein Achtelstück hoch. Die winzigen Salamistücke rutschen mit dem Käseklumpen vom dünnen Teig.

»Lila Pizza hat den zweiten Platz gemacht, sprich es gibt nur eine Pizza, die in Berlin ausgeliefert wird, die noch ekliger ist. Das hier ist keine italienische Pizza, sondern eine Kanakenpizza, auf gut Deutsch gesagt. Ich weiß, soll man nicht sagen, und ich entschuldige mich auch bei allen, denen ich jetzt wehgetan oder die ich damit ein Stück weit traurig gemacht habe. Aber Fakt ist: zweiter Platz der schlimmsten Lieferdienstpizzen von ganz Berlin.«

»Wer hat denn den ersten Platz gemacht?«, sagt Ronny. Er hat mit seiner Pizza angefangen, schlingt vornübergebeugt ein Stück nach dem nächsten runter. Ihm schmeckt es, das hört man. »Ich finde die gar nicht schlecht. Bisschen wenig Salami, aber kein Vergleich mit einer Tiefkühlpizza. Jedenfalls von Aldi.«

Der alte Mann nimmt sich eine Papierserviette von der Durchreiche, setzt sich an den Esstisch und steckt sie in den Saum seines Unterhemds. »Lila Pizza«, sagt er. »Dieses Volk ist am Ende, da kommt nichts mehr.«

Ich sehe die drei am Tisch sitzen, über die Pizzapackung gebeugt, und in meinem Bauch startet eine Boeing 747-400. Hundertachtzigtausend Kilogramm Wut im Anmarsch mit guter Beschleunigung, kurz vor dem Abheben. Seit Jahren schließe ich meine Wohnungen auf für solche Spacken, sie tappen in meinen Flur, lassen sich auf meiner Couch nieder, ziehen ihre Schuhe aus, heben den Hintern seitlich an, um einen fahren zu lassen in meiner Wohnung. Seit Jahren bin ich nett, weil ich ihre Kohle haben will, ihre Knete dringend brauche. Seit Jahren bin ich mit allem einverstanden, was sie wollen. Sie kriegen meine Schlüssel, ich hole ihnen noch eine Pizza, besorge ihnen das Gras, das sie rauchen wollen, die Pillen, die Pilze. Ich mache das schon, klar, ich bin der Dienstleister. Der Lellek. Dein Arsch vom Dienst. Muss auch mal gut sein. Ich habe kein Beil zur Hand wie Rudi, ich stehe einfach nur mit leeren Händen da.

Die drei sitzen da, essen ihre Pizzen, und ich habe genug. Die Boeing 747-400 in meinem Bauch hebt ab, das Triebwerk entfacht von jetzt auf gleich einen Schub von zweihundertsiebenundsechzig Kilonewton, verbrennt drei Liter Kerosin pro Sekunde. Der Wutrausch beginnt, kommt bei mir nicht oft vor, aber wenn es passiert, dann passiert es.

»Leckt mich«, sage ich und nehme den Schlüssel wieder vom Tisch. »Ich hab's mir überlegt, wir lassen das mal lieber. Ihr findet woanders eine Wohnung, ihr könnt gehen, und zwar jetzt sofort.«

Henne schaut mich mit offenem Mund an, die Pizza hängt ihm in der Hand. Der Mann hört überhaupt nicht zu, speichelt in seine Serviette, isst weiter. Die Sekunden dehnen sich, ich höre nur das Kauen, Schmatzen, Schlucken des alten Mannes. Ronny steht auf, wischt sich die Hände ab und kommt auf mich zu.

»Was ist das jetzt«, sagt er. »Willst du mich ficken?«

Er ist klein, drahtig, zieht den Kopf nach unten und rammt ihn mir in die Brust, trifft den Solarplexus mit voller Wucht.

Ich will antworten, ihm die Boeing 747-400 in die Fresse geben, doch ich kriege keine Luft mehr. Schubrückschlag, das Kerosin implodiert im Schmerz.

Ronny kickt mir sein Knie zwischen die Beine.

»Willst du mich ficken«, sagt er noch einmal, während er zutritt, und ich staune noch im einsetzenden Schmerz, wie ruhig und gesammelt seine Stimme ist. »Wenn einer geht, dann bist du das. Du bist nicht Teil dieser Sache. Wenn sich einer hier verpisst, dann ist das Tom Lohoff. Her mit den Schlüsseln.«

Ich kriege seinen Kopf zu fassen, nehme ihn in den Schwitzkasten, er wehrt sich, wir taumeln gegen die Scheibe zum Balkon. Ronny reißt seinen Kopf hoch und trifft mich mit seinem harten Schädel unterm Kinn. Ich beiße mir auf die Zunge, schmecke mein Blut im Mund, spucke aus, treffe Ronny mitten im Gesicht.

Er wischt sich das Blut von der Wange.

»Du machst mir Spaß«, sagt er und schaut sich seine Hand an. Dann senkt er den Kopf und stürmt auf mich zu, ich kann nicht mehr ausweichen.

Ich fliege gegen die Scheibe, schlage mit dem Kopf dagegen. Ein Riss läuft aus wie ein Spinnenfaden, das Glas springt.

Die Scheibe hält. Seit dreißig Jahren ist da nichts mehr gemacht worden, und jetzt muss ich auch noch den Glaser holen. Was für ein Scheißtag.

Ronny steht über mir. »Steh auf«, sagt er. »Dreckstück.«

»Nice«, sagt Henne hinten am Tisch und lacht. »Was für ein Untermensch ist das denn, das glaube ich nicht. Wirf ihn raus. Der hat hier nichts mehr zu suchen.«

»Lass ihn leben«, sagt der alte Mann. »Das ist nur ein Ausraster, der Mann ist labil. Gib ihm sein Geld und bring ihn zur Tür. Ich will den hier nicht rumliegen haben.«

Die beiden gehorchen. Henne zieht aus seiner Hosentasche den Umschlag und wirft ihn Ronny zu. Ich komme auf die Beine, wische mir den Mund ab, blute immer noch, lecke mir die Lippen. Ich will nur noch raus.

Ronny bringt mich zur Tür. Er ist einen Kopf kleiner als ich, aber austrainiert, versteht was von Nahkampf. Hätte ich nicht gedacht. Weiß ich jetzt.

An der Wohnungstür stopft er mir den Umschlag in die Hosentasche.

»Das kannst du mal erklären, was das sollte, aber jetzt nicht«, sagt er. »Du kommst uns nicht in die Quere. Wenn du hier noch mal auftauchst, dann werde ich richtig böse, und dann ist das Geheule groß. Überleg dir, was du machst. Überleg es dir vorher. Wir bleiben nicht lange und wir wollen nicht gestört werden. Nimm deine Scheine und verschwinde.«

Er schiebt mich raus, klappt die Tür hinter mir zu.

Der Fahrstuhl ist noch da, das Licht glimmt, ich stelle mich rein, drücke auf den Knopf, gehe langsam in die Hocke, als er anruckt und nach unten fährt. Ich will nie wieder in meinem Leben aufstehen. Ich ziehe den Umschlag aus der Tasche und schaue rein. Die zweitausend Euro sind drin. Das Blut sickert aus meinem Mund auf den Boden, tropft und tropft, warm und rot.

Der Fahrstuhl kommt unten an. Die Falttür geht knarrend auf und wartet darauf, dass ich aufstehe. Das ganze Haus ist still, mein Haus, meine Wohnung, mein Abfuck, meine Schande vom ersten bis zum sechzehnten Stock.

7 Es ist eins, als ich zu Hause bin, in der Küche lese ich vier Nachrichten von Marla auf meinem Handy und schreibe ihr Antworten, es ist zwei, als ich endlich ins Bett falle. Die Zunge in meinem Mund ist angeschwollen. Mein Herz hämmert immer noch, kommt lange nicht zur Ruhe. Das Ritalin, der Kaffee. Als es draußen schon wieder hell wird und die ersten Amseln zwitschern, schlafe ich endlich

ein. Was ich träume, fällt durch den Rost eines unruhigen Schlafes.

Als ich am Morgen in die Küche komme, sitzt David vor dem Laptop und löffelt sein Müsli. Ich habe vielleicht vier Stunden geschlafen, möchte mal wieder ausschlafen können wie früher, als ich sechzehn war und bis zwei Uhr mittags pennen konnte. David hat noch gar nicht geschlafen, das sieht man ihm an. Er ist im After-Party-Modus: glänzende Haut, straffes Gesicht. Keine Frage: Er ist on fire. Die Küche sieht aus wie geleckt. Wenn David aus dem Club kommt und nicht einschlafen kann, dann muss er putzen. Dann muss er wischen, wienern, scheuern, spülen. Muss sich beschäftigen. Man kann ihm eine Zahnbürste in die Hand drücken, dann kümmert er sich um die Fugen vor dem Herd. Und das nimmt er sehr genau. Pfusch kann er nicht haben, geht ihm gegen den Strich. Er nickt dabei mit dem Kopf, als möchte er nie wieder aufhören zu nicken. Er nickt auch jetzt über seinem Müsli.

»Das glaubst du nicht«, sagt er und zeigt mit dem Löffel auf sein Laptop. »Das ist wahrscheinlich das Schönste, was ich in meinem Leben gesehen habe.« Er nickt mir mit offenem Mund zu. »Kuck dir das an. Das musst du dir ansehen.«

Ich brauche erst mal einen Kaffee, ein Glas Wasser. Mein Gesicht im kleinen Rasierspiegel sieht nicht gut aus.

»Was guckst du?«

»Keine Ahnung«, sagt David. »Tagesschau. Morgenmagazin. Aber ehrlich gesagt: keine Ahnung, was das sein soll.«

Ich schaue auf den Bildschirm und erkenne sofort den alten Mann aus meinem Fennpfuhl-Apartment. Auf der Bauchbinde der Nachrichtensendung heißt es: *Entführungsfall*

Max Kallatzky, hochrangiger Berliner AfD-Politiker in Gewalt von linksterroristischer Splittergruppe.

»Den kenne ich«, sage ich.

»Wer kennt den nicht«, sagt David und kaut aufgeregt sein Müsli. »Das ist ein Arschloch vor dem Herrn. Da haben sie sich wirklich mal den Richtigen geholt. Weißt du, was der neulich über die Kanzlerin vom Stapel gelassen hat? ›Merkelova Stalininskaja hat gewaltaffine Mitesser aus Elendsgebieten nach Deutschland geholt, damit wir sie hier lebenslang alimentieren.‹ So in dem Tonfall, und so quatscht der seit Jahren. Aber das ist ein sehr starkes Unterhemd, das muss man ihm lassen.«

Die Bilder saugen mich auf. Auch wenn von der Wohnung kein Detail zu sehen ist, sitzt Kallatzky in meinem Apartment und blickt in eine leicht wackelnde Kamera. Er hat ein Plakat aus Pappe vor sich auf dem Unterhemd: *Gefangener der Bewegung 19. Februar.* Seine Hornbrille ist zur Seite gerutscht, die Gläser zersprungen. Mit schwerer Stimme sagt er in die Kamera: »Ich grüße meine Kinder und meine Frau. Macht euch keine Sorgen um mich. In der unfassbaren Reihe der Anschläge, die in den letzten Monaten auf Mitglieder unserer Partei verübt wurden, ist dies nur ein weiterer Tiefpunkt. Sie wollen unseren Widerstand brechen, aber wir werden weitermachen, wir lassen den Mut nicht sinken, ganz egal, welche Kriegswinter uns noch bevorstehen.« Er schluckt. Wischt sich über die Stirn. Die Stimme scheint ihm zu brechen. Eine fahrige Hand schaltet die Kamera aus. Die Nachrichtensprecherin verkündet, dass diese Aufnahme in der vergangenen Nacht auf einer linksextremen Website veröffentlicht worden ist.

»Stay strong, Maxe«, sagt David und putzt mit manischen Bewegungen die Tischplatte. »Ich fühle dich. Hoffentlich ernähren sie dich vegan.«

»Ich kenne den wirklich«, sage ich. »Ich habe dem gestern meine Wohnung vermietet.« Auf dem Laptop geht die Sondersendung zur Entführung weiter. Das ist eine richtig große Sache für sie. Eine Abwechslung von den ewigen Impfzentren, wo sie Leute interviewen müssen, die sich gegen Corona impfen lassen, und die besorgten Bürger davor, die vor den Impfungen warnen, weil sie einem damit Mikrochips zur Kontrolle über die Menschheit einpflanzen. Bill Gates mache Milliarden damit, behaupten sie, haben auch Beweise: Einige der Demonstranten halten Bilder von Gefängnissen in die Höhe, Fotografien der unterirdischen Lager, in denen sie Kinder halten, um ihnen Adrenochrom zu entnehmen, das die Akteure der herrschenden Elite angeblich brauchen, um unsterblich zu werden. Seit Wochen gibt es für die Medien nichts anderes zu berichten als die Aktionen der Impfhysteriker. Heute schon, heute gibt es Max Kallatzky.

Die Moderatorin hat aufgerissene Augen, atmet bei ihren Ansagen so flach wie möglich, als werde auch sie unmittelbar bedroht. Bilder von einer Gaststätte in Lichtenrade am äußersten Rand von Berlin zeigen den Ort, wo Kallatzky am gestrigen Abend zuletzt gesehen worden ist. Nach der Ortsgruppensitzung der AfD Tempelhof-Schöneberg ist er offenbar überwältigt worden von Leuten, die die Moderatorin beharrlich »linksextremistische Täter« nennt. Aufnahmen dieser Attacke gibt es nicht, dafür schwenkt die Kamera über Kallatzkys Dacia Duster Prestige, der immer noch auf dem Parkplatz des Lokals steht.

»Du hast dem gestern die Wohnung vermietet, echt

jetzt«, sagt David. »Ich dachte, du warst gestern mit Marla unterwegs. Du hast doch gesagt, dass du sie fragen willst. Du hast doch extra die beiden Kellen besorgt. Weißt du, wo ich war? Im *Kater Blau*, mit Benji, Schippe, Kim und denen aus der Minibar, und ich kann dir sagen, es war mal wieder richtig, richtig, richtig gut. Wie war's mit Marla? Wieso siehst du so fertig aus? Was ist mit deinem Mund los?«

»War schön mit Marla«, sage ich und horche auf meinen pumpenden Herzschlag. Vielleicht sollte ich heute mal keine Ritalin nehmen, einfach mal einen Tag chillen. Runterkommen. Nichts tun. Ich spüre immer noch den Aufprall von Ronnys Schädel auf meinem Solarplexus. Meine Zunge schmerzt bei jeder Bewegung, blutet aber nicht mehr. »War wirklich schön mit ihr. Wir waren auf dem Baukran am Marheinekeplatz, hinten auf dem Postfuhrhof. Und Tischtennis spielen am Gleisdreieck. Und am Kreuzberg waren wir auch. Am besten war der Kran, der Baustellenkran. Wir sind raufgeklettert.«

»Richtiges erstes Date«, sagt David, nimmt sich den Putzschwamm und macht sich am Wasserhahn zu schaffen. »Gratuliere. Freut mich für dich.«

»Sie kommt aus Britz-Süd«, sage ich.

David hört kurz mit dem Putzen der Spüle auf. »Ist hier jemand ein bisschen picky? Das muss doch nichts heißen. Ich kenne einen aus Britz-Süd, der ist ein völlig normaler Typ, der bastelt Webseiten zusammen. Was hast du gegen Britz-Süd?«

»Ich habe nichts gegen Britz-Süd«, sage ich und bewege meine Zunge in meinem Mund. »Ich fand es super mit ihr. Alles. Ist noch was vom Müsli da?«

David schiebt mir die Packung hin. »Und wart ihr danach noch bei ihr? Oder hier?«

»Nein«, sage ich und gieße mir Milch ein. Ein Spritzer geht daneben, David wischt ihn sofort weg, behält das Tuch in der Hand, nur für alle Fälle. Wenn er im Putzmodus ist, dann wird nicht gechillt, sondern geputzt und poliert. Soll mir nur recht sein. Ich trinke die Milch, kühle meine Zunge. »Ging nicht. Ich hatte noch was vor. Und sie hat gesagt, sie legt sich noch vor die Cam, um noch etwas Geld zu verdienen. Habe ich nicht kapiert, was sie damit meinte.«

David sieht mich betroffen an. »Hast du nicht kapiert. Wo lebst du denn? Meinst du ernsthaft, sie kann von den sieben Euro fünfzig, die sie im *Deli* die Stunde kriegt, auch nur annähernd über die Runden kommen? Kann sie nicht. Glaubst du, ich komme mit dem Bafög hin? Kann damit die Miete zahlen, weil mein feiner Herr Mitbewohner mal wieder auf den falschen Hund gesetzt hat und für ein paar Wochen klamm ist? In was für einer Welt lebst du eigentlich? Nein, Alter, ich sag's dir, wie es ist: Zusätzlich zum Bafög muss ich, um einigermaßen über die Runden zu kommen, mit Betäubungsmitteln und hedonistischen Drogen in nicht geringer Menge handeln, und Marla, die legt sich wie alle anderen vor die Cam. Sie ist ein Cam-Girl, Tom. Sie sieht doch toll aus, großer Mund, dieses geile Grübchen, total athletischer Körper.«

»Sie war mal Tischtennisjugendmeisterin«, sage ich.

»Siehst du«, sagt David. »Genau das meine ich. Danach sehnen sich Männer am Ende einer langen, anstrengenden Woche: nach einem Cam-Girl mit sportlichem Body und einer positiven Ausstrahlung. Sie lächelt nett, räkelt sich auf ihrem Lammfell, damit verdient sie locker dreihundert den Abend. Plus das, was sie im *Deli* in der Stunde verdient, plus das Trinkgeld. Dann kommt sie ungefähr hin. Weißt du, was Frauen heutzutage für Ausgaben haben? Die geben unfassbar viel Geld aus, um so auszusehen, wie sie aussehen. Das muss doch irgendwo herkommen.«

»Kann ich mir nicht vorstellen, dass sie so was macht«, sage ich. Kann ich mir wirklich nicht vorstellen, andererseits hat Marla an dem Abend selbst gesagt, dass es am Freitag viele einsame Männer gibt.

»Bist du prüde oder was?«, fragt David. »Was bist du denn für einer? Wie siehst du überhaupt aus? Hat sie dich beim Knutschen in die Zunge gebissen? Erzähl doch mal!« Er kann unerträglich sein, wenn er nach seinen Clubnächten nicht zur Ruhe kommt. Ich sehe Marlas verschwitztes Shirt vor mir, als sie es mit einer fließenden Bewegung auszieht, ihre Brüste, ihr Bauchnabel-Piercing. Der Kran im weiten Nachthimmel, ihr Flüstern an meinem Ohr, als sie auf mir sitzt.

»Mein Gott«, sagt David und putzt weiter, »man muss auch gönnen können.«

Die Sondersendung zum Entführungsfall bringt jetzt eine Schalte zur Bundespressekonferenz, auf der die obersten AfD-Politiker zum Fall Kallatzky Stellung nehmen. Die stellvertretende Vorsitzende der Bundestagsfraktion spricht von einem »unfassbaren Skandal« und wendet sich in ihrer Ansprache direkt an die noch amtierende Kanzlerin: »Sie, Frau Merkel, Sie haben diesen Mann auf dem Gewissen. Sie haben den rotlackierten Faschismus wieder salonfähig gemacht und das Volk gespalten. Ihnen kann das egal sein, Sie sind bald auf Ihrer Finca in Paraguay, wo Sie sich zu Tode zittern können. Aber der Fall Kallatzky wird Sie bis nach Paraguay verfolgen.«

Ein Berliner AfD-Politiker aus Polizeikreisen gibt den Ermittlern die ersten Hinweise auf die Täter: »Eine solch militante Art der Auseinandersetzung gibt es nur bei den Linksextremisten. Nur Linksterroristen entführen und ermorden den politischen Gegner. Wir sind in ernster Sorge um das Leben unseres Freundes und Parteikollegen Max Kallatzky. Die Polizei ist aufgerufen, die linken Rattennester dieser Stadt umgehend auszuräuchern.«

Bilder aus Kreuzberg werden eingespielt, eine Autofahrt die Reichenberger Straße entlang, *tags* und Parolen an den Hauswänden, Toreinfahrten: *Immobilienhaie zu Fischstäbchen*. Das Kottbusser Tor mit Grüppchen von Junkies und Pennern, Hinterhöfe, abgefackelte SUVs am Oranienplatz. Die afrikanischen Dealer im Görlitzer Park, Reggae-Bässe dazu, Randale bei Wohnungsräumungen, wütende Proteste, als die Buchhandlung *Kisch & Co* in der Oranienstraße geräumt wurde. In diesem Milieu vermuten die Journalisten die Heimat der Entführer, in Kreuzberg, wo sonst. Sie kramen die Geschichte von Peter Lorenz wieder hervor, CDU-Vorsitzender in Berlin, irgendwann in den Siebzigern, auch damals nur wenige Wochen vor der Wahl. Lange her. »Bewegung 2. Juni« nannten sich die Entführer. Die Fernsehleute bringen ein verwaschenes Schwarz-Weiß-Bild, das den entführten Lorenz mit einem Pappschild vor der Brust zeigt, übernächtigt. Daneben ein aktuelles Bild von Max Kallatzky von der AfD-Pressestelle: Bürstenhaarschnitt, das Kinn kämpferisch vorgereckt, die Arme verschränkt.

Harter Schnitt zu einsamen Gehöften und Wohnhäusern in Brandenburg und Hessen, wo stämmige Männer in Camouflage-Anzügen Wasser und Kisten mit Lebensmitteln in ihre Unimogs packen. Einer von ihnen tritt mit Sonnenbrille vor die Kamera und erklärt seine Sicht der Dinge:

»Alle Wege führen nach Rom. Alle Spuren führen ins Kanzleramt. Hinter dieser feigen Entführung steht eine einzige Person: Angela Merkel. Unter dieser Kanzlerin kommt es zur brutalsten Verfolgung der eigenen Bevölkerung und ihrer demokratisch gewählten Mandatsträger, die es je in der Geschichte gegeben hat. Wir werden das nicht hinnehmen. Jetzt muss die Reißleine gezogen werden. Auch die Wähler müssen wissen, wo sie jetzt das Kreuz machen.«

»Mach den Quatsch aus«, sagt David. »Die Rechten wissen genau, dass sie bei der Wahl abkacken, deshalb geilen sie sich jetzt an dieser Entführung auf. Das ist so armselig.«

»Bewegung 19. Februar«, sage ich. »Was war denn am 19. Februar?«

»Keine Ahnung«, sagt er. »Ich glaube, Falco ist am 19. Februar gestorben. Googel doch.«

Das mache ich. »Du hast recht. Falco ist gestorben. Außerdem hat Benicio del Toro Geburtstag.«

»Guter Mann«, sagt David.

Ich finde noch mehr: »Die Republik Texas wurde am 19. Februar von den USA annektiert. 1845. Und 1919 scheitert der Lotter-Putsch in München. Und Island bricht am 19. Februar 1976 im Zuge des dritten Kabeljaukrieges die diplomatischen Beziehungen zu Großbritannien ab.«

»Das wird es sein«, sagt David. »Never forget the Kabeljaukrieg.«

»David«, sage ich. »Hör mir mal zu. Nur eine halbe Minute. Ernsthaft: Ich war mit Kallatzky in der Wohnung, die ist drüben hinterm Friedrichshain in Lichtenberg, Fennpfuhl. Er hat das Unterhemd getragen, die Brille war da, die hatte einen Sprung.«

»Du hast ihm die Wohnung vermietet?«, fragt David. Er

tigert in der Küche auf und ab, wischt sich mit der Handfläche über die Nase, bleibt vor mir stehen. »Du vermietest Apartments an AfDler? Hast du sie noch alle? Kein Berliner Gastwirt stellt denen seine Hinterzimmer zur Verfügung, aber du vermietest ihm eine Wohnung?«

»Nicht direkt«, sage ich. »Da waren zwei Typen im Wettbüro, die mich angehauen haben, ob ich ein Apartment habe. Gestern Mittag. Die sahen eigentlich nach Kreuzberg aus, bisschen windige Gestalten, aber viele von denen, an die ich vermiete, sind komisch. Sie wollten eine Wohnung für einen Bekannten. Und zwar sofort. Okay. Mach ich nicht gern, aber sie haben mir viel geboten. Zweitausend Euro. Ich brauche das Geld, weißt du selbst. Also habe ich sie am Abend getroffen, wir sind zusammen nach Fennpfuhl gefahren, ich habe ihnen die Wohnung gezeigt, Pizza besorgt, und das war's. Der alte Mann war da schon dabei, Kallatzky. Erst saß er im Rollstuhl, dann konnte er gehen, das alles stimmt hinten und vorn nicht, aber ich hatte einen anstrengenden Tag hinter mir und Marla im Kopf.«

»Und dann?«, fragt David. Er kratzt sich den Nacken, setzt sich die Beechfield-Cap auf, nimmt sie wieder ab. Seine Augen sind rot vor Müdigkeit, doch er versucht ernsthaft, den Sachverhalt zu verstehen. »Und dann habt ihr dieses Video gemacht? Tickst du noch ganz sauber?«

»Ich habe Pizza geholt«, sage ich. »Lila Pizza. Da hat der eine Typ sich unglaublich aufgeregt, was für eine schlimme Pizza das sei, angeblich der zweitwiderlichste Pizzadienst von ganz Berlin.«

»Ich weiß«, sagt David. »Aber abgesehen von der Pizza: War Kallatzky in einer Holzkiste, so wie der Zigarettenfritze damals?«

»Reemtsma«, sage ich. In Entführungen kenne ich mich aus, ich habe die Dokumentationen auf YouTube rauf und runter geschaut. »Das war nicht der in einer Kiste, das war der Sohn von Dr. Oetker. Und Kallatzky war in keiner Kiste, der saß erst im Rollstuhl, dann lief er in der Wohnung herum.«

»Ist doch auch egal, Oetker oder Reemtsma«, sagt David. »Die waren beide reich, Milliardenerben. Die wurden beide entführt. Ich habe auf Netflix eine Doku gesehen, dass ständig Leute entführt werden, das kriegt bloß niemand mit. Die Polizei erzählt das nicht der Presse, die regeln das unter sich. Ist dieser Kallatzky reich? Wollten die Lösegeld? Oder Gefangene austauschen? Wen haben die denn im Knast sitzen?«

»Keine Ahnung«, sage ich. »Die haben nichts von Lösegeld gesagt, auch nichts von Gefangenen. Zu mir jedenfalls nicht.«

»Tom«, sagt David und schaut mich frontal mit seinem müden, ausgezehrten Partygesicht an. »Sag mir, dass das nicht wahr ist. Ich weiß, ich habe Drogen genommen, die ich nicht hätte nehmen sollen. Mir geht's nicht so gut, Tom. Ich brauche dringend Schlaf, ich habe seit zwei Tagen kein Auge zugekriegt. Ich sitze einfach nur friedlich in der Küche und esse mein Müsli und schaue mir die Nachrichten an, und du kommst rein und fickst mein Hirn mit dieser Story wie Verbal Kint.«

»Sorry«, sage ich. »Das ist keine Story. Ich muss zur Polizei gehen. Die holen ihn da raus. AfD oder nicht, ich will so was nicht in meiner Wohnung haben.«

»Warte mal«, sagt David. »Warte.« Er steht wieder auf und läuft durch die Küche, legt ein paar Tanzschritte ein wie als Nachhall der Nacht im *Kater Blau*, dann bleibt er stehen, seine Kiefermuskeln arbeiten. »Hältst du das für so eine gute Idee? Du hast denen die Wohnung besorgt, also könnte man meinen, dass du in der Sache drinsteckst. Das ist deine Wohnung, du hast sie auch noch hingebracht, statt mit Marla um die Häuser zu ziehen, wie es sich für das erste Date gehört.«

»Ich kann es den Bullen erklären«, sage ich. »Die sind doch nicht blöd.«

»Da wäre ich mir nicht so sicher«, sagt David. »Die hellsten Kerzen auf der Torte sind die nicht. Wenn du an einen Sturkopf von Bullen kommst, der davon überzeugt ist, dass du da mit drinsteckst, dann wird es schwierig, ihm das auszureden. Dunning-Kruger-Effekt. Musst du mal googeln. Je dümmer sie sind, desto schlauer glauben sie zu sein.«

»Die kriegen das doch eh raus«, sage ich. »Dann stürmen sie die Wohnung in Fennpfuhl und machen mir die Einrichtung kaputt, und das will ich nicht. Ich mag die Wohnung, die hat eine super Aussicht.«

»Wieso sollten sie das je rausfinden?«, fragt David und zündet sich eine Zigarette an, wischt sich übers Gesicht, das schweißnass ist. Das versucht er sich ständig einzureden, dass sie nichts rausfinden können. Er leidet an Verfolgungswahn, seit er mit Drogen dealt. Würde er nie zugeben, er redet einfach weiter: »Überleg doch mal. Die Wohnung könnte doch überall sein. Wenn die sich still verhalten, fällt das niemandem auf. Die Mieter in deinen Häusern sind es doch gewohnt, dass da ständig andere Leute in deinen Wohnungen unterkommen. Mal solche Nasen, dann eben andere Nasen. Achtet doch niemand drauf. Guck doch mal die Fassaden rauf und runter, du hast keine Ahnung, was hinter den Fenstern geschieht. Das ist einfach Berlin. Drei-einhalb Millionen Leute wohnen hier.«

»David, das ist eine Entführung«, sage ich. »Ich kann doch nicht so tun, als wäre das in Ordnung.«

»Mach, was du willst«, sagt David und drückt die Ziga-rette aus. »Ich sage ja nur: Ich persönlich finde das nicht gut. Wenn du die Bullen rufst, stehen die hier fünf Mann hoch in der Wohnung. Ich habe mit der Sache nichts zu tun, außerdem brauche ich meinen Schlaf. Ich will nicht, dass sie hier überall herumwühlen. Irgendwann in meinem Le-ben muss ich auch mal schlafen.«

»Die wühlen hier nicht rum«, sage ich. »Es geht nur um die Wohnung in Fennpfuhl, das hat überhaupt nichts mit dir zu tun.«

»Die wühlen überall und ständig herum«, sagt David und sieht mich panisch an. Gleich fängt er wieder an zu putzen. »Ich kann keine Polizei in dieser Wohnung gebrau-chen, Tom. Die finden immer was, was sie einem dann an-hängen. Misch dich da nicht ein. Lass die beiden Jungs ihr Ding mit Kallatzky durchziehen oder fahr hin und sag es ihnen persönlich, dass du so was nicht in deiner Wohnung haben willst. Aber lass die Polizei aus dem Spiel. Versprich mir das.«

Im Fernsehen spricht jetzt ein Vertreter des Bundesamts für Verfassungsschutz davon, dass sich seit Monaten eine deutliche Radikalisierung der gewaltorientierten linksex-tremistischen Szene abgezeichnet habe. Die Entführung von Max Kallatzky sei insofern keine Überraschung, man habe damit rechnen müssen. Die Aktionsformen hätten von der Massenmilitanz gewechselt hin zu klandestinen Klein-gruppenaktionen. »Alle gesellschaftlichen Gruppen sind jetzt aufgerufen, ein klares Zeichen gegen den Linksradikalismus und Antifaschismus zu setzen«, sagt er. Die Interviewerin nickt verständnisvoll.

Ich mache den Fernseher aus und rauche meine erste Zigarette, während David in sein Zimmer geht und Sachen herumräumt. Wenn ich den Zigarettenrauch einziehe, spüre ich Ronnys Schädel auf meinem Solarplexus, seine Entschlossenheit, seinen Hass, seine Kampflust. Was geht hinter diesem Schädel vor? Will ich das wirklich wissen? Ich habe mein Geld bekommen und kann die Sache auch vergessen. Iss dein Müsli auf, Tom.

8 Wenn ich nicht weiterweiß, gehe ich in die Spielhalle. Wie andere sich Kopfhörer aufsetzen, um in einem Song zu versinken, mache ich die Tür einer Daddelbude auf. Ich glaube, ich kenne alle Daddelbuden in Berlin. Sie sind im Grunde alle gleich. Überall sitzt eine Dragana am Counter, Lippen wie Donatella Versace, Augenbrauen wie Cara Delevingne. Fenster verklebt, Licht gedämpft, der dicke Teppichboden mit orange-braunen Mustern schluckt den Verkehrslärm von draußen, in den Nischen immergrüne Hydrokulturen. Dreißig, vierzig Automaten am Start, die nur auf dich warten, abgeteilt in Kabuffs wegen der Glücksspielverordnung. Vor zwei Automaten sitzt eine fette Frau, spielt *Dolphins Pearl* und *Starburst*, raucht Kette. Sie hat ihren Hund dabei, der an ihren Füßen döst, aber sie redet nur mit den Automaten: »Mach schon, mach doch. So ist gut, weiter so. Komm schon.« Manchmal beugt sie sich vor und schlägt auf die Stopptaste. Zwei Plätze weiter hockt ein alter Mann vor *Book of Ra deluxe* und bearbeitet die Risikotaste. Noch weiter hinten ist ein schmächtiger Typ an vier Automaten gleichzeitig aktiv, er läuft von einer Kiste zur nächsten, richtig im Stress. Hier tauche ich ein. Das ist meine Welt. Meine Zone.

Dragana ist praktisch jedes Mal da, wenn ich in diesen Laden komme. Sie hat es im *Golden Dolls* nicht geschafft, Krasniqi hat sie ausgemustert, hat er mir selbst mal erzählt, daher kenne ich auch ihren Namen, und ihr diesen Job zugewiesen. Zwölf oder vierzehn Stunden sitzt sie am Counter auf ihrem Hocker, immer im gleichen Leopardenmuster-Top, raucht vier Zigaretten die Stunde und scrollt mit gespreizten Fingern auf dem Smartphone. Uns Zocker verachtet sie. Freigetränke gibt es bei ihr nicht. Wenn ich Geld wechseln muss, lächle ich sie an und versuche, Konversation zu machen, zumindest zwei Sätze übers Wetter zu wechseln, doch ihre künstlichen Wimpern sind offenbar zu schwer, um für eine Sekunde ihren Blick vom Smartphone zu nehmen. Sie klatscht mir die Münzen hin, zündet sich die nächste Fluppe an. Kann sie überhaupt sprechen?

Zwanzig Minuten lang habe ich meine Ruhe, sehe nur grellrote Zahlen kommen und gehen, Obststücke aufpoppen und wieder verwirbeln, Goldmünzen in einer Diagonale, Siegesfanfaren, lasse mich vom ständigen Zocker-Soundtrack einlullen, dann steht Zef neben mir, einer von Krasniqis Männern.

Ich komme aus meiner Trance zurück, aus meiner Zone des Vergessens, meinem Nirwana. Zwanzig Minuten keine Gedanken an meine Wohnung in Fennpfuhl, wo Ronny und Henne den Politiker Kallatzky untergebracht haben. Zwanzig Minuten keinen Kopf machen um die zwölftausend, die Krasniqi noch kriegt. Insgeheim hoffe ich, dass ich hier ein paar hundert Ocken gewinne, die Schulden abbauen kann. Überzeugt davon bin ich nicht, vor allem will ich meine Ruhe haben, und damit ist es jetzt vorbei.

Zef dreht mir sein vernarbtes Gesicht zu, sodass ich seine Nase vor mir habe, die zweimal gebrochen und danach schlecht gerichtet worden ist.

»Tom«, sagt er und schüttelt den Kopf, will vielleicht väterlich wirken. »Das ist schon relativ dreist, dass du hier sitzt und Krasniqis Geld verzockst, findest du nicht? Ich meine, ich will dich nicht kritisieren oder so, das ist ein freies Land. Aber hier zu sitzen und zu daddeln, und drei Häuser weiter sitzt der Typ, dem du seit Wochen zwölftausend Euro schuldest, und wartet auf sein Geld. Das finde ich echt mutig. Ist ja nicht so, dass er das nicht mitkriegt.« Er schaut hinüber zu Dragana am Tresen. »Du weißt, dass sie für ihn arbeitet. Sie weiß, dass du bei ihm Schulden hast. Du weißt, dass sie ein Handy hat. Und was machst du? Du setzt deinen kleinen weißen Arsch hier in den Sessel und zockst erst mal in aller Ruhe eine Runde *Great Rhino*. Respekt. Das ist echt frech. Hätte ich jetzt so nicht von dir erwartet, Tom.«

Sein Kollege schaut auf seine Handschuhe, echte Quarzer. Türsteher tragen so was gern: Handschuhe mit Quarzsand oder Bleistaub gefüllt, das gibt den Schlägen mehr Wumms. Tirana Inkasso trägt so was auch, sozusagen als Arbeitshandschuhe. Gezim heißt der Typ, wenn ich mich recht erinnere. Der dritte Mann lehnt am Counter bei Dragana und nimmt ihr grad das Smartphone aus der Hand. Sie hält den Kopf gesenkt, rührt sich nicht, das hat sie gelernt, dass das am besten ist, wenn es Ärger gibt.

»Zef«, sage ich. »Wollte gleich zu euch rüberkommen, wenn ihr aufmacht. Vor zwölf habt ihr doch nicht offen.«

»Für dich haben wir immer offen«, sagt Zef.

»Musst nur vorbeikommen«, sagt Gezim. Er steht an meiner anderen Seite und lehnt sich halb gegen meinen Automaten. »Krasniqi würde sich freuen, dich zu sehen. Weißt du doch. Weißt du, er mag dich. Das kann er nicht so zeigen, aber ich spüre das, wenn ich euch beide sehe, ich fühle das in meinem Herzen, hier.« Er schlägt sich mit dem Quarzer auf seine Brust, wo er sein Herz vermutet.

»Wie läuft's?«, fragt Zef, immer noch nah bei mir. Er beugt sich vor zum Bildschirm, auf dem eben ein Gewinnspiel durchgelaufen ist, ich bin im Plus, dreißig Euro etwa. Zef lacht. »*Book of Dead* hab ich früher auch viel gezockt. *Great Rhino* habe ich geliebt! Ich hoffe, es läuft für dich.« Auf dem ausrasierten Nacken hat er sein Lebensmotto tätowieren lassen: NO MERCY.

»Läuft gut«, sage ich. »Deshalb wollte ich auch rüberkommen, ich habe was für Krasniqi.«

»Das wird ihn freuen«, sagt Zef. Er legt mir den Arm auf die Schulter, lässt ihn dort liegen. Sein Atem riecht nach Filterzigaretten, Zwiebeln, Magensäure. »Er hatte viel Stress in letzter Zeit, deshalb freut er sich über gute Nachrichten. Du hast was für ihn, und ich hoffe echt, es ist dann alles da. Nicht nur ein Teil, sondern alles, Tom. Ich hoffe das für dich.«

Ich nicke, was soll ich sonst tun. Gezim holt ein Messer aus seinem Stiefel, ich sehe die Klinge aufblitzen und fühle eine Welle von Übelkeit in mir aufsteigen. Er lächelt mich an. Er mag seinen Job.

»Er kriegt sein Geld«, sage ich und will aufstehen, doch

Zefs Arm auf meiner Schulter drückt mich in den Sessel zurück.

Er beugt sich zu mir, flüstert: »Hör mir mal zu, Tom.« Seine Hand streicht über meine Wange. Er hat feste, schwarz behaarte Finger. Mit dem Zeigefinger fährt er über meine Unterlippe, dann die Oberlippe, biegt sie nach oben. Sein Finger dringt in meinen Mund ein. »Weißt du was? Wir hatten im Knast einen Typen, dem waren die Zähne ausgeschlagen. Nicht nur die Vorderzähne, sondern alle«, sagt er. »Weißt du, wieso?«

Sein Finger ist immer noch in meinem Mund, Zef wartet auf eine Antwort. Spielt mit meiner Unterlippe, rückt mit dem Finger dann vor zwischen meine Zähne, fährt spielerisch hin und her.

Er fragt: »Weißt du, wieso sie das gemacht haben mit seinen Zähnen, Tom?« Krasser Zwiebelgeruch, Zigarettenatem.

»Keine Ahnung«, sage ich. »War noch nie im Knast.« Das Sprechen fällt mir schwer mit einem fremden Finger im Mund. Ich habe Angst, muss dringend mal pissen, halte es zurück.

»Habe ich mir schon gedacht, dass du keine Ahnung hast«, sagt Zef und lacht. »Ich sag's dir. Du musst es wissen, falls du mal in den Knast kommst. Kann ja jedem mal passieren. Dann musst du wissen: Ein Blowjob von einem Typen ohne Zähne, das ist ein irres Gefühl. Ich sag dir ganz ehrlich: Wir standen Schlange bei dem. Das macht mich heute noch geil, wenn ich nur daran denke.«

Seine linke Hand massiert mein Gesicht, während er sich mit der rechten die Hose öffnet.

»Ich gebe dir einen Tipp«, sagt Gezim neben mir und

setzt die Messerklinge unterhalb meiner Rippen an. »Nimm es ernst, mach es richtig, dann können wir alle gleich noch einen schönen Tag haben.«

»Warte mal«, sage ich. »Das kannst du nicht machen. Das ist sexuelle Nötigung.«

»Willst du mich verarschen?«, sagt Zef. »Hast du Jura studiert oder was? Wieso soll das jetzt sexuelle Nötigung sein? Du schuldest meinem Chef einen Haufen Geld, er hat mich beauftragt, sie einzutreiben. Das ist mein Job. Oder schuldest du ihm keine zwölftausend?«

»Doch, klar«, sage ich. »Aber deswegen lutsche ich doch nicht deinen Schwanz.«

»Das muss dir nicht peinlich sein«, sagt Gezim. »Schau dich doch mal hier um. Wir kennen die alle, die kennen uns. Die haben alle ihre Schulden bei Krasniqi, der eine zweitausend, der andere zwanzigtausend. Wir arbeiten die der Reihe nach ab. Die kommen alle mal dran.«

Die Zocker an den Automaten haben alle kapiert, was hier abgeht. Vielleicht haben sie es schon mal mitgekriegt, wenn jemand in die Mangel genommen wurde. Als sie das mit den Schulden jetzt hören, schauen sie nicht mehr zu uns hin, sondern auf ihre Automaten. Hören nicht mehr hin. Sie wollen nicht an die Reihe kommen, jedenfalls nicht heute.

Zef sagt, während er nach seinem Schwanz nestelt: »Und jetzt von wegen Nötigung, Tom, würde ich gern mal einwenden, dass Nötigung nur dann rechtswidrig ist, wenn sie verwerflich ist. Oder habe ich da im zweiten Semester nicht richtig aufgepasst, sonst korrigiere mich. Nun mach schon.« Er drückt meinen Kopf nach unten. Sein Schwanz steht krumm heraus.

Es riecht nach Männerklo, Pisse, modriger Umkleide. Ich versuche meinen Geruchssinn auszuschalten.

»Ich zahle es ihm zurück«, sage ich. »Er kann das Geld heute haben.«

»Hör jetzt auf zu quatschen«, sagt Zef. »Und wenn ich irgendwas von Zähnen da spüre, dann mache ich sie weg, sofort und auf der Stelle, und zwar alle.«

Ich fasse den Schwanz an, reibe ihn. Vielleicht kommt er ja rasch, Albaner brauchen nicht lange, habe ich irgendwo gehört.

»Du sollst ihn nicht wichsen«, sagt Gezim. »Das kann er schließlich selbst. Du sollst ihn lutschen. Hast du noch nie einen Porno gesehen? Mund auf, Rübe rein, das kann doch nicht so schwer sein.« Er gibt mir eine harte Kopfnuss.

In meinem Hals ist ein Würgen, das ich kaum beherrschen kann, ich muss jeden Moment kotzen. Aber ich öffne meinen Mund und schiebe mir die Eichel hinein. Der Schwanz ist groß, etwas gebogen, wirkt pappig. Pornobilder im Kopf, Rapzeilen von Savas, Trailerpark, *Es ist ganz egal, Männer lutschen gerne Schwänze.* Ich versuche es.

Öffne meinen Mund, wie ich ihn eben für Zefs Finger geöffnet habe, schließe die Augen, weil ich den Schwanz nicht sehen will. Dadurch kommt er mir noch größer vor, der Geruch wird intensiver. Zef nimmt meinen Kopf in beide Hände und hält ihn fest, beginnt meinen Mund zu ficken.

Ich röchle, doch das hilft nichts, Zef scheint es eher zu mögen, er stößt heftiger zu. Das Teil dringt tief in meinen Rachen vor, hart, trotzdem muss ich einen Beißreflex unterdrücken. Denke an was anderes, die nächsten Gegner von Union, die Trikots der Fischtown Pinguins, an mein Zimmer, mein Bett, ich bin nicht mehr hier, sondern sitze im Hinterzimmer der *Arena* neben Dmitri und mache Löcher in die Wettscheine und er schaut mich an mit seinen gelben Augen und flüstert: Du auch, du auch? *Rapper nehmen Schwanz in den Mund*, sagt Savas. Nicht beißen, nicht kotzen, alles andere wird sich finden. Zwölftausend Euro. Krasniqis glattes Pokerface, als er mir die Summe rüberschob.

Zef braucht lang, bis er fertig wird, er muss sich richtig anstrengen, darf hier nicht versagen, wo alle zusehen. Natürlich gibt er mir die Schuld.

»Du hast deinen Mund nur hingehalten«, sagt er und gibt mir einen Schlag mit dem Handrücken, ich reiße meinen Kopf zur Seite und spucke seinen Saft aus, sonst muss ich auf der Stelle kotzen, noch ehe er seinen Schwanz verpackt hat. Ich lasse den weißen Rotz auf seine Schuhe kleckern.

Es ist vorbei. Gezim nimmt das Messer von meinen Rippen. »Was ist jetzt mit dem Geld, das du Krasniqi bringen willst? Wir können es ihm auch geben und von dir grüßen.«

»Ich komme selbst vorbei«, sage ich und stehe auf, mir ist schwindlig. »Ich habe zweitausend, die bringe ich ihm. Anzahlung, der Rest kommt später. Er kann auch meinen BMW haben.«

»Nein«, sagt Zef. »Deinen BMW will er nicht, er hat bereits ein Auto, und das ist keine Karre aus den Siebzigern, die am Auseinanderfallen ist. Krasniqi hat einen Bentley Continental, das ist ein Wagen, den du Schwanzlutscher nicht mal anschauen darfst. Ich sag's dir noch mal, Tom: Keine Anzahlung. Bring ihm alles. Er will zwölftausend Euro von dir, also bringst du ihm zwölftausend Euro. Und zwar bis Sonntag dreiundzwanzig Uhr. Morgen Abend, verstehst du? Oder muss ich am Montag mit dem Gummischlauch kommen, was meinst du?«

»Er kriegt sein Geld«, sage ich.

Zef klatscht in die Hände und sagt zu seinen beiden Kollegen: »Lass uns zu McDonald's gehen, ich habe Hunger.«

Ich höre die drei lachen, als sie rausgehen. Eine Welle von Ekel schießt in mir hoch, ich renne auf die Toilette und kotze auf die Fliesen vor dem Waschbecken. Kotze mein Müsli aus, den Kaffee vom Morgen. Putze die Lache weg. Spüle mir den Mund aus, gurgele Wasser, spucke es aus, noch mal und noch mal. Es hilft nicht, der Geschmack bleibt, der Geruch nach Männerpisse und Samen ist immer noch in meiner Nase.

Als ich zurück in die Spielhalle komme, winkt Dragana mich zu sich.

»Die kommen immer wieder, wenn sie was wollen«, sagt sie in einer unbeholfenen Sprechweise. Ich kann mich nicht erinnern, dass ich ihre Stimme schon mal gehört habe.

»Musst du verstehen, es ist für dich besser, du zahlst, sonst sie kommen immer wieder«, sagt sie. »Ich möchte nicht sehen diese Schweinerei am Vormittag in diesem Casino.«

Sie hält mir eine Zigarette hin, ich nehme sie. Dragana gibt mir Feuer, sie hat ein goldenes Dupont-Feuerzeug, vielleicht auch bloß ein Imitat, und ist geschickt mit ihren langen Fingernägeln.

»Ist nicht schön, wenn Mann und Mann solche Dinge tun«, sagt sie. »Wir Frauen kennen nicht anders, man gewöhnt sich.«

Ich ziehe den scharfen Rauch ein, damit er meine Mundhöhle füllt und den Uringeschmack wegätzt.

»Ich höre auf zu spielen«, sage ich. Es ist mir peinlich, sie anzusehen. Dragana lacht nur, ein fröhliches Lachen, wie das eines Kindes, das sich gern überraschen lässt. Ihre Gesichtszüge bleiben dabei starr, doch ihre Augen sind einen Moment lang lebhaft und übermütig.

»Alle sagen das: Ich höre auf zu spielen«, sagt sie und ahmt meine dunkle, entschlossene Stimme nach. »Ich höre auf zu spielen, sagen sie, und dann sind sie eine Woche später wieder da. Du kannst doch spielen, du musst nur zahlen, wenn du Schulden hast. Gehst du zu deiner Mutter, deinem Vater, deinem Onkel. Jemand gibt dir Geld. Gibst du Krasniqi, was er haben will von dir. Dann alles gut. Kannst du weiterspielen. Weiter verlieren.«

Ich hole mir die Münzen aus meinen beiden Automaten, zweiundvierzig Euro. Die Frau mit ihrem Hund sitzt immer noch vor ihren Automaten, da hat sich nichts verändert, *Dolphins Pearl* und *Starburst* laufen wie gehabt, sie raucht Kette.

»Willst du Kaffee«, fragt Dragana. »Ich gebe dir heute aufs Haus, kostet nichts.«

Ich nicke.

Die Frau mit dem Hund dreht ihren Kopf halb zur Seite und sagt: »Dann machste mir bitte auch einen, geht das? Das wäre nett.«

»Ich bringe dir einen Becher, du kannst sitzen bleiben«, sagt Dragana. Seit zwei Jahren komme ich in diesen Laden, wahrscheinlich ist das noch die gleiche Luft, die hier steht. Noch nie habe ich Dragana so aktiv gesehen.

Ich trinke meinen Kaffee am Counter, während Dragana die nächste Zigarette raucht und auf ihrem Smartphone scrollt. Ich komme nicht darüber hinweg, zittere, habe kalten Schweiß auf der Stirn. In meiner Kehle zuckt ein ständiger Brechreiz, aber ich zwinge den Kaffee in meinen Mund.

»Ist das erste Mal für dich«, sagt Dragana. »Man lernt. Ich habe schnell gelernt.«

»Wo warst du im Winter, als hier alles zu war?«, frage ich. »Oder im Frühling, beim ersten Lockdown? Dann hattet ihr wieder offen, im Sommer. Und ab November wieder zu.«

»Ja, war meistens zu letztes Jahr«, sagt sie. »War in Albanien, bei meiner Mutter und meiner Tochter. Gibt nicht viel Corona in Albanien, alle sind gesund. Aber kein Geld. Zum Arbeiten muss ich nach Deutschland.«

»Ich habe viel Geld gespart, als die Spielhallen zu waren«, sage ich. »Da hatte ich noch keine Schulden bei Krasniqi. Erst danach, aber dann richtig.«

»Ich weiß«, sagt sie. »Du kommst immer. Zwei, drei Jahre, ich sehe dich immer.«

»Wir kommen ja auch immer«, sagt die Frau mit ihrem Hund.

»Danke«, sage ich zu Dragana. »Für den Kaffee und die Zigarette. Ich gehe mal los. Muss noch was aus dem Tag machen. Kann ja nur besser werden.«

Dragana nickt, hebt ihre schweren Wimpern und sagt: »Weißt du was? Es kann auch schön sein mit Schwanz im Mund. Wenn du den Mann magst, dann ist schön, verstehst du.«

9 Zweitausend Euro habe ich. Wie komme ich an weitere zehntausend Euro bis morgen Abend? David hat Geld. Das Dealen bringt ihm Geld ohne Ende, er weiß überhaupt nicht, wohin mit all dem Zaster, den seine Kunden ihm in die Hand drücken. Überall in der Wohnung hat er Umschläge mit Fünfzigern und Hundertern gebunkert. In seinem Zimmer. In der Küche hinter dem Herd. In unserem Kellerverschlag. Da ist ihm seine Paranoia mit den Bullen völlig egal, er stopft die Scheine einfach hinter die Nudeln, die Reispackungen. Unter den Besteckkasten. Weil er grad nicht weiß, wohin damit. Und dann vergisst er mit seinem verpeilten Hirn, wo er die Umschläge versteckt hat. Wie ein Eichhörnchen, das seine Nüsse nicht mehr findet. Wegen Alzheimer. Oder weil es ihm egal geworden ist, weil es zu viele Nüsse versteckt, einfach den Überblick verloren hat. Dann nimmt eben ein anderer die Nüsse. Ich sag das nicht gern. Mache es auch nicht gern. Doch wenn ich spielen will und nichts mehr habe, dann bediene ich mich, weil ich weiß, dass David den ganzen Schotter eh nicht mehr braucht.

Aber zehntausend Schleifen, die kann ich ihm nicht einfach klauen. Da wüsste ich gar nicht, wo ich überall noch suchen soll. Die Verstecke, die ich gefleddert habe, geben nichts mehr her. Ich muss mit ihm reden, er muss es mir leihen.

Die Straßen sind schon wieder voll, eigentlich ein geiler Tag, heute arbeitet Marla im *Deli* und normalerweise würde ich zu ihr rübergehen, einen Americano trinken, mit ihr quatschen. Mich mit ihr verabreden. Unser Abend war doch super, da kann noch viel mehr passieren mit uns. Doch jetzt geht das nicht mehr. Ich würde anfangen zu heulen, wenn ich sie jetzt sehe, allein schon beim Gedanken an ihr

Lächeln steigen mir die Tränen hoch, ich bin kein harter Gangster, nur ein dummer kleiner Zocker, der durch die Straßen latscht und heulen will wie ein achtjähriger Junge. Marla würde mich einfach auslachen. Marla hat noch nicht Zefs dreckigen Schwanz im Mund gehabt. Und damit ist es nicht vorbei, damit fängt es erst an, übermorgen sind die zwölftausend bei Krasniqi fällig, und ich werde auf jeden Fall zahlen. Unter allen Umständen muss ich das Geld zusammenkratzen. Was Zef mit dem Gartenschlauch meint, weiß ich nicht und will ich nicht herausfinden.

Als ich zu Hause ankomme, schläft David.

»Sorry«, sage ich und schüttele ihn. »Bist du wach? Kann ich dich kurz mal sprechen? Hallo?«

Davids Gesicht sieht gespenstisch aus, faltig und ausgezehrt. Schlimm, was Drogen mit einem machen, doch darauf kann ich jetzt keine Rücksicht nehmen. Es kostet ihn echt Mühe, seine Augen zu öffnen.

»Alter, wie spät ist das, wie lange habe ich geschlafen?«

»Eine Stunde vielleicht«, sage ich. »Sorry, David, du kannst gleich weiterschlafen, aber ich brauche Geld. Krasniqi hat seine Jungs geschickt, ich bin am Arsch, wenn ich bis morgen nicht zwölftausend Euro auftreibe. Und zwar richtig am Arsch.«

»Eine Stunde?«, sagt David, setzt sich auf und greift nach seinen Gauloises. »Weißt du eigentlich, was mich das kostet, endlich mal einzuschlafen? Und dann weckst du mich nach einer verdammten Stunde auf, um mir zwölftausend Euro aus dem Kreuz zu leiern? Nachdem du mir eben noch die Bullen auf den Hals schicken wolltest? Mein Kopf bringt mich um.«

»Es tut mir echt leid«, sage ich. »Eben waren Zef und Gezim in der Spielothek, sie haben mir buchstäblich das Messer an den Hals gesetzt. Sie bringen mich um, wenn ich nicht bis morgen Abend das Geld zusammenhabe. Bitte leih mir was. Bitte.«

»Du warst in der Spielothek?«, David fährt sich durchs Haar, hält sich den Schädel. »Was wir gestern geworfen haben, war ein elendes Scheißdreckszeug. Aber das musst du mir mal erklären. Du hast zwölftausend Euro Schulden bei Krasniqi und setzt dich erst mal in die Spielothek. Wieso? Was für ein Spast bist du?«

»Ich wollte es zurückgewinnen«, sage ich.

»Und? Hat das geklappt?«

»Nein«, sage ich. »Sie kamen rein, bevor meine Strähne einsetzte. Ich habe vielleicht dreißig Euro gutgemacht.«

»Dreißig Euro«, sagt David. »That's the spirit. Aber weißt du was, ich habe das Geld nicht. Ich habe keine zwölftausend Euro, die ich dir mal eben rüberreichen könnte.«

»Hast du wohl«, sage ich. »Lüg mich nicht an.«

»Du hast mindestens achthundert Euro Schulden bei mir«, sagt David. »Dafür kann ich dich anlügen, solange ich will. Du kriegst von mir keinen Cent. Hol es dir woanders.«

»Ich habe überall Schulden«, sage ich. »Das weißt du ganz genau.«

»Und ob ich das weiß«, sagt David und raucht mir ins Gesicht. Ich wedele den Rauch nicht mal weg, ich habe es nicht besser verdient. »Deshalb kann ich dir ja nichts geben. Was würdest du tun, wenn ich es dir gäbe? Du gehst nicht zu Krasniqi, ist ja auch erst Samstagmittag, und offenbar musst du Sonntagabend zahlen, das ist ja noch endlos viel

90

Zeit. Oder, Tom? Da kannst du noch eine Weile mit dem neuen Kapital arbeiten, ein neues System ausprobieren, um das Geld zu vermehren, noch was rauskitzeln, läuft doch grade super. Und weißt du, was am Sonntag passiert? Ich sag dir, was am Sonntag passiert. Ich lege mich um acht Uhr abends hin und schlafe endlich mal ein, endlich, nach drei Tagen ohne Schlaf. Und eine Stunde später reißt du Arschloch mich wieder aus dem Schlaf, um dir noch mal sechstausend Euro zu leihen, weil es ganz, ganz wichtig ist, oder achttausend oder fünftausend, ganz egal, Hauptsache, der Idiot David kriegt keinen Schlaf. Mein Freund, du kriegst von mir keinen einzigen Cent mehr. Am besten nutzt du die Zeit und rennst weg, so schnell du kannst und so weit du kommst. Und jetzt lass mich schlafen.«

Ich lasse ihn schlafen, gehe in die Küche, suche in allen Verstecken, die mir einfallen, raide die Umschläge. Werde auch fündig: Hier ein paar Hunderter, dort ein paar Fünfziger. Ein widerliches Gefühl der Scham schneidet durch meinen Rücken, doch es hält mich nicht auf, im Gegenteil, ich werde geil auf Beute und noch geiler auf mehr Beute. Ein Looter in den eigenen vier Wänden. Krank vor Angst, am Sonntag mit leeren Händen vor Krasniqi zu stehen. Ich schleiche sogar, als ich in der Küche nichts mehr finde, zurück in Davids Zimmer und fingere in der Ritze seiner Couch herum, während er im Bett schnarcht. Er wollte mir ja kein Geld leihen, dann muss er auch mit den Konsequenzen leben. Hinter seiner Heizung schaue ich auch nach. Zwei Umschläge fallen mir entgegen, fette Stapel von Fünfzigern drin. Jackpot. Aber das ist nicht genug. Noch lange nicht genug für Krasniqi. Ich lege mich neben sein Bett und hebe die Matratze an, weil ich genau weiß, dass David da

Stapel von Umschlägen mit Kohle eingelagert hat. Hat er mir selbst erzählt. Weil ihm das ein gutes Gefühl von Fundament gibt, sagt er, wenn er auf ein paar Tausend Euro schläft. Wenn ich Glück habe, reicht das, um meine Scheiß-schulden zu zahlen. Ich lange mit einem Arm weit unter die Matratze. David dreht sich um, öffnet seine Augen und schaut mich an, verträumter Blick, er kapiert nichts. Doch danach kann ich nicht mehr. Ich sehe mich in seinem Blick: ein Mitbewohner, der seinen Kumpel abzieht, die niederste, widerlichste Kreatur überhaupt.

Ich ziehe meinen Arm zurück, und das ist der Moment, als ich anfange zu weinen, aus Scham, aus Selbstmitleid, aus Verzweiflung und Ratlosigkeit.

Ich gehe aus Davids Zimmer raus, raffe in unserer Küche alle Umschläge, alle Geldstapel, die ich gefunden habe, zusammen und setze mich damit aufs Klo, heule Rotz und Wasser, während ich die Bestände checke, die Bündel durchzähle. Ich komme auf fünftausend Euro insgesamt, mit den zweitausend von Henne und Ronny sind das siebentausend Euro. Fehlen noch fünftausend. Ich will es um jeden Preis vermeiden, meinen Vater zu fragen. Hab ihn oft genug, zu oft gefragt.

Vielleicht kann ich meinen BMW verkaufen. Rudi wollte ihn mal haben. Aber Rudi hat zurzeit andere Sorgen, und Geld hat er ganz sicher nicht. Ich rufe Ömer an, ob er jemanden kennt, der einen BMW E39 kaufen will. Immerhin Goldenes Lenkrad 1995. Der Wagen ist noch gut in Schuss, wenn ich mal vom Klappern absehe, das noch ganz frisch ist.

»Sicher kenne ich da welche«, sagt Ömer am Telefon. Er guckt grad eine türkische Serie und wirkt nicht sehr interessiert. »Willst du deine Karre verkaufen? Ist es so schlimm?«

»Ich brauche den Wagen nicht mehr«, sage ich.

»Habe ihn mal gesehen auf der Pohlstraße, der ist schick, aber ziemlich alt.«

»Der Wagen ist tipptopp«, sage ich. »Schnurrt wie ein Tiger, säuft nicht viel, auch sonst nicht anfällig. Kennst du jemanden, der so was sucht?«

»Klar kenne ich Leute, die einen BMW suchen«, sagt Ömer, und dann redet er eine Weile mit jemandem auf Türkisch, die Dialoge der Serie laufen weiter. »Sorry, Tom. War abgelenkt. Wenn ich dich richtig verstehe, suchst du einen Vermittler, der deinen Wagen anbietet. Du willst, dass ich deinen BMW verticke.«

»Ich suche einen Käufer«, sage ich. »Wenn du jemanden kennst, der günstig einen BMW E39 erwerben will, super. Wenn nicht, dann will ich nicht nerven.«

»Warte, mein Freund, nun reg dich doch nicht gleich auf, ich frage doch nur«, sagt Ömer. »Was würde denn für mich dabei rausspringen? Weißt du, wenn ich jetzt anfange, meine Leute anzurufen, mit ihnen zu reden, brauchst du Auto, Lan, zysch, geiles Auto, BMW E39, so, verstehst du, was fällt dabei für mich ab? Das ist meine Frage. Mein Anteil.«

»Zehn Prozent, würde ich sagen«, sage ich und merke schon, das wird nichts.

»Zehn Prozent«, sagt Ömer. »Das klingt vernünftig. Das kann ich machen. Kannst du mir das als Vorschuss geben? Kommst du vorbei heute? Ich arbeite im Wettbüro, komm einfach vorbei, gibst du mir das Geld, dann lege ich los.

Ein, zwei Wochen, dann hast du dein Auto verkauft. Bringt dir sicher noch zweitausend ein, würde ich schätzen. Das wären also zweihundert Vorschuss. Machen wir das so? Kommst du vorbei? Bring das Auto mit, dann kann ich mir das genauer ansehen, vielleicht Probefahrt machen, um ein Feeling zu kriegen. Je besser das Feeling, desto leichter der Verkauf.«

»Zweitausend Euro«, sage ich. »Wo lebst du? Ich brauche fünftausend, und zwar jetzt, heute, bar auf die Hand.«

»Ich auch«, sagt Ömer und lacht. »Ich brauche auch fünftausend. Aber das kannst du vergessen, Tom. Nicht für die Karre. Da kannst du froh sein, wenn du zweitausend rausholst, die kriegst du doch nicht mehr durch den TÜV, wenn du nicht noch erheblich drauflegst.« Er spricht mit einem Kunden, lässt mich hängen. Minuten später dann: »Bist du noch dran. Tom, ich bin hier bei der Arbeit, ich kann nicht ewig mit dir reden, überleg's dir und komm vorbei.«

Dann also doch zur Polizei, nach einer Belohnung fragen. Einfach erst mal fragen, ob es eine Belohnung gibt. Wenn nicht, kann ich ja wieder gehen. Fragen kostet nichts.

Direktion 2 Abschnitt 28 liegt hinter dem Tiergarten in Moabit. Ich fahre mit dem BMW hin, der rasselt jetzt auch schon im dritten Gang. Das Geld, das ich bisher zusammengekriegt habe, schiebe ich unter den Fahrersitz, will nicht mit siebentausend Euro in losen Scheinen auf einer Polizeiwache auftauchen, um dort nach einer Belohnung zu fragen.

Es ist ein altes, muffiges Gebäude, und ich habe kein gutes Gefühl, als ich drauf zugehe. Denke an meinen Vater, fühle mich als der Versagersohn, der ich in seinen Augen bin. Wie er mich jetzt anschauen würde. Jeder Polizist hat die gleichen Augen: enttäuscht, gekränkt, verbittert. Ich stoße die Tür auf, drinnen ist es genauso warm wie draußen.

Am Empfangsschalter steht ein älterer Polizeibeamter: Schlips, Schweißflecken, die sich unter den Achseln ausbreiten, unendlich müde Augen. Er hat alles gesehen in dieser Stadt, und er hat Berlin aufgegeben. Hinter ihm telefonieren die Kollegen, Türen klappen, Stimmen hallen im Flur. Der Laden ist voll wie ein Späti in der Weserstraße am Freitagabend. Ich muss warten, vor mir drängen zehn oder zwölf Leute zum Tresen. Eine ältere Frau schreit über die anderen hinweg: »Ich habe die Wohnung erkannt, das ist Antifa-Untergrund. Die Linken sind die Nazis, rot lackierte Faschisten, alle antreten lassen und mit der Knarre reinhalten!«

Vor mir zwei Jungs in Shorts und Badelatschen, Bierflaschen in der Hand: »Genau, Puppe. Hol die Peitsche raus.«

Zwanzig Minuten dauert es, bis ich an der Reihe bin, und in diesen zwanzig Minuten scheint der Polizist am Schalter um fünf Jahre zu altern.

»Wie kann ich helfen?«, fragt er.

»Wegen der Entführung«, sage ich.

Er atmet mit leisem Stöhnen nach unten aus.

»Gut«, sagt er. »Sehr schön. Haben Sie was Konkretes? Wir alle hier sind in der Chaosphase, sehen Sie ja.«

»Ich wüsste gern, ob es eine Belohnung gibt«, sage ich. »Also, Geld.«

Er nickt, als habe er nichts anderes von mir erwartet, wendet den Kopf zur Seite und fragt seine Kollegen: »Wisst ihr schon was von einer Belohnung? Ist da was ausgesetzt?«

»Wie viel hätte er denn gern?«, fragt einer zurück. »Ich kann ja mal bei der Staatsanwaltschaft durchrufen, Samstagmittag, da freuen die sich wie Bolle.«

»Ich weiß, in welcher Wohnung dieser Kallatzky sitzt«, sage ich.

»Sehr schön«, sagt der Beamte vor mir. »Da sind Sie nicht der Einzige, das wissen heute offenbar alle. Seit die Meldung in den Medien ist, kommen die Bürger hier angekleckert, und nicht nur hier, da können Sie sich sicher sein, und erzählen uns, dass sie ganz genau wissen, in welcher Wohnung der Mann sitzt.«

»Ich weiß es wirklich«, sage ich.

Er schaut an mir vorbei, holt Luft und atmet langsam aus. »Na, dann machen Sie jetzt mal Folgendes: Sie gehen nach Hause und schreiben alles, was Sie darüber wissen, auf ein Blatt Papier. Leserlich. Und wenn Sie damit fertig sind, dann kommen Sie wieder her und geben es mir. Und weil ich dann hoffentlich nicht mehr da bin, geben Sie das Blatt meinem Kollegen. Und wir überlegen uns das mit der Belohnung. So, der Nächste bitte.«

Hätte ich auch vorher wissen können, denke ich, als ich wieder draußen stehe. Immer noch habe ich diesen Geschmack von Pisse und Erniedrigung im Mund, leichte Kopfschmerzen auch. Ich taste unter dem Fahrersitz nach der Tüte mit den siebentausend Euro. In Moabit weißt du nie. Für eine Nanosekunde denke ich: Geh spielen, nimm die siebentausend und füttere damit die Wettautomaten in der *Arena*, setz alles auf Ashleigh Barty, auf Shaun Murphy, und dann lässt du dir fünfzehntausend von Ömer auszahlen. Eine Nanosekunde lang bin ich mir sicher, dass es klappen würde. Dann denke ich an Dmitri und die weggeworfenen Wettscheine, die er sorgfältig locht, denke an Zefs Schwanz und an Krasniqis dünnes Lächeln, und mir wird schlecht. Ich muss zu meinem Vater, ihn fragen. Er hat die fünftausend auf jeden Fall zu Hause, und er wird sie mir geben. Aber vorher fahre ich noch am *Deli* vorbei und hole mir einen Americano bei Marla.

»Alles gut bei dir?«, fragt sie, als ich eine halbe Stunde später im *Deli* stehe. »Hast du das von dem AfD-Politiker gehört, den sie entführt haben? Wir haben das so gefeiert. So eine Kackbratze.«

»Ich habe es gehört«, sage ich. »Komische Geschichte. Wer entführt denn Leute heutzutage? Was soll das bringen?«

»Keine Ahnung«, sagt Marla. »Die spinnen doch alle. Vielleicht erschießen sie ihn auch einfach. Weißt du noch, dieser Lübcke, den sie vor ein paar Jahren auf seiner Terrasse erschossen haben?«

»Das waren die Rechten«, sage ich. »Angeblich nur ein Einzelfall.«

»Ist doch egal«, sagt Marla. »Jedenfalls kann Kallatzky doch froh sein, dass sie ihn bloß kidnappen und in seinem Unterhemd ins Netz stellen. Voll knuffig sah er aus, mit kaputter Brille und dieser rührenden Botschaft an seine Familie. Der wird krass berühmt, wenn er wieder rauskommt. Der kann ins *Dschungelcamp* gehen: Holt mich hier raus, ich bin AfD!«

Gegenüber sehe ich Zef, Gezim und den dritten von Krasniqis Männern aus der *Arena* kommen. Zef legt den Kopf zur Seite, als er mich sieht, und schaut auf seine Armbanduhr. Fasst sich an den Sack und zwinkert mir zu. Mir dreht sich der Magen um, der Geruch nach Männerpisse ist gleich wieder da, der Geschmack in meinem Mund.

»Kennst du die?«, fragt Marla. »Die holen sich manchmal einen Kaffee bei uns, die sind immer zu zweit. Die sind echt frech. Heute haben sie mir gesagt, dass ihr Chef mich kennenlernen möchte. Dass er sich freuen würde, wenn ich bei ihm tanze. Ich will nicht tanzen, habe ich gesagt, ich mache Kaffee. Du wirst schon tanzen, haben die gesagt, wenn dein Freund nicht zahlt. Was für ein Freund? Ich habe keinen Freund.«

Sie schaut mich an mit ihren murmelgrünen Augen. Was soll ich ihr sagen? Wieso ziehen sie Marla da mit rein? Woher wissen Zef und Gezim von Marla? Ich habe Ömer und Konan erzählt, dass ich sie fragen will, ob sie mit mir Tischtennis spielen will, ich Idiot. Ömer und Konan erzählen alles weiter, wenn Krasniqis Leute fragen. Zef und Gezim wissen, wie sie Druck machen können.

»Was ist mit dir«, fragt Marla. »Du siehst krank aus.«

»Ich weiß gar nicht mehr, wann ich zuletzt geschlafen habe«, sage ich. »Aber passt schon.«

Marla beugt sich vor und flüstert mir ins Ohr: »Vielleicht kann ich dir helfen. Ich kann ASMR.«

Ihre Stimme ist unfassbar sanft. Die Haare auf meinen Armen richten sich auf. Der Lärm der Potsdamer tritt für eine kleine Weile in den Hintergrund, als sei er einfach nicht mehr wichtig. Marla flüstert kaum hörbar, ich fühle den Hauch ihrer Stimme an meinem Ohr, meine Kopfhaut kribbelt.

»Was ist das denn?«, frage ich.

Marla beugt sich zu meinem anderen Ohr und wispert: »Es heißt ASMR. Autonomous Sensory Meridian Response.«

»Angenehm«, sage ich. »Wo hast du das her?«

»Ich habe eine Ausbildung gemacht«, sagt sie. »Jetzt bin ich zertifizierte ASMR-Heilerin. Ich habe einen YouTube-Kanal und alles. Dreitausend Follower.«

»Ich dachte, du machst Kaffee«, sage ich. »Dachte, du arbeitest hier.«

Marla lacht und zeigt ihr Grübchen. »Das hier ist nur wegen der Versicherung. Hast du eine Ahnung, was die Krankenversicherung für Selbstständige kostet, jeden Monat? Das willst du gar nicht wissen.«

»Ich muss weiter«, sage ich.

»Musst du nicht«, sagt Marla und setzt sich neben mich. »Ich habe gleich frei, wir können zu mir gehen. Das war so ein bisschen unbeholfen da oben im Kran, das geht besser, meinst du nicht?«

Marla wohnt auf der Roten Insel in Schöneberg, von der Küche aus sieht man den Gasometer. Ihr Zimmer ist aufgeräumt, hell. Sie hat Bücher. Ein großes Bett mit einer Tagesdecke.

Und sie hat recht: Es geht besser als am Abend vorher in dem engen Führerhäuschen im Kran.

»Jetzt siehst du wieder glücklich aus«, sagt sie, kurz bevor ich neben ihr einschlafe.

10 Zurück in Fennpfuhl, Samstagabend. Ich bin spät dran, brauche immer noch das Geld, um Krasniqi auszuzahlen. Eine aufgeregte Amsel zetert unten am Pfuhl. Das Hochhaus der Rudolf-Seiffert wirkt normal, in meiner Wohnung im dreizehnten Stock, wo Kallatzky mit seinen beiden Bewachern sitzt, scheint Licht zu brennen, auf die Entfernung bin ich mir nicht sicher. Das Versteck ist perfekt; wenn ich nichts verrate, können sie wochenlang dort bleiben, ohne entdeckt zu werden.

Mein Vater wohnt in einem der ältesten Plattenbauten des Viertels, oben an der Storkower Straße. Die S-Bahn zieht dort vorbei, die Rettungswagen sind mit Blaulicht auf dem Weg nach Mitte. Er steht im Bademantel im Türrahmen, bullig wie eh und je, den Kopf vorgestreckt, als wittere er eine Gefahr. Fünfundsechzig Jahre, gut in Schuss.

»Sieht man dich auch mal wieder«, sagt er. »Komm rein.«

»War grad in der Gegend«, sage ich, »Dachte, ich schau mal, wie es dir geht.«

Jedes Mal, wenn ich meinen Vater besuche, fühle ich mich alt. Er sieht besser aus als ich. Er raucht nicht. Trinkt nicht. Spielt nicht. Er hat einen Punchingball in seiner Zweiraumwohnung, und mit dem arbeitet er täglich. Draußen auf den Grünflächen, wo die vietnamesischen und russischen Teenager an den steinernen Tischtennisplatten daddeln, trainiert er mit dem Springseil. Am Wochenende fährt er raus in die Kleingartenkolonie Birkenhöhe bei Bernau. Unser Familiengarten. Zieht Tomaten und Salat, baut Kartoffeln an, Erdbeeren hat er auch, schneidet die Hecke öfter als die Nachbarn, mäht den Rasen, jätet Unkraut, tut und macht. Pflückt die Johannisbeeren und kocht zu Hause Gelee. Für ihn gibt es immer was zu tun. Seit meine Mutter gestorben ist, zehn Jahre her, kommt er gar nicht mehr zur Ruhe. Vermutlich geht er nachts joggen.

»Wie läuft's?«, fragt er. »Setz dich doch. Diese Hitze, ist wie auf Kuba. Trinkst du ein Bier mit?«

»Mir geht's gut«, sage ich. »Bier trinke ich mit.« Setze mich auf die Couch, während er in der Küche kramt. Wie komme ich auf das Geld zu sprechen? »Trainierst du noch?«

Er kommt mit dem Bier, schaut zum Punchingball. »Na

und ob! Jeden Tag. In meinem Alter musst du zusehen, dass du dranbleibst. Meine Freunde haben alle schon einen Bauch, das will ich nicht. Fett ansetzen, bei mir nicht.«

Wir stoßen an, trinken. Er sitzt locker da, keine Spur von Bauch, ein gutaussehender Mann, lebhaft, erzählt von seinem Garten, seinen Freunden, seiner Corona-Impfung. Eigentlich wartet er darauf, dass ich damit herausrücke, weswegen ich gekommen bin.

Warten kann er. Vor der Wende war mein Vater Kommissar bei der Volkspolizei, galt als feinfühliger Vernehmer. Er hörte den Leuten geduldig zu, hieß es, nahm sie ernst, konnte eine gemeinsame Gesprächsebene herstellen. Wenn sie bockten, dann gab er ihnen Zeit zum Nachdenken.

»Tom«, sagt er und nimmt einen Schluck, das Bier schmeckt ihm richtig. »Schönes Hemd hast du, dafür hast du ein Auge. Deine Mutter ja auch, die hat immer schöne Sachen gefunden. Teuer gewesen?«

Ich schaue mir mein Hemd an. Was das teuer? Kann mich nicht erinnern, wo ich das geholt habe. »Das war nicht teuer, ein paar Euro bei Humana.«

»Hast du den BMW noch?«

»Klar habe ich den noch«, sage ich. »Den gebe ich nicht weg, der fährt noch richtig gut. Aber seit gestern klappert der vorn.«

»Der klappert vorn«, wiederholt er, als sei das wichtig. Als müsse das festgestellt werden. »Und das könnte teuer werden, stelle ich mir vor.«

»Kann sein«, sage ich.

»Brauchst du Geld, Junge?«, fragt er. »Kannst du doch sagen. Sieht doch ein Blinder, dass du was auf dem Herzen hast. Jetzt mal Butter bei die Fische. Du kommst doch nicht einfach so vorbei auf Kaffee und Kuchen. Wie kann ich dir helfen? Fünfhundert Euro? Kein Problem.«

»Eher fünftausend Euro«, sage ich, damit ist es jedenfalls mal ausgesprochen. »Eingelaufene Nockenwelle oder defekte Steuerkette, keine Ahnung, aber teuer wird es. Ich trau mich gar nicht in die Werkstatt.«

Mein Vater nickt. »Kann ich verstehen. Würde mir auch so gehen, wenn ich beim eigenen Wagen so rumraten würde. Nockenwelle oder Steuerkette, das hört man doch. Die lachen dich doch aus, wenn du bei denen auf den Hof fährst und sagst: Meister, müsste die Nockenwelle sein, könnte aber die Steuerkette sein. Oder ein Defekt am Automatikgetriebe. Oder Karl Napp von der Rennbahn ist einfach mal wieder klamm und braucht deshalb fünftausend Euro.«

Er steht auf, ehe ich antworten kann, stellt einen Kräuterschnaps auf den Tisch, zwei Gläser dazu. »Komm, lass uns einen einschwenken.«

Ich mag meinen Vater, immer noch. Auch wenn er auf mir rumhackt, als wäre ich dreizehn. Trotzdem wird er mir das Geld geben, hat er bisher immer gemacht, wenn er mit seinen Vorträgen fertig war. Insgeheim wünsche ich mir, wir könnten mal die Rollen tauschen. Er käme bei mir an, weil er Geld braucht, ich biete ihm einen Schnaps an und sage: Klar, geht in Ordnung. Und verzichte auf die Vorhaltungen, einfach um ihm mal zu zeigen, es geht auch ohne.

Er kommt klar. Er hat auch einstecken müssen in seinem Leben, das lässt er sich nicht anmerken, ist aber so. Nicht nur, dass meine Mutti so früh gestorben ist. Er ist bei der Polizei rausgeflogen, als er vierzig war. Und warum? Weil er gut war. Spezialbegabung. Er konnte Phantombilder zeichnen wie niemand sonst. Das hatte er drauf, hatte einfach ein Händchen dafür. Subjektive Porträts nannten sie es. Er war so gut darin, dass die Staatssicherheit ihn manchmal von der Volkspolizei auslieh. Also in den Jahren vor dem Fall der Mauer, kann man sich heute kaum vorstellen. Das Ministerium für Staatssicherheit betrieb in Röntgental ein »Zentrales Aufnahmeheim« für Bürger, die in die DDR zurückwollten. Die drüben im Westen gewesen waren und lieber zurückwollten. Es waren nicht viele, doch es gab sie. Diese Heimkehrer wurden in Röntgental über Wochen und Monate befragt, die Stasi wollte alles über ihre Kontakte im Westen wissen, am liebsten zu Funktionsträgern in Politik und Wirtschaft, Wissenschaft und Kultur. Landräte, Abteilungsleiter, Manager, Geheimnisträger der Bundesrepublik, die mögliche Sympathisanten, eventuelle Zuträger sein könnten. Von denen also ließ die Stasi sich Phantombilder nach den Angaben der Heimkehrer anfertigen, und dafür fragten sie meinen Vater an.

Er war nie bei der Stasi, darauf legt er Wert, sondern immer nur ausgeliehen, angefordert, abkommandiert. Diese Phantombilder wirkten unglaublich echt, als säßen die Leute einem jetzt gegenüber. Und weil ihm die Sache etwas peinlich war, hat er sie nicht angegeben, als die Mauer gefallen war und die Volkspolizei nach der Wende übernommen wurde. Man hat es rausgefunden, die Akten gelesen, verglichen, ich kieke, staune, wundre mir, der Mann war doch bei der Stasi beschäftigt, wieso gibt er das nicht an. Deshalb wurde er Mitte der Neunziger rausgegauckt. Es gab keine Abmahnung, keinen Verweis, keine Umsetzung – von einem Tag auf den anderen war er draußen. Vierzig Jahre alt.

In den Jahren darauf nahm er wie viele damals den Gang vor die Hunde: eine schäbige Detektei mit der schmutzigen

Wäsche von Seitensprüngen und Scheidungen, Beschat-
tungen von Arbeitnehmern, die krankgeschrieben waren,
danach Fortbildungsmaßnahmen vom Amt, schließlich die
Endstufe: Wachschutz. Seine Chefs kannte er noch von früher, von Röntgental her, sie hatten ihm auch die Tipps mit
den Wohnungen gegeben.

Wir stoßen an, trinken den Schnaps, tut mir gut.

»Kann ich hier eine rauchen?«, frage ich.

»Geh auf den Balkon«, sagt er. »Ich hole schon mal das
Geld. Fünftausend Euro, kannst du dir nicht ausdenken.«

Zigarettchen auf dem Balkon, Ausblick auf Hunderte,
Aberhunderte von Fenstern, Fassaden, Balkons, sieht alles
gleich aus und doch immer etwas anders. Manche Fenster
haben Vorhänge, andere sind beklebt mit Stickern. Da stehen Kakteen auf dem Sims, bei anderen Geranien, bei den
meisten nichts. Hier brennt Licht, da guckt einer Fernsehen,
hinten zockt einer, das sehe ich an den harten Lichtwech-
seln. Leute bewegen sich in den Wohnungen, gehen von
einem Zimmer in die Küche, sitzen auf dem Klo. Essen was,
reden, kratzen sich. Was Leute eben so tun, nur dass es hier
Tausende sind, Zehntausende. Vielleicht knutschen auch
welche oder streiten sich, holen sich einen runter oder heulen. Essen Pizza vom Lieferdienst. Da drüben müssten Henne und Ronny mit Kallatzky sitzen. Was machen die mit
ihm jetzt, worauf warten die?

Als ich wieder reinkomme, liegt ein Umschlag auf dem
Tisch. Der Fernseher läuft, mein Vater räumt die Gläser weg.
Ich schaue in den Umschlag, müssten fünftausend sein. Ge-
nau die fünftausend, die ich noch brauche, um Krasniqi am
Sonntag zwölftausend zurückzugeben. Dann bin ich raus,
dann können Zef und Gezim und Krasniqi mich am Arsch

lecken, Ömer und Atila und Konan auch, ich setze keinen Fuß mehr in die *Arena* oder sonst ein Wettbüro. Nicht mal zu Dragana in die Spielhalle gehe ich. Einfach draußen daran vorbeigehen, alle anderen Leute schaffen das auch, die schauen auf ihr Handy, rauchen eine, latschen weiter und müssen nicht reingehen, keiner von denen muss reingehen. Keiner von denen hat Schulden. Und wenn ich Krasniqi die zwölftausend gegeben habe, dann habe ich auch keine Schulden mehr. Dann bin ich frei. Muss nicht mehr zocken, nie wieder spielen, nur noch Pingpong mit Marla im Park.

»Danke dir«, sage ich. »Hätte ich nicht gedacht, dass du das einfach so zu Hause hast.«

»Glaubst du, ich gebe mein Geld auf die Bank?«, fragt er. »Ich war ein einziges Mal in diesem Jahr bei der Bank. Da sitzt mir so ein Finanzberater gegenüber, sieht aus wie Philipp Amthor und grinst, als hätte er mich schon am Sack. Der wollte mir Finanzierungspläne machen, Investitionen in Immobilienfonds, ganz konservativ, garantierte Gewinnausschüttung. Ich habe meine eigenen Immobilien, sage ich, ich lege mein Geld nicht auf die Bank.«

»Kriegst die fünftausend natürlich zurück, wenn ich das Geld wieder zusammenhabe«, sage ich.

Mein Vater lacht nur. Den Spruch hat er zu oft gehört. Ich habe ihm noch nie etwas zurückgezahlt. Er stellt den Fernseher an, und wer ist Dauerthema in den Nachrichten: Max Kallatzky. Noch ein Statement, offenbar ein neues Video, jetzt hat er kein Unterhemd an, sondern ein richtiges Oberhemd, die Knöpfe bis oben geschlossen. Die Brille trägt er nicht. Er wirkt müde. Danach besorgte Politiker, die Berliner Polizeichefin im Interview. Der Fall schlägt richtig Wellen.

»Vater«, sage ich. »Es gibt noch was.«

»Tom«, sagt er und wirft sich zwei Erdnüsse ein. »Über-lege dir, was du mir sagen willst. Ich habe dir eben fünftau-send Euro gegeben, die liegen vor dir auf dem Tisch. Nimm sie, meinetwegen nimm sie. Wenn ich aber jetzt was von den Wohnungen höre, Wasserschaden, Schimmel im Bad, Kellerfeuchte, noch mal zweitausend Euro, dann ist Ende Gelände. Es muss auch mal gut sein. Die Wohnungen sollen uns finanzieren, nicht wir sie.«

Seine Wohnungen. Unsere Wohnungen. Sie gehören ihm, ich verwalte sie, wir beide leben davon, und niemand darf davon wissen. Die sind seine Rache am Staat, an der Polizei, an den Behörden, die ihn rausgeworfen haben. Kurz nach seiner Entlassung hat er vier Wohnungen aus einem Stasi-Fonds gekauft, Liegenschaften und Dienstobjekte an der Magdalenenstraße. Ein ehemaliger Kollege von ihm war bei der Treuhand gelandet und machte ihn auf die Gelegenheit aufmerksam, bei der Treuhand liefen solche Geschäfte un-ter der Hand, das fiel nicht weiter auf. Mein Vater hat sofort zugegriffen. Wenn die mir blöde kommen, hat er sich gesagt, dann können sie es so haben, wie sie es brauchen. Damals wollte niemand Etagenwohnungen in Plattenbauten kau-fen. Er hat das gemacht, später weiterverkauft, die Spuren verwischt, auch im Westen die eine oder andere Wohnung gekauft, auf Zwangsversteigerungen mitgeboten. Ende der Neunziger waren noch nicht so viele auf den Trichter ge-kommen. Da gab es noch Schnäppchen, und von denen le-ben wir jetzt.

»Die Wohnung in der Rudolf-Seiffert-Straße«, sage ich. »Da habe ich gestern Mieter untergebracht. War vielleicht ein Fehlgriff. Ich sag das nicht gern.«

Mein Vater schaut auf den Bildschirm, wirft sich Erdnüsse ein, wartet, was jetzt kommt.

»Gestern haben mich zwei Typen im Wettbüro gefragt, ob ich einen Bekannten von ihnen unterbringen könnte. Ich hätte doch Wohnungen an der Hand. Ich wollte zuerst nichts davon hören, wollte mich auf *Daddy Chill* konzentrieren. Die ließen aber nicht locker. Mensch, haste nicht, kannste nicht, mach doch mal – auf die Tour. Ich habe ihnen schließlich die Wohnung in der Rudolf-Seiffert angeboten. Sie wollten was Ruhiges, und die ist ruhig. So. Sie wollten noch am gleichen Abend rein, ich musste die noch sauber machen, durchlüften, desinfizieren, pipapo, war abends verabredet, kam aber trotzdem hin, um ihnen die Wohnung zu zeigen, den Schlüssel zu geben. Wir also hin, und wer sitzt mit denen im Wagen? Du glaubst es nicht.«

»Sag schon«, sagt mein Vater.

Ich weise auf Kallatzky auf dem Bildschirm. »Der da. Der saß im Auto. Hat keinen Ton gesagt, ich dachte, der schläft. Für den ist die Wohnung gemietet. Jetzt sitzen sie drin mit dem, und ich soll nichts sagen, sonst.«

»Sonst was?«, fragt mein Vater.

»Haben sie nicht gesagt«, sage ich. »Doch der eine ist aggressiv, ein richtiges Aas. Ich wollte sie ja rausschmeißen, hatte es mir anders überlegt, da hat er mich gegen die Scheibe gedrückt, der war mit zwei, drei Schritten an mir dran, hat überhaupt nicht lang gefackelt.«

»Und der andere?«, fragt mein Vater.

»Der andere ist normal«, sage ich. »Mit dem war nichts. Der heißt Henne.«

»Du willst mich auf den Arm nehmen«, sagt mein Vater. »Du setzt dich auf meine Couch, leierst mir fünftausend

Euro aus dem Kreuz, und dann willst du mir erzählen, dass du den rechten Lutscher Kallatzky in unserer Wohnung untergebracht hast.«

»Kallatzky«, sage ich. »Genau. Ich nehme dich nicht auf den Arm.«

Er schaut auf den Fernseher, schaut auf mich, wirft sich Erdnüsse ein. Steht auf, holt zwei Bier, öffnet sie, wir stoßen an. Er tigert schweigend im Zimmer herum. Schlägt ein paarmal gegen den Punchingball, steht am Fenster und schaut raus.

»Das sind bloß vierhundert Meter Luftlinie«, sagt er. »Und die sind da noch drin?«

»Denke schon«, sage ich.

»Hatten die Waffen? War der Kallatzky fixiert? Wieso haben sie dich überhaupt da reingezogen, kanntest du die?«

»Keine Ahnung«, sage ich und rutsche unruhig hin und her. Diese Fragen immer, was will der alles wissen. »Das sind Spinner. Ich kannte die nicht, die sind einfach aufgetaucht im Wettbüro. Ich fand die harmlos. Die sind auch harmlos, bis auf den einen, Ronny. Die haben sich Pizza bestellt. Kallatzky geht's gut, der durfte mitessen. Dann bin ich gegangen. Und heute Nachmittag war ich bei der Polizei, habe denen gesagt, dass ich weiß, wo Kallatzky steckt. Glaubst du, das hat die interessiert? Die haben mich weggeschickt, ich soll das alles mal aufschreiben.«

»Kannst du von denen nicht anders erwarten.« Mein Vater setzt sich neben mich. »Hast du den Zweitschlüssel noch?«

»Na sicher«, sage ich und hole ihn raus.

Mein Vater nimmt den Schlüssel, betrachtet ihn, wiegt ihn in der Hand, legt ihn auf den Couchtisch.

»Das würde ich mir gern mal ansehen«, sagt er. »Wie die sich da eingerichtet haben. Was der ganze Quatsch soll.«

»Da gibt es nichts zu sehen«, sage ich. »Außerdem bist du nicht mehr bei der Kripo.«

»Nur mal gucken«, sagt er. »Ist doch meine Wohnung.«

»Die haben ziemlich deutlich gesagt, dass sie lieber unter sich bleiben«, sage ich. »Der eine, Ronny, ist extrem angespannt.«

»Man müsste reingehen, wenn sie schlafen«, sagt mein Vater und steht wieder auf, geht zum Punchingball, gibt ihm leichte Schläge, denkt nach. Setzt sich wieder auf die Couch und packt mich an der Schulter, als habe er genau die richtige Lösung gefunden. »Weißt du, was wir machen? Wir gehen da rein, wenn die schlafen, und nehmen Graf Kacke mit.«

»Wir nehmen Kallatzky mit?«

»Ganz genau«, sagt er. »Der wird sich wundern, aber mitkommen wird er. Die anderen werden sich auch wundern.«

»Ohne mich«, sage ich. »Ich muss dringend schlafen. Letzte Nacht habe ich keine drei Stunden geschlafen, und morgen muss ich auch früh raus. Vielleicht ist es besser, wenn du da allein hingehst.« Ich greife nach dem Umschlag mit den fünftausend Euro, doch er ist schneller und steckt ihn ein.

»Nicht so hastig«, sagt er. »Das Geld kriegst du nur, wenn du mitkommst. Allein kann ich da nicht hingehen, da brauche ich dich. Leg dich in meinem Arbeitszimmer hin, ich wecke dich um drei.«

11 Ich habe keine zwei Stunden geschlafen, als er mich weckt. Die Wände seines Arbeitszimmers sind tapeziert mit Aberhundert Phantombildern, die mein Vater während seines Polizeidienstes oder später, aus der Erinnerung, gezeichnet hat. Sie alle schauen auf mich herunter: Schlägertypen mit wulstigen Augenbrauen, Bürokraten mit höhnischen Mienen, Brillenträger ohne jeden Ausdruck, Frauen mit hervorquellenden Augen, fertige Straßenmädchen mit Schatten unter den Augen, Skinheads mit purer Wut im Gesicht, Männer mit aufgerissenen Augen, schmale Gesichter, quadratische Schädel, die Augen darin zu Schlitzen verengt, aufgeschwemmte Pickelfressen. Wie soll man da zur Ruhe kommen?

»Es ist Zeit«, sagt er leise. Hat er überhaupt geschlafen? Er trägt einen Trainingsanzug aus den Achtzigerjahren und die Germina-Armeeturnschuhe aus Neuruppin.

»Mutig«, sage ich und reibe mir das Gesicht. »Damit kommst du heutzutage nicht mehr ins *Berghain*.«

»Wir gehen nicht ins *Berghain*«, sagt er.

Mein Vater macht kein Licht im Treppenhaus, als wir seine Wohnung verlassen. »Wir nehmen das Auto, brauchen wir später«, sagt er draußen. Noch ist es dunkel, die Laternen stehen in einzelnen Lichtpfützen auf den Zufahrtwegen. Er bewegt sich geschmeidig, zeigt mir, wo sein Škoda steht, schließt auf, schwingt sich hinters Steuer, startet den Wagen. Wir rollen ohne Licht und im zweiten Gang durch die schmalen Gassen hinter der Rudolf-Seiffert-Straße. Mein Vater parkt am aufgegebenen Kinderspielplatz, wir steigen aus und nähern uns der Rückfront des Hochhauses. Drüben auf der Landsberger Allee rasen ein paar Fahrzeuge vorbei, Lastwagen auf dem Weg stadtauswärts, nach Polen oder

Weißrussland, ansonsten ist das Viertel still. In den Fenstern ringsum brennt nirgendwo Licht.

»Ist die Tür hinten noch kaputt?«, fragt er.

Ich nicke.

Wir laufen über den Kinderspielplatz, schieben am Hintereingang die knarrende Tür auf, gleiten in den Flur des Gebäudes, ich will hinüber zum Fahrstuhl gehen, doch er hält mich zurück, weist zum Treppenhaus. Wir gehen zu Fuß in den dreizehnten Stock. Aus den Wohnungen dringt gelegentlich ein Männerschnarchen, im siebten oder achten Stock ein Stöhnen, sonst herrscht auf den Fluren, an denen wir vorbeikommen, absolute Ruhe. Er bewegt sich leichtfüßiger als ich, die endlosen Treppenstufen machen mir zu schaffen, doch ich will es mir nicht anmerken lassen und halte meinen Atem flach.

Vor der Wohnungstür im dreizehnten Stock bleiben wir stehen. Der Flur riecht muffig. Hier wird nie gelüftet. Mein Vater deutet auf die anderen Wohnungstüren und schaut mich fragend an. Ich schüttele den Kopf. Er zieht den Reißverschluss seiner Trainingsjacke auf und holt eine Zange heraus, reicht sie mir. Dann nimmt er die Wohnungsschlüssel aus der Hosentasche, legt die Hand auf den Türgriff und schließt nahezu lautlos auf.

Die Tür öffnet sich einen Spalt, wird dann von der Innenkette aufgehalten. Er lässt sich die Zange reichen und knipst die Türkette auseinander, fängt die Glieder mit der anderen Hand auf.

»Uff eemal jeht se uff de Tür«, flüstert er. »Nanu, denk ick, ick denk nanu, jetz isse uff, erst war se zu!«

Tatsächlich, die Tür öffnet sich. Er verstaut die Zange in seiner Trainingsjacke und als er die Hand wieder herauszieht, ist eine Waffe darin.

Das habe ich nicht geahnt, dass er eine Waffe zur Hand hat, obwohl er gelegentlich von einem Schießtraining erzählt. Habe auch nicht nachgefragt, weil ich dachte, er hat eben noch alte Kollegen aus seiner Polizistenzeit. Kann sein, dass die Waffe daher stammt, oder er hat sich in letzter Zeit bewaffnet? Gefällt mir nicht, macht mir Sorgen.

»Was auch geschieht«, sagt er in mein Ohr, »ich nehme die beiden Jungs, du kümmerst dich um Kallatzky. Hast du das verstanden?«

Ich schaue ihm in die Augen und nicke. Keine Widerworte, wenn er so redet, das habe ich schon als Kind gelernt.

»Ich will nichts hören«, sagt er, »keinen einzigen Ton von dir oder der Geisel.«

»Versprochen«, sage ich.

»Nicht versprechen, sondern machen. Los jetzt.«

Der Flur ist dunkel. Rechts geht es, wie in allen diesen Wohnungen, zum Kinderzimmer. Ich öffne die Tür, sehe Kallatzky auf dem schmalen Gästebett liegen, angezogen. Er atmet schwer im Schlaf. Mein Vater ist noch hinter mir, zeigt auf ihn, ich verstehe, was er will. Er entfernt sich zum Wohnzimmer hin, die Waffe auf den Boden gerichtet. Lautlos. Gelernt ist gelernt.

Wenig später höre ich seine Stimme in höchster Lautstärke durch die Wohnung gellen. »Aufstehen, Polizei. Keine Bewegung. Hände hinter den Kopf. Hinter den Kopf, habe ich gesagt. Aber ganz schnell!«

Ich höre eine Tür klappen, Tritte, einen umstürzenden Stuhl, Schläge, einen hellen Schrei: »Nein!«

»Nimm die Hände hoch, Polizei!«

Dann herrscht Stille.

»Was ist denn jetzt los«, sagt Kallatzky verschlafen. Er

erkennt mich nicht, tastet nach seiner Brille, knurrt: »Was fällt Ihnen ein, hier mitten in der Nacht, das ist ja eine unfassbare Frechheit, hier in die Wohnung einzudringen. Das ist ungeheuerlich.«

»Verhalten Sie sich ruhig, und Ihnen nichts wird geschehen«, sage ich. »Wir können gleich raus. Alles ist gut.«

Er rappelt sich hoch, weicht mir aus und holt Atem, will natürlich doch schreien. Ich bin mit zwei Schritten bei ihm und schlage mit der flachen Hand zu, quer übers Gesicht, seine Brille rutscht ihm von der Nase. Er zieht den Kopf zwischen die Schultern, macht sich klein. Dann nehme ich ihn in den Schwitzkasten und halte ihm den Mund zu. Ein alter Mann, er stöhnt vor Angst.

Mein Vater taucht im Flur auf, er geht rasch, federnd, wirkt wie verjüngt.

»Gut«, sagt er, als er mich mit Kallatzky, der sich in meinem Schwitzkasten wehrt, auf dem Bett sitzen sieht. Zeigt dem alten Mann seine Dienstmarke.

»Sie sind in Sicherheit«, sagt er. »Wir holen Sie jetzt raus. Folgen Sie den Anweisungen, es wird Ihnen nichts geschehen.«

Kallatzky stemmt sich mit der rebellischen Kraft eines alten Mannes gegen mich, speichelt meine Hand zu, die ich auf seinen Mund presse. Es nutzt ihm nichts.

Ich versuche, ihn auf die Beine zu bringen, er lässt sich hängen, macht sich schwer, schlägt nach hinten aus. Ich rieche den Urin in seinem Schritt, ein Angstpinkler. Der Geruch widert mich an, ich denke sofort an Zefs Schwanz, der genauso stank.

»Mach schon«, sagt mein Vater. »Worauf wartest du, wir müssen raus, ehe das ganze Haus aufwacht.«

Kallatzky wehrt sich, als ich ihn aus dem Zimmer zerren will, er sträubt sich, glitscht wie ein Fisch in der Reuse zurück.

»Wir können ihn nicht gegen seinen Willen hier rausschaffen«, sage ich.

»Das höre ich aber zum allerersten Mal«, sage er. »Bisher habe ich noch jeden Mann mitgenommen, den ich mitnehmen wollte.«

Kallatzky rutscht mit dem Kopf aus dem Schwitzkasten, sein Mund ist frei, er will schon schreien, als ich ihn wieder einfange. Er tritt mit den Füßen um sich, gegen die Wand des engen Flurs, man hört das sicher bis zum Fahrstuhl.

»Er will einfach nicht«, sage ich.

Mein Vater reißt Kallatzky einen Schuh herunter, zieht ihm die Socke aus und stopft sie ihm in den Mund. Er zwingt ihn, den Mund so weit zu öffnen, dass er die Socke unterbringen kann.

»Ich will nichts hören, bis wir unten sind«, sagt er zu ihm. Kallatzky schaut ihn nur an, Angst in seinen Augen, er schnauft.

»Hier muss irgendwo ein Rollstuhl stehen«, sage ich. »Wir stecken ihn rein, dann rollen wir ihn raus.«

»Der Mann kann auf eigenen Beinen gehen, da bin ich mir aber sicher«, sagt mein Vater und beugt sich über Kallatzky, der sich am Boden windet. »Können Sie doch, doch? Haben wir doch alle mal gelernt, ein Fuß vor den anderen setzen, Schritt für Schritt, so machen wir das.«

Gemeinsam ziehen wir Kallatzky hoch, der Uringeruch verstärkt sich, er lässt den Kopf hängen, doch er gehorcht, tappt neben uns durch den Flur zur Tür.

Mein Vater schaut noch einmal ins Wohnzimmer, nichts regt sich dort.

»Was hast du mit ihnen gemacht?«

Er antwortet nicht.

Nach unten nehmen wir doch den Aufzug. Man hört es durchs ganze Haus, als der Korb sich unten in Bewegung setzt. Muss jetzt sein. Kommt auch vor, dass ein Mieter früh zur Arbeit muss, manchmal um halb vier. Wir haben es gleich geschafft.

Kallatzky hält sich die Hand vor den Schritt, der Fleck auf seiner Hose vergrößert sich ständig.

»Hoffentlich werde ich nie alt«, sage ich zu meinem Vater, der hinter uns den Aufzug betritt. »Nicht persönlich gemeint. Aber guck dir das an. Die Leute werden immer älter. Die pullern sich im Fahrstuhl ein, sind einfach nicht mehr den normalen Alltagsbelastungen gewachsen.«

Mein Vater sagt nichts, er schwitzt heftig. Die Waffe hat er wieder in seiner Trainingsjacke verstaut, er mustert Kallatzky, der seinem Blick ausweicht.

Nach zwei Minuten sind wir draußen und gehen über den Kinderspielplatz zurück zum geparkten Auto. Die Luft ist frisch und kühl, vielleicht der einzige erträgliche Moment des Tages. Für heute sind wieder vierunddreißig Grad angekündigt, Hitzegewitter, kein Niederschlag. Ein Hundehalter steht auf dem Rasen vor den Tischtennisplatten und schaut uns nach. Wir heben die Hand zum Gruß, er grüßt zurück und wendet sich wieder seinem Hund zu.

»Du fährst«, sagt mein Vater. »Ich setze mich mit dem Kollegen auf die Rückbank, damit er nicht auf dumme Gedanken kommt.«

Der Škoda ist fünfzehn Jahre alt, lässt sich aber angenehm fahren. Ich finde den Weg aus dem Labyrinth der Anwohnerstraßen raus auf die Landsberger Allee, stadtauswärts.

»Wir brauchen eine Unterbringung, die nicht in einem Mietshaus ist«, sagt mein Vater. »Möglichst rasch, hier in der Gegend, in fünf bis sieben Minuten wimmelt es hier von Polizei. Das war zu viel Lärm in der Wohnung, die Mieter nebenan und unten sind wahrscheinlich aufgewacht und haben die Wache alarmiert.«

Ich wende und fahre stadteinwärts, über die Petersburger hinweg. Die Straßen sind leer, alle Spuren frei, die Ampeln grün. Das hätte ich nie für möglich gehalten, dass man einen Mann einfach aus der Wohnung holen kann, mitten in der Nacht. Doch es geht, es geht wirklich. Jetzt sitzt er auf der Rückbank, hat immer noch die Socke im Mund.

»Was machen wir jetzt?«, frage ich meinen Vater.

»Ich will mich mit dem Mann unterhalten«, sagt er. »Ganz in Ruhe. Danach lassen wir ihn laufen. Ist doch alles gut so weit. Wir haben ihn hier, die beiden Jungs verschwinden aus unserer Wohnung, Kallatzky kehrt zu seiner Partei zurück. Alles wieder im Lot.«

Kaum Verkehr auf der Straße, wir rauschen am Volkspark Friedrichshain vorbei, der Alexanderplatz kommt in Sicht, die Kugel des Fernsehturms blitzt im Morgenlicht. Die ersten Sirenen flammen auf, Zivilbeamtenwagen mit Blaulicht jagen auf der Gegenfahrbahn Richtung Fennpfuhl. Ich biege auf die Unterführung beim *Alexa* ab, nehme die Leipziger Straße.

»Ich kenne einen Übungskeller im Westen«, sage ich. »Da ist sonntags niemand im Gebäude. Jedenfalls so gut wie niemand. In der Lützowstraße, das alte Maggi-Haus. Den Schlüssel habe ich noch.«

Kallatzky äußert seinen Widerwillen, will die Socke herauswürgen aus dem Mund, doch mein Vater bringt ihn zur Ruhe.

Allmählich sind mehr Autos neben uns unterwegs. Auf der Leipziger streunen fünf Partygänger über die Fahrbahnen. Einer von ihnen hat sein Skateboard dabei, doch zu viele Drogen eingeworfen, um sich auf dem Brett halten zu können. Die anderen gehen untergehakt, torkeln. Die Autos vor uns bremsen ab und hupen. Ein Pärchen balanciert engumschlungen auf einem E-Roller und rast die Busspur entlang.

Hinter dem Potsdamer Platz ist nichts mehr los. Nur im *Golden Dolls* brennen noch die Lichter, die Türsteher stehen sich die Beine in den Bauch, ich schaue nicht hin, Krasniqi muss noch warten. Ich biege ab auf die Lützowstraße, vorbei am *Kumpelnest*, vor dem sich ein letzter Trupp betrunkener Gäste festgesetzt hat.

Das Maggi-Haus: ein Bau mit dunkler, pompöser Fassade, mächtigen Seitenflügeln und Quergebäuden, die sich über drei Höfe erstrecken. Im Laufe der Jahrzehnte ist das Haus heruntergekommen zu einer Ansammlung Berliner Kleinbetriebe: Sanitärer Installationsbedarf, Gold- und Silberwaren, Fotolabore. Eine Autolackiererei Kunkel. Zwei, drei Anwaltskanzleien mit verstaubten Geschäftsschildern, Termine nur auf Anfrage. Ingenieure, ein Filmausstatter, ein Skiverleih. Ein Büro für Telefonmarketing. Die Keller dienen als Übungsräume für Rockbands, und für einen dieser Übungsräume habe ich einen Schlüssel.

Das große Eisentor ist verschlossen, am Sonntagvormittag ist hier niemand, von den Korrekturlesern einer Tageszeitung abgesehen. Ich fahre in den dritten Hof. Er ist leer. Keine Autos, keine Motorräder, nur ein Kleinbus des Skiverleihs, der seit Jahrzehnten hier steht und verrottet. Mein Vater und ich nehmen Kallatzky, der sich jetzt in sein

Schicksal fügt, in unsere Mitte und bringen ihn zu einer Kellertreppe.

Das Schloss öffnet sich nur schwer, und als die Tür aufschwingt, schlägt uns der Geruch nach altem Bier, Mörtel und Schimmel entgegen.

12 »Was soll das hier werden?«, fragt Kallatzky, als mein Vater ihm die Socke aus dem Mund zieht. Ich stehe an der Tür und schließe sie von innen ab. »Was haben Sie vor?«

Der Übungsraum sieht aus, als sei er seit Jahren nicht benutzt worden. Auf dem Boden liegt eine halb ausgerollte Auslegeware. In der Ecke befindet sich eine Spüle. Daneben vier Bierkästen aufgestapelt, die Flaschen leer und eingestaubt. Ein altes Schlagzeug steht herum. Kabel und Steckdosen. Notenständer. An der Wand ein Regal mit Farbeimern, Zeitschriften.

»In diesem Keller ist seit Jahren niemand gewesen«, sage ich. »Musiker leben nicht lang. Ich habe hier eine Weile in der Band gespielt, wir hatten ein Ding mit Southern Blues. Dann ist der Bassist weggezogen, und der Drummer kam immer seltener, weil wir nie Auftritte bekommen haben. Er wollte was reißen, was aus sich machen, Bela B. war sein großes Vorbild. Er ist dann auch nicht mehr gekommen. Wir waren am Ende zu zweit, und Yannick hat mit G rumgemacht.«

»Setzen Sie sich doch«, sagt mein Vater zu Kallatzky. »Das macht mich nervös, wenn Sie ständig auf und ab tigern. Das ist so ein friedlicher Sonntag. Wir nehmen uns jetzt einfach mal die Zeit.«

»Ich will zu meiner Familie«, sagt Kallatzky. »Ich habe Frau und Kinder, die um mein Leben bangen. Die quälenden Stunden der Unsicherheit müssen auch für sie ein Ende haben. Und ich weiß, wer Sie sind.« Er deutet auf mich, während ich mir eine Zigarette anzünde und mich ärgere, dass niemand die Geschichte meiner Band hören will. »Sie sind der Vermieter des Apartments. Man wird das zurückverfolgen, wenn Sie mich nicht freilassen. Das wird Konsequenzen für Sie haben.«

»Bevor wir anfangen«, sagt mein Vater, »möchte ich mich für meinen Sohn entschuldigen.«

Ich schaue ihn verblüfft an, doch er ist auf Kallatzky fokussiert, wartet auf eine Reaktion.

Der Politiker strafft sich und nickt. »Ich weiß auch nicht, was mit der Generation los ist«, sagt er. »Ich habe leider nur Töchter. Nichts gegen Frauen, verstehen Sie mich nicht falsch. Frauen sind ein wichtiger Bestandteil unseres Volkes, ohne sie geht es nicht. Aber sie brauchen eine Hand, die sie führt. Ich war leider beruflich zu viel unterwegs, als dass ich meinen Töchtern hätte vermitteln können, in welcher existenziellen Gefahr sich dieses Land befindet. Zu meiner Schande muss ich gestehen, dass meine jüngste Tochter zu den Bahnhofsklatschern in München zählte. Ich habe jeden Kontakt zu ihr abgebrochen. Sie hat Teddybärchen geworfen, um die Kuffnucken zu begrüßen, die hier einfallen. Das ist die jahrelange Gehirnwäsche der Linksgrünen in der Schule, in den Zeitungen, im Fernsehen und den sozialen Medien. Die ganze Generation ist verseucht.«

»Ich habe mir immer eine Tochter gewünscht«, sagt mein Vater. »Aber wenn ich damals gewusst hätte, was auf uns zukommt, hätte ich auf ein Kind verzichtet.«

»So einen Schweinestall wie dieses Land hätte sich vor zehn, zwanzig, dreißig Jahren doch niemand vorstellen können«, sagt Kallatzky. »Wir haben in einem friedlichen Land gelebt. Jetzt gibt es tagtäglich Angriffe auf Deutsche. Gewalttätige Übergriffe, Messerstechereien in Regionalbahnen. Die Zeitungen berichten nichts darüber. In den Nachrichten sehen Sie auch nicht die deutschen Rentner, die in Abfalleimern nach Pfandflaschen angeln, während unsere türkischen Mitbürger im geleasten Lamborghini über den Kurfürstendamm rasen. Die Araber fahren im Hochzeitskonvoi über die Stadtautobahn und blockieren alle Spuren für den Berufsverkehr, steigen ganz gemütlich aus und filmen sich dabei, wie sie sich unsere Autobahn unter den Nagel reißen.«

»Diesen Dünnschiss will ich nicht hören«, sage ich zu meinem Vater. »Dafür hast du mich um drei Uhr morgens geweckt? Dass wir uns diese Hetzreden anhören?«

Kallatzky lässt sich von mir nicht stoppen. »Sie gehen einer Auseinandersetzung mit unserer Position aus dem Weg, ducken sich weg. Doch das können Sie nicht leugnen: Wir werden überrannt. In Bernau, Oranienburg, Eberswalde haben Sie Messerstechereien am laufenden Band. Meine Parteifreunde dort schweben ständig in Todesgefahr. Das ist nicht nur in Berlin und Brandenburg so, das können Sie mir glauben. Das ist überall so. Sie können in Hamburg überhaupt nicht mehr an die Alster gehen, das ist mittlerweile besetztes Gebiet. Und die Deutschen lassen sich das gefallen. Sind Sie mal in Duisburg gewesen? Die Zigeuner verseuchen eine ganze deutsche Stadt. In allen Städten gibt es Angriffe von Negern und Moslems auf Deutsche. Ich sage Ihnen ganz offen: Wir werden zu dem, was wir importieren.«

»Ja«, sagt mein Vater. »Und deshalb wollten Sie ein Zeichen setzen. Erzählen Sie doch mal. Würde ich gern verstehen.«

Kallatzky verschränkt die Arme. »Das sagt sich leicht so von oben herab. Aber wenn Sie wüssten, welchen Angriffen unsere Partei, die letzte und einzige demokratische Opposition im Bundestag, tagtäglich ausgesetzt ist, dann würden Sie nicht so arrogant daherreden. Auf unsere Autos werden nahezu in jeder Nacht Brandanschläge verübt. Unsere Geschäftsstellen werden angegriffen. Wir sind in Restaurants unerwünscht, werden überall rausgeschmissen, verleumdet, verhöhnt. Wir sind die neuen Juden. Unsere Mitarbeiter werden im Wahlkampf ständig angepöbelt, angespuckt, oft sogar zusammengeschlagen. Erinnern Sie sich an Magnitz? Das war ein Mordanschlag mit einem Kantholz.«

»Das hat Ihrer Partei gutgetan«, sagt mein Vater. »Das Foto von Magnitz im Krankenbett. Unvergessliche Bilder in den Nachrichten und Zeitungen.«

»Magnitz ist ein Ehrenmann«, sagt Kallatzky. »Er hat sich im Krankenhaus fotografieren lassen, um zu dokumentieren, was in den Systemmedien immer verschwiegen wird, nämlich welcher gewalttätigen Hetze unsere Partei ausgesetzt ist. Magnitz war kein Einzelfall!«

Die Lider werden mir schwer, mein Kopf sinkt vornüber. Die zwei Stunden Schlaf in der Nacht sind nicht genug gewesen. Die Stimme von Kallatzky sägt weiter in meinem Kopf, ohne dass die Worte einen Zusammenhang ergeben, *rotgrüne Volksverräter ... Ali, Mustafa und Aische übernehmen das Zepter ... unsere Gottkanzlerin denkt vom Arsch her ... hat natürlich nix mit nix zu tun ... Beuteland ... die Systempolitiker führen Bürgerkrieg, Krieg gegen die eigenen Bürger ... die von Merkel importierten Raubnomaden ...*

Nach einer Stunde schrecke ich hoch, habe geträumt vom Tackern und Sirren eines Geldspielautomaten, der endlich tut, was ich ihm sage, die Münzen springen aus dem Fach, Scheine stürzen mir entgegen, und hier, im erstickenden Muff des Übungsraums, sitzen sich immer noch mein Vater und Kallatzky gegenüber, und Kallatzky redet und redet: »Ich weise in diesem Zusammenhang hin auf Grundgesetz Artikel 20 Absatz 4, ich zitiere: Gegen jeden, der es unternimmt, diese Ordnung zu beseitigen, haben alle Deutschen das Recht zum Widerstand, wenn andere Abhilfe nicht möglich ist. Alle Deutschen, verstehen Sie! Das Recht zum Widerstand! Das ist doch eindeutig. Das Altparteienkartell muss zerschlagen werden, und wenn Wahlen schon im Vorfeld verfälscht werden, ist es unsere Pflicht als einzige Opposition, Mittel und Wege zu finden …«

»Diesen Müll muss ich mir nicht anhören«, sage ich.

»Sehen Sie?«, sagt Kallatzky zu meinem Vater und verschränkt die Arme vor der Brust. »Genau das meine ich. Der Meinungskorridor wird immer enger. Man darf bald überhaupt nichts mehr sagen.«

»Ich hole mir einen Kaffee«, sage ich zu meinem Vater. »Willst du auch einen?«

Er nickt. Ich strecke mich, schließe die Tür auf und werfe einen Blick zurück auf die beiden Männer, die sich gegenübersitzen. Mein Vater in seiner gewohnten, zurückgenommenen Haltung. Kallatzky mit aufgekrempelten Ärmeln und den Gesten des Volkstribuns, der noch lange nicht damit fertig ist, die Welt zu erklären.

Seine Stimme verebbt, als ich die Treppe hinaufgehe. Die Luft in den Höfen ist noch kühl. Ich laufe die Lützowstraße hinunter zur Potsdamer. In der Frühe des Sonntags liegt sie unwirklich still da. Eine Gruppe alter Syrer sammelt sich auf dem Vorplatz ihrer Kirche neben dem *Wintergarten*. Die Männer rauchen, die Frauen unterhalten sich flüsternd. In der Ferne, weit hinter dem Potsdamer Platz, hört man Polizeisirenen, Rettungswagen, die knatternden Rotoren eines Hubschraubers.

Der *Deli* macht erst um acht auf. Noch fast eine halbe Stunde zu warten. Ich bin so schlaftrunken, dass ich weitergehe bis zur Kurfürstenstraße. Insgeheim hoffe ich, eine Spielothek zu finden, um für ein paar Minuten mein Glück zu versuchen. Vielleicht kündigt der Traum eine Glückssträhne an. Draganas Laden ist noch zu, zwei Frauen stehen an der Ecke und rufen mir nach: »Schatz, komm her! Komm doch mal her!«

Ich schüttele den Kopf, gehe weiter zur nächsten Ecke, dann zur Pohlstraße. Marla ist dabei, die Rollläden hochzuschieben, sieht frisch und ausgeschlafen aus.

»Du bist früh wach«, sagt sie, als ich ihr helfe, den Laden zu öffnen.

»Anstrengende Nacht«, sage ich. »Habe kaum geschlafen.«

»Party?«, fragt sie.

»Sehr, sehr seltsame Party«, sage ich. »Ich habe meinen Vater besucht, das ging noch, doch von da an wurde es immer schlimmer und es hört einfach nicht mehr auf. Du bist die erste normale Person, die ich seit Stunden sehe.«

Marla lacht. »Kenn ich. Zauberpilze. Obwohl ich meine Mama da nicht mit reinziehen würde. Du siehst aus wie der Typ aus der Kampagne der Bundesregierung: verantwortungsvoll mit Drogen umgehen. Lasst die Finger von den Pilzen, sonst seht ihr aus wie Tom Lohoff.«

Ein Polizeiwagen wischt mit hundertzwanzig Sachen über die Kreuzung der Potsdamer, ein zweiter jagt wenig später hinterher, in Richtung Potsdamer Platz. Ein Zivilfahrzeug mit Blaulicht folgt.

»Was ist denn hier los?«, frage ich.

»Keine Ahnung«, sagt Marla. »Bei mir in der Gegend war alles ruhig, aber offenbar ist oben in Friedrichshain einer aus dem Fenster gefallen, ich hab's nur kurz in den Push-Nachrichten gesehen, als ich mit dem Rad hergekommen bin.«

»Auf dem Rad musst du keine Push-Nachrichten lesen«, sage ich. »Das ist echt nicht nötig, die kannst du immer noch lesen, wenn du angekommen bist.«

»Ja, Papi«, sagt Marla. »Weiß ich auch. Aber Push-Nachrichten sind halt so fordernd mit ihrem Pling Pling, ich ziehe immer sofort mein Handy raus, egal wo ich bin.«

Wir stellen die Stühle und Tische raus, drängen uns am engen Tresen, Marla füllt die Kaffeemaschine, ich hole die Milch aus dem Kühlschrank, packe die Spülmaschine aus. Wir müssen immer wieder aneinander vorbei, sie riecht nach Schlaf und guter Laune.

»Was spielt das für dich in Schöneberg für eine Rolle, wenn jemand in Friedrichshain aus dem Fenster fällt?«, frage ich. »Es lenkt dich nur vom Verkehr ab. Ich hasse diese Radfahrer, die ständig auf ihr Handy starren.«

»Deine Einwände wären überzeugender, wenn du nicht selbst wie ein Druffie aussehen würdest. Du hast dein Handy bestimmt in einem Club vergessen, als du noch eine Line gezogen hast. Außerdem war das gar nicht in Friedrichshain, sondern in Fennpfuhl.«

»Du hast Friedrichshain gesagt«, sage ich und nehme

mir ein Glas Wasser, mein Mund ist trocken. »Wie kommst du jetzt auf Fennpfuhl?«

»Ich habe Friedrichshain gesagt, weil die Push-Nachrichten Friedrichshain gesagt haben, aber nur um zu erklären, wo dieses Fennpfuhl sich befindet, nämlich am Rande von Friedrichshain«, sagt Marla. »Kein Schwein weiß, wo Fennpfuhl liegt. Aber actually ist der Typ in Fennpfuhl aus dem Fenster gefallen, und zwar, wenn du es genau wissen willst, aus dem dreizehnten Stock.«

»Ernsthaft?«, frage ich. Die Bilder sind sofort da: Mein Vater rennt vor ins Wohnzimmer, während ich abbiege ins Kinderzimmer, um Kallatzky zu holen. Die unterdrückten Schreie. Da ist niemand aus dem Fenster gefallen, das hätte ich mitgekriegt.

»Weiß ich nicht«, sagt Marla. »Ich musste dann weiter. Ich muss hier schließlich pünktlich aufmachen, da kann ich nicht an der Ampel stehen bleiben und nach weiteren Nachrichten googeln. Außerdem waren es Push-Nachrichten, da steht eigentlich nichts drin außer: Typ in Fennpfuhl bei Friedrichshain aus dem Fenster gefallen. Dreizehnter Stock war dann schon eine Zugabe. Sag mal, ist dir das auch schon aufgefallen, dass die Jungtouristen in diesem Sommer alle weiße Tennissocken in ihren Sportsandalen tragen?«

»Das sind Prolls aus Niedersachsen«, sage ich. »Kannst du mir die Push-Nachricht mal zeigen?«

»Das sind eben keine Prolls«, sagt Marla und füllt die Kaffeebohnen in die Maschine. »Denise meinte am Anfang auch, das sind Prolls, Boris-Becker-Gedenk-Idioten. Aber das stimmt nicht. Gestern war hier ein schwules Pärchen aus Mailand. Weißt du, was die getragen haben?«

»Ist der Typ gestorben?«, frage ich, in Gedanken immer noch in meiner Wohnung Rudolf-Seiffert-Straße 33.

»Keine Ahnung«, sagt Marla. »Stand in den Push-Nachrichten nichts davon drin, dass er gestorben ist. Aber du kannst to a certain degree schon sicher sein, dass jemand stirbt, wenn er aus dem dreizehnten Stock fällt, würde ich sagen. Wenn er nicht grade LSD eingeworfen hat und einfach davongeflogen ist. Jedenfalls, dieses schwule Pärchen aus Mailand hatte ohne Scheiß Adiletten mit weißen Tennissocken an. Denise wollte es nicht glauben, ich habe sie rausgeschickt, damit sie das mit eigenen Augen sieht, und da saßen sie und streckten ihre Adiletten mit den weißen Tennissocken in die Sonne.«

»Auch in Mailand gibt's Prolls«, sage ich.

»Nein«, sagt Marla. »In Mailand gibt es keine Prolls. Keine schwulen Prolls, die obenrum Canali-Hemden tragen und an den Füßen weiße Tennissocken mit Badelatschen. Die wollten das so.«

»Vielleicht als Hommage an die deutsche Sommermode«, sage ich und drehe mir eine Zigarette. Ich bin so abgelenkt, dass mir das Blättchen zweimal reißt. »Wie kann der denn einfach aus dem dreizehnten Stock fallen? Das verstehe ich nicht.«

»Soll ich dir jetzt auch noch die Zigarette drehen?«, fragt Marla und nimmt mich in den Arm. »Ich meine, ich finde dich süß und alles, und es war wirklich schön da oben auf dem Baukran mit dir, echt jetzt, und gestern Abend fast noch mehr. Aber manchmal wünsche ich mir, wir würden einfach mal so Erasmusgespräche führen, weißt du, dass du mir erzählst, du hast ein Jahr in Italien studiert, und ich so: Wow, ein Jahr Italien, geil, und hast du in dem Jahr auf Italienisch geträumt? Verstehst du? Solche Gespräche.«

»Ich habe nicht ein Jahr in Italien studiert«, sage ich

und küsse sie. »Tut mir leid. Ich war überhaupt noch nie in Italien. Was soll ich da?«

»Weiß ich«, sagt Marla. »Ist doch auch egal. Der Typ, der da aus dem dreizehnten Stock gefallen ist, geht mich auch nichts an.«

Sie schiebt mir einen Americano hin. Der erste Kunde betritt den Laden, dahinter zwei schwedische Touristen, die brettzu aus dem *Kumpelnest* kommen. Marla lächelt sie professionell mit ihrem Grübchenlächeln an.

Ich nehme meinen Kaffee und setze mich draußen in den Schatten. Ein stiller Sonntagmorgen an der Potsdamer. Alles so weit in Ordnung. Marla ist ein bisschen eingeschnappt, weil ich was gegen das Lesen von Push-Nachrichten während des Radfahrens habe. Drüben im *Golden Dolls* wartet Krasniqi darauf, dass ich ihm seine zwölftausend Euro zurückbringe, bis elf Uhr abends, sonst bin ich fällig. Zwei Straßen weiter, in der Lützow, sitzt mein Vater mit dem drittklassigen Berliner Lokalpolitiker Max Kallatzky in einem Übungskeller und führt eine Vernehmung durch, die darauf hinausläuft, dass Kallatzky stundenlang seine Hassparolen absondert. Hinter dem Potsdamer Platz jaulen die Sirenen. In Fennpfuhl ist jemand aus dem dreizehnten Stock gestürzt, und ich kann mir sicher sein, dass es entweder Henne oder Ronny ist. So viele Leute fallen nicht in Fennpfuhl an einem Sonntagmorgen aus dem Fenster.

Jedenfalls gibt es keinen Zweifel, dass die halbe Stadt das mitgekriegt hat und die Polizei sich nun gründlich in der Wohnung umschaut, aus der er gefallen ist – meine Wohnung. Genau das, was ich an diesem Morgen brauche, nach nicht mal drei Stunden Schlaf.

Ich will einfach nur in Ruhe meinen Kaffee trinken, mit

Marla reden, nachher vielleicht ins Wettbüro gegenüber gehen und ein paar Zwanziger in der belarussischen Liga setzen. Torpedo Schodsina ist die Mannschaft der Stunde, wenn ich das recht mitgekriegt habe, sie spielen gegen Shakter Soligorsk.

13 »Ein räudiger Todesbott, aber wirklich«, sagt die Frau, als sie sich neben mir auf einen Stuhl fallen lässt. Alle anderen Stühle sind frei, doch sie muss unbedingt neben mir sitzen. Sie schwitzt stark und ignoriert mich. »Der Bullen-Bernd hätte mich fast noch erwischt«, sagt sie in ihr Handy. Sie sieht gut aus, ein herbes Gesicht mit tief gebräunter Haut und krass schwarzen Augenbrauen, das Haar vor Kraft schimmernd. »Dabei war ich mit den Outlines noch lange nicht durch. Wenn du was ordentlich machen willst, brauchst du Zeit, weißt du doch selbst. Aber der Staatsgeselle war plötzlich da, stand wie aus dem Boden geschossen vor mir, es gab nichts, wo ich mich bunkern konnte. Kommen die hier raus oder muss ich mir den Kaffee drinnen holen?«

Die Frage geht an mich, und weil ich das nicht gleich kapiere, stößt sie mich mit dem Ellenbogen an, ungeduldig. »Ich sagte, kommen die hier raus oder muss ich den Kaffee drinnen holen?«

»Drinnen holen«, sage ich.

»Geht doch«, sagt sie und redet dann weiter in ihr Handy. »Lass uns andermal weiterreden, ich brauche jetzt einen Kaffee. Wollte ja nur, dass du weißt, dass ich nicht bei Gesa bin. Alles klar.« Sie ließ ihr Handy auf den Tisch fallen.

»Unglaublich«, sage ich. »Ein 3310.«

»Genau«, sagt sie und steht auf. Olivfarbenes Top, darunter gebräunte Schultern und ausgeprägte Bizeps. Tribal Tattoos, die sich vom Oberarm auf die Brust ziehen. Sie trägt keinen BH. »Ein 3310. Und nur dass das klar ist: Das Teil ist heilig.« Sie küsst ihre Fingerspitzen. »Wenn jemand daran herumfummelt, während ich mir kurz einen Kaffee hole, dann kann es sein, dass ich ihm den Arm brechen muss.«

»Schon gut«, sage ich. »Ich rühr dein Teil nicht an. Ich hatte selbst mal so eins. Das vergisst man nie. Ist da noch Snake drauf? Ich war ohne Scheiß der Master of Snake. Ich habe Snake durchgespielt.«

»Das bezweifle ich«, sagt sie und streckt sich. Ihr Gesicht glänzt vor guter Laune und Sommerschweiß, und die dunklen Augen mit den dichten schwarzen Wimpern geben ihr etwas unverhofft Mädchenhaftes. »Ich würde von mir selbst sagen, dass ich nicht unflink mit den Fingern bin, aber ich habe es nie auch nur ansatzweise geschafft. Meines Erachtens ist das überhaupt nicht zu schaffen. Nicht mal Chuck Norris schafft Snake. Aber um deine Frage zu beantworten: Klar ist auf meinem Handy Snake drauf. Da ist auch noch der Währungsrechner drauf.«

Sie geht sich den Kaffee holen. Schwarze Cargohosen, über den Knien abgeschnitten, die Waden fest und sonnengebräunt. Sie trägt Dr. Martens, natürlich, aber nicht blank polierte Dr. Martens, wie sie neuerdings die Psychologiestudentinnen anhaben, sondern abgeranzte, unerbittlich benutzte, bis zum Äußersten gequälte und geknechtete Docs.

Mein Kaffee ist ausgetrunken, die Zigarette geraucht. Ich habe genug um die Ohren. Mein Vater wartet in der

Lützow, Kallatzky auch. Was wollen wir mit ihm anfangen? Wie lange wollen wir ihn festhalten? Was soll aus meiner Wohnung in Fennpfuhl werden und wer ist da aus dem dreizehnten Stock gefallen? Ich habe keine Zeit, hier zu warten. Vermutlich schaut auch Krasniqi schon auf die Uhr und fragt sich, ob ich es schaffe, ihm bis zum Abend die zwölftausend vorbeizubringen. Aber ich bleibe einfach sitzen und blicke auf das Handy, bis die Nokiafrau mit ihrem Kaffee wiederkommt. Sie lächelt mit ihren blitzend schwarzen Augen, als sie mich dort sitzen sieht.

»Da ist ja einer richtig sentimental«, sagt sie und stellt ihren Kaffee hin, leckt sich einen Finger, weil sie gekleckert hat. Wischt sich die Hand unter den Achseln ab, ihre Brüste bewegen sich. Ich kriege einen Sonntagmorgenständer, doch das merkt sie nicht, als sie sich wieder neben mich setzt. »Danke, dass du auf mein 3310 aufgepasst hast.«

Marla steht draußen an der Ecke, raucht eine schnelle Zigarette und beobachtet uns mit einem biestigen Zug um den Mund.

»Ich weiß noch, wenn das Handy geladen ist, dann reicht es ewig«, sage ich, um irgendwas zu sagen. »Ich hatte mal mein Akku verloren, das war völlig egal. Der Gerät wird nie müde.«

Die Frau lacht. »Genau, der Gerät wird nie müde, fünfundfünfzig Stunden am Stück, und du kriegst es nicht kaputt.« Ich spüre die Hitze ihres Körpers, atme ihren Geruch ein. Marla wirft die Zigarette auf den Boden, tritt sie mit einer genervten Bewegung aus und verschwindet wieder hinterm Tresen. Die Nokiafrau redet ungerührt weiter: »Du kannst es aus dem Fenster schmeißen, aus dem dreizehnten Stock meinetwegen, und es danach aufsammeln. Sieht aus wie Sau, aber es funktioniert.« Sie steht noch mal auf, um sich Wasser zu holen.

Dann sitzt sie da, breitbeinig, ihre linke Hand liegt im Schritt, und beobachtet mich, die Zungenspitze spielt in ihrem Mundwinkel. Ihre Füße wippen unternehmungslustig.

»Was für einen Klingelton hast du?«, frage ich.

»Ruf mich doch mal an«, sagt sie. »0151 55 223 52.«

Ich hole mein Handy heraus und wähle die Nummer. Ihr Nokia klingelt mit dem Simpsons-Intro. Ich sehe, dass mein Vater mir eine SMS geschickt hat: *Wo bleibt der Kaffee?* Er ruft nicht gern an, sondern schickt immer nur SMS.

»Oh fuck«, sage ich. »Ich muss los. Tut mir leid. War nett, dich kennenzulernen.«

»Wir haben uns noch gar nicht kennengelernt«, sagt sie. »Entspann dich doch mal. Es ist Sonntagmorgen. Wohin musst du jetzt, in die Kirche?«

»Geschäftlich«, sage ich.

»Nein wirklich«, sagt sie und macht große Augen. »Geschäftlich. Die Alte hält dich auf Trab.« Dann lacht sie und zeigt das kräftigste und weißeste Gebiss, das ich je gesehen habe. Sie schiebt mir das Nokia hin.

»Hast du nicht Bock auf einen kleinen Snake-Vergleich? Ein Zehner, wenn du mich schlägst.« Sie holt einen zerknüllten Zehner aus ihrer Außentasche, in der zwei Cans klappern, und klemmt ihn unter ihre Kaffeetasse. Lange schmale Finger, die Haut tief gebräunt. Ich kann einen Wetteinsatz nicht rumliegen sehen. Konnte ich noch nie. Am wenigsten, wenn ich sicher bin, dass ich ihn mir holen werde. Die paar Minuten kann mein Vater auch noch warten.

»Höherer Score gewinnt?«, frage ich und nehme das Handy, es schmiegt sich warm und schwer in meine Hand.

»Ich mag Männer, die sich Herausforderungen stellen.«
Die Frau rückt näher, um die PIN einzugeben, während ich
ihr Handy halte. Unsere Köpfe berühren sich, als sie zum
Spiel durchdrückt. Sie riecht nach süßem Schweiß und
Pfeffer, nach den Chips mit süßem Chili. Ich habe nicht den
Eindruck, dass mein Ständer nachlässt.

»Könnt ihr beide vielleicht woanders weiterflirten?«
Marla steht am Tisch und zeigt auf unsere Tassen. »Kann
ich die dann wegräumen? Wir haben auch noch andere
Kunden, die sich gern setzen würden.«

»Flirten? Ich flirte nicht«, sagt die Frau. »Ich sag dir Bescheid, wenn ich anfange zu flirten. Und die Tasse bleibt
hier, ich darf nur ganz langsam trinken, hat mein Arzt gesagt.«

»Wir spielen nur«, sage ich. »Sie hat Snake auf ihrem
Nokia.«

»Toll«, sagt Marla und geht wieder, der Zug um den
Mund wirkt jetzt streng, bitter, er lässt sie alt aussehen.

»Was ist das denn für eine Perlen-Paula?«, sagt die Nokia-
Frau und stößt mich mit der Schulter an. »Die kommt aus
Zehlendorf her, um den anderen Mädels den Fünfeurojob
wegzunehmen, und macht dazu noch den Blockwart. Glaubt
sie, ich bin eine Strichnutte mit einem neuen Geschäfts-
modell? Näher an den Kunden ran mit der Nokia-Masche.
Spielst du mit mir Snake, Schatzie?«

»Sie kommt aus Britz-Süd, nicht Zehlendorf«, sage ich.
»Das ist Marla. Sie kann ASMR. Außerdem hat sie dreitausend Follower auf YouTube.«

»Ich sag dir, was die kann, die kann mich mal kreuzweise
und ganz gepflegt«, sagt die Frau lachend und hält mir ihre
Hand hin. »Ich bin übrigens Romina. Klingt nach Zigeuner,

ich weiß. Ist auch so. Meine Eltern kommen aus Rumänien. Ist natürlich nur ein Scheißklischee, doch mein Vater ist wirklich ein Dieb, einer von diesen Klauern im Gedränge auf dem Rummel, auf der Rolltreppe unten am Hermannplatz, in den Neukölln-Arkaden, in der Fußgängerzone Wilmersdorfer, ein solider kleiner Taschendieb, unheimlich flink mit den Fingern, aber doof genug, sich alle paar Monate erwischen lassen. Als ich klein war, habe ich ihn gern im Gefängnis besucht. Ich fand das toll. War stolz auf ihn. Diese geilen Mauern, die ganze riesige Stadt da in Tegel, Seidelstraße, endlose Türen und Summer. Er hat immer gestrahlt, wenn wir kamen. Meine Mutter war stinkig auf ihn, aber ich durfte auf seinem Schoß sitzen, und er hat mir Tricks beigebracht, ich sag dir, er ist ein Magier, immer noch. Keine Sorge, ich klau dir nichts, ich zock nur den Zehner ab, wenn du bei Snake verlierst.«

Ihr Händedruck ist fest. Mit dem Zeigefinger streichelt sie sachte meinen Handrücken. Sie hat es drauf. Krasniqi wartet auf seine zwölftausend Euro, mein Vater hockt mit Kallatzky im Keller, in der Rudolf-Seiffert-Straße springt vielleicht schon der nächste Typ aus dem dreizehnten Stock und hier sitze ich und habe Herzrasen. Wegen einer Frau, die nicht aufhört zu reden.

»Tom«, sage ich und frage mich, wie ich so aufstehen kann, dass sie von der Wölbung der Hose nichts mitkriegt. »Hat mich echt gefreut, Romina. Aber ich muss wirklich los. Lass uns ein anderes Mal spielen. Ich ruf dich an. Mach's gut.«

»Ist jetzt nicht so, dass du was gegen Zigeuner hast«, sagt Romina und beugt sich vor. Schaut mich an mit ihren tiefschwarzen Augen. »Kann ich gar nicht glauben. Bist du so ein kleiner Rassist im Paisley-Hemd? Das mit den Juden war schlimm, das tut uns voll leid, mit denen wollen wir uns wieder vertragen, aber die Zigeuner müssen leider draußen bleiben, die machen immer nur Stress. Au warte. Jetzt sagt man ja Sinti und Roma, sorry.«

»Meine Güte«, sage ich. »Kommst du öfter mit der Nummer? Ich sag doch, ich habe keine Zeit jetzt. Und ich will dich nur vor dir selbst schützen. Du kennst mich nicht, aber was Snake angeht, bin ich Godfather himself. Ich fülle mit meiner Schlange den Bildschirm aus.«

»Das klingt so schön«, sagt Romina. »Zeig mir das mal. Zeig mir mal deine Schlange, die alles ausfüllt.«

Ich schüttele den Kopf, obwohl ich am liebsten bleiben und für den Rest meines Lebens mit ihr am 3310 spielen will, aber ich gehe rein, um mich von Marla zu verabschieden und noch einen Kaffee für meinen Vater mitzunehmen. Marla schaut mich nicht an, als ich zahle, sie schiebt mir nur den To-go-Becher hin.

»Echt jetzt«, sage ich. »Ich kenne die Frau überhaupt nicht. Verstehe ich nicht, dass du sauer bist.«

»Da bin ich aber mal erleichtert, dass du sie nicht kennst«, sagt sie. »Und ich bin auch nicht sauer. Wieso sollte ich sauer sein, Tom? Ich will nicht, dass die Rumänen hier die Kunden anlabern. Die einen wollen betteln, die anderen wollen Snake zocken, aber meine Kunden brauchen das nicht. Die zahlen hier vier Euro für eine Pistazien-Zitronen-Schnitte, und das will ich nicht aufs Spiel setzen. Wir haben wegen Corona ein verschissenes Jahr lang Außerhausverkauf gemacht, die haben alle anderen entlassen müssen, obwohl wir jeden Tag offen hatten.«

»Ist ja gut«, sage ich.

»Ich habe nichts gegen die Rumänenmädels«, sagt Marla. »Aber die kriegen ihren Kaffee auch drüben bei Hydra.«

»Alles gut«, sage ich. »Da läuft nichts mit ihr, musst dir keine Sorgen machen.«

»Ich und mir Sorgen machen, Tom«, sagt Marla und zeigt mir den Mittelfinger. »Als ob ich diejenige bin, die sich Sorgen machen sollte.«

Mit dem Kaffee laufe ich die Pohlstraße runter, auf kürzestem Weg zum Maggi-Haus. Nach wenigen Schritten merke ich, dass Romina hinter mir herkommt. Die Cans klappern in den Außentaschen ihrer Cargohose. Sie strahlt und winkt mir zu. Unwillkürlich muss ich lächeln.

»Kann ich noch mitkommen?«

»Nein«, sage ich.

Sie holt trotzdem auf. »Ich mag dich, weißt du. Ich finde das süß, wie du lächelst, wenn du mich ansiehst. Ich würde dir gern einen Rat geben.«

»Keine Zeit«, sage ich. »Das ist im Moment wirklich ganz, ganz schlecht.«

»Ach das geht ganz schnell«, sagt sie. »Du lässt mich mitkommen oder ich bring dich zur Gesa. Mehr Optionen hast du eigentlich nicht.«

»Was soll der Quatsch«, sage ich. »Gesa kenn ich nicht. Wenn du Probleme hast, hör einfach auf mit den Pillen.«

Sie lacht. »Sorry. Das ist echt meine Schuld. Passiert mir jedes Mal. Ich mache irgendwas falsch beim Kennenlernen. Aber mal ernsthaft, ich bin Bulle und du bist vorläufig festgenommen, wenn wir uns hier nicht verständigen.«

Ich bleibe stehen mit dem heißen Kaffeebecher in der Hand und muss zusehen, dass ich nichts verschütte, als ich laut herauslache. Sie bringt den Spruch so trocken. »Willst du mich verarschen? Du und Bulle?« Ich kriege mich überhaupt nicht mehr ein.

»Dein Name steht an deiner Tür im dreizehnten Stock der Rudolf-Seiffert 33, Tom Lohoff«, sagt Romina. »Das war echt nicht schwer, dich zu finden. Wir waren schon bei David, und der war nicht so happy, uns zu sehen, das kann ich dir sagen. Es hat ihn auch nur unwesentlich beruhigt, dass wir deinetwegen gekommen sind. Er meinte, du hättest Schulden bei ihm. Ich korrigiere mich, nicht nur bei ihm, sondern überall. Aber das interessiert uns nicht so, was du mit deinem Geld machst. Uns interessiert, was du mit deiner Wohnung machst. Mit der in Fennpfuhl, aus der Leute rausfallen am frühen Sonntagmorgen.«

Neben uns hält ein weißer Tiguan Allspace mit getönten Scheiben. Jemand am Steuer winkt uns zu. Ich winke nicht zurück, meine Hände mit dem Kaffee zittern jetzt, und mir ist kalt. Ich sehe die kleine Person mit der kraftvollen Gestalt vor mir stehen, und jetzt erkenne ich, dass sie diese unverkennbare Polizistenpräsenz hat. Sie weiß sich zu bewegen, hält genau den Abstand, den sie haben will, ihr Körper ist locker, doch bereit.

»Mein Kollege«, sagt Romina. »Du musst ihn mal kennenlernen. Er ist total süß.«

»Ich habe nichts getan«, sage ich. »Ich war einfach nur Kaffee trinken und gehe jetzt nach Hause. Das ist ein ganz blöder Irrtum, ich wollte dich nicht anmachen, ich dachte, wir haben uns einfach nur gut verstanden mit dem Nokia. Tut mir leid.«

»Na klar hast du nichts getan«, sagt sie. »Du gehst aber in die andere Richtung nach Hause. Und du hast einen Kaffee dabei, der allmählich kalt wird, auch wenn deine Hände so schön zittern.«

»Der ist für meinen Vater«, sage ich und gehe weiter.

»Weißt du, deinen Vater würde ich gern mal kennenlernen«, sagt sie und bleibt neben mir, wie ein streunender Hund, der hofft, dass man ihn adoptiert. Der Tiguan rollt neben uns her. »Du kannst auch meinen kennenlernen, aber dann musst du dir vorher die Taschen zulöten, der hat immer noch sehr flinke Finger.«

»Was war denn da los in der Wohnung in Fennpfuhl?«, sage ich, um Zeit zu gewinnen.

»Wissen wir nicht«, sagt sie. »Wir ermitteln. Und natürlich können wir mit Rücksicht auf die laufenden Ermittlungen auch keine Auskünfte geben. Aber mal unter uns: Da ist einer aus dem Fenster gefallen.«

»Schande«, sage ich.

»Allerdings«, sagt sie. »Wirklich eine Schande. So ein junges Leben. Und man weiß nicht, hatte er Probleme, hatte er Streit, hat er die falschen Drogen genommen? Wir gucken uns das an. Dazu sind wir da. Deine Polizei.«

»Ich weiß«, sage ich, »mein Vater war auch Polizist.«

»Wieso war?«, sagt sie. »Lebt der nicht mehr? Ich dachte, du bringst ihm einen Kaffee.«

»Sie haben ihn rausgeschmissen damals«, sage ich. »94. Wegen angeblicher Stasi-Tätigkeit, aber er war nie bei der Stasi. Das hat ihn richtiggehend fertiggemacht. Gebrochen. Der war gerade vierzig, hat sich nie wieder aufgerappelt.«

Romina macht einen runden Mund und große Augen. »Hat sich nie wieder aufgerappelt, der Arme. Muss man mal pusten vielleicht. Heile, heile Segen, sieben Tage Regen, hat meine Mutter immer gesagt«, sagt sie. »Sieben Tage Sonnenschein. Jetzt bleib doch mal stehen, ich komme ja kaum hinterher.«

»Ich denke, deine Mutter war Rumänin«, sage ich. »Wie kommt die auf heile, heile Segen.«

»Was bist denn du für einer«, sagt sie. »Höre ich da einen Hauch Alltagsrassismus heraus? Meine Mutter hat sich gut integriert. Wir haben ständig deutsche Kinderlieder gesungen, deutsche Volkslieder rauf und runter, deutsche Märchen gelesen, bis es mir zu den Ohren wieder rauskam. Grimms Märchen. Ich könnte heute noch kotzen im Strahl. Ganz im Ernst: Ich habe als Polizeibeamtin einen Eid auf das Grundgesetz geschworen und ich bin dankbar, was dieses Land mir gegeben hat und jeden Monat an mich abdrückt, aber wenn wir von Märchen sprechen, dann muss ich echt sagen, dass Grimms Märchen nicht an unsere Zigeunermärchen rankommen, aber auch nicht annähernd. Hast du mal Zigeunermärchen gelesen? Du schmeißt dich weg. Die sind der Hammer.«

Der weiße Tiguan ist immer noch neben uns. Ich überlege hektisch, während ich ihr mit halbem Ohr zuhöre und auch zuhören will, weil ich tatsächlich auch in meiner Kindheit Zigeunermärchen gelesen habe und weil ich ihre Stimme mag, also ich überlege gleichzeitig, ob ich nicht einfach wegrennen soll. Den Kaffee fallen lassen und die Beine in die Hand nehmen. Einfach verschwinden. Mich in Luft auflösen. Wenn sie wirklich Polizistin ist, sitze ich jetzt in der Scheiße. Wir biegen aus der Körnerstraße in die Lützow ein, sind nur noch wenige Schritte vom Maggi-Haus entfernt. Romina überholt mich.

»Ich weiß auch nicht, warum ich immer so viel rede«, sagt sie. »Niemand nimmt mich ernst, jeder schaltet auf Durchzug. Dabei will ich dir nur sagen, dass heute dein Glückstag ist. Und das meine ich so: dein Glückstag. Wegen mir.« Sie zeigt mir ihre Marke.

Ich bleibe stehen. »Was ist das nun wieder? Erst die Nummer mit dem Nokia, jetzt so eine Fake-Marke. Lass mich doch einfach in Frieden und geh deiner Wege.«

»Meine Wege sind deine Wege«, sagt Romina. »Wo ich hinwill, da willst du auch hin. Also bleibe ich bei dir. Habt ihr Kallatzky? Nein, habt ihr wahrscheinlich nicht. Der Kaffee ist für deinen Vater, wenn ihr Kallatzky hättet, dann würdest du zwei Kaffee mitbringen. Oder hast du dich über Kallatzky geärgert und willst ihn abstrafen? Wenn du mit deinem Papa allein bist, dann ist doch alles gut. Dann klären wir nur, wieso du den beiden Jungs die Wohnung in Fennpfuhl vermietet hast, und ihr habt noch einen richtig schönen Sonntag, du und dein Papa, so bonding, weißt du. Das ist wichtig für ihn, dass sein Sohn zu ihm hält, wenn die Polizei ihn rausgesetzt hat wegen Stasi.«

Ich stehe da und sage nichts. Ich habe verkackt. Sie wissen alles.

»Was bleibst du stehen«, sagt sie. »Der Kaffee wird kalt.«

In meiner Tasche surrt das Handy. »Der ist schon kalt.«

»Meine Schuld«, sagt Romina und legt eine Hand auf ihre Herzgegend. »Ich rede zu viel. Ich rede immer. Vermutlich will ich damit meine Unsicherheit überspielen oder so, keine Ahnung, aber es führt dazu, dass die Leute keinen Respekt vor mir haben, mich nicht für voll nehmen. Und dann wird ihnen der Kaffee kalt. Ich mache einfach alles falsch.«

»Ich weiß wirklich nicht, wo Kallatzky ist«, sage ich. »Keine Ahnung.«

»Prima«, sagt sie. »Das ist super. Ich wusste, dass du nicht mit drinsteckst. Du bist überhaupt nicht der Typ für so was, das habe ich auch meinem Kollegen da gesagt.« Sie zeigt auf den Tiguan, und durch die getönten Scheiben kann ich sehen, dass der Mann am Steuer einen Salut andeutet. Er weiß, dass wir über ihn reden. »Er meint, dass du da voll drinsteckst«, fährt sie fort. »Dass du raus bist mit Kallatzky, während die anderen beiden sich aus dem Fenster geschmissen haben.«

»Die sind beide rausgesprungen?«, frage ich.

»Immer schön langsam«, sagt Romina. »Mach mal nicht die Pferde scheu. Ich habe nur gesagt, dass er hier gesagt hat, dass du mit drinsteckst. Ich habe gesagt: Tom Lohoff? Das ist eher so ein Hausmeistertyp, wenn du mich fragst. Mehr so ein Handlanger, habe ich gesagt. Ein Lellek. Sorry. Da kannte ich dich noch nicht und wusste nicht, was für ein attraktiver junger Mann du bist. War so meine Intuition, weißt du, wir Roma fühlen so was. Und wenn du jetzt sagst, dass du keine Ahnung hast, wow, dann atmen wir jetzt alle mal durch, geil, alles easy. Dann machen wir jetzt eine Vernehmung und du gehst nach Hause, und das war es dann.« Sie zwinkert mir zu. »Und vielleicht treffen wir uns wirklich mal für eine Runde Snake. Privat, meine ich. Würde mich total interessieren, was du draufhast mit der Schlange, die alles ausfüllt, wie du so schön formuliert hast.«

»Gut«, sage ich. »Können wir gern so machen.«

»Erst noch den Kaffee abliefern«, sagt sie. »Ich möchte gern deinen Vater kennenlernen, mich vielleicht entschuldigen im Namen der Berliner Polizei wegen der Stasi-Sache.«

»Nicht nötig«, sage ich.

»Doch«, sagt Romina. »Die paar Schritte. Mein Kollege wartet so lange im Auto. Der wartet gern. Macht dem gar nichts. Thorben ist so ein Lieber, weißt du, hat für alles Verständnis.«

»Und wenn Kallatzky vielleicht doch dabei wäre?«, sage ich. »Mal ganz hypothetisch.«

»Müsste man überlegen«, sagt sie und fährt sich durchs schwarze Haar. »Ob man die Kavallerie holt, Hundertschaft anfordert oder SEK-Einsatz mit allem Pipapo. Könnte man machen, die Steuergelder sind ja dafür da. Dann wäre hier mal für ein paar Stunden die Hölle los, das kann ich dir sagen. Wo die rumtrampeln, wächst eine Weile kein Gras mehr. Müsste man halt überlegen, ob man das will.«

»Oder?«, frage ich.

»Oder kurzer Dienstweg«, sagt sie. »Schnellbesohlung. Geht natürlich auch. Wir machen keine große Sache draus, Thorben und ich begleiten dich, du stellst uns vor, wir kümmern uns dann schon. In fünf Minuten sind wir raus. Ist natürlich nicht so spektakulär. Keine Sensation. Keine tollen Bilder für die Medien, die seit gestern wegen Kallatzky durchdrehen. Endlich mal was anderes als der ewige Corona-Scheiß und Klimawandel und Dürre im Sommer. Eine echte Entführung! Kurz vor den Wahlen! Hast du eine Ahnung, was die Bildzeitung zahlt für einen Hinweis, wenn eine Aktion vom SEK ansteht und sie rechtzeitig ihre Fotografen hinschicken? Das willst du gar nicht wissen. Von dem her wäre das fast besser, wenn wir das jetzt quasi unter uns machen würden. Andererseits hat der Steuerzahler auch ein Anrecht darauf, dass wir bei der Polizei mal ordentlich auf die Pauke hauen. Der Bürger will auch was sehen für sein Geld, eine Gegenleistung. Und die Kostenstelle will das eigentlich auch. Wenn wir die eingestellten Gelder nicht bis Jahresende ausgeben, heißt es gleich, die brauchen diese Ausstattung gar nicht, das kürzen wir jetzt weg. Deshalb wäre ich persönlich doch für den großen Auftritt.«

»Okay«, sage ich. »Okay.«

»Was okay«, sagt Romina. »Du hast eine Frage gestellt, ich habe dir die Optionen aufgezeigt, und zwar so kurz und präzise, wie es mir möglich ist. Aber du hast gefragt und ich wollte dir eine ergiebige Antwort geben. Okay?«

»Ich habe ihn«, sage ich. »Also, mein Vater und ich.«

»Ihr habt ihn«, sagt sie und nickt ihrem Kollegen zu.

»Kallatzky«, sage ich.

Der Kollege steigt aus dem weißen Tiguan und kommt auf uns zu. Ein durchtrainierter, gutaussehender junger Mann.

»Kuck mal, das ist Thorben«, sagt Romina. »Sieht der nicht super aus? Ich denke das jedes Mal, wenn wir zusammen losziehen. Du solltest mal die Frauen sehen, wie die auf ihn abgehen. Und wenn ich nicht ein Gelübde abgelegt hätte, niemals was in der Firma anzufangen, dann würde ich genau wie die anderen Frauen auf Thorben abgehen. Der hat nicht nur äußerlich was zu bieten, sondern auch ein gutes Wesen.«

»Das ist wichtig«, sage ich.

Thorben sagt nichts, sondern zeigt uns seine Handflächen, um zu fragen, was jetzt Phase ist.

»Das ist Tom«, sagt Romina. »Dem die Wohnung gehört. Tom ist nett, er hat Verständnis für unseren Job. Ich habe Tom ein bisschen das Ohr abgekaut, jedenfalls hat er gesagt, wo sein Vater und Kallatzky sind.«

»Die sind in einem Übungskeller«, sage ich. »Im Maggi-Haus, dritter Hof. Ich habe den Schlüssel. Die Tür klemmt ein bisschen.«

»Na dann mal los«, sagt Romina. »Nicht dass wir uns hier noch verquatschen.«

14 Das eiserne Tor schwingt quietschend auf. Nachdem wir die schattige Einfahrt passiert haben, schließt es sich wieder. Der erste Hof ist leer. Romina und Thorben haben die Hand auf der Dienstwaffe, sie gehen hinter mir, fast Schulter an Schulter.

Im zweiten Hof steht in einer Ecke ein übermüdeter Korrekturleser, der Zigarettenpause macht und Zeitung liest.

»Alles klar?«, fragt er.

Wir antworten nicht. Die Lützowstraße mit ihrem unregelmäßigen Autoverkehr scheint jetzt weit entfernt zu sein, hier ist es gespenstisch still, bis auf den Korrekturleser, der seine Zeitung umblättert und leise hustet.

Vom dritten Hof her kommen gedämpfte Rufe, Männerstimmen im Streit. Romina und Thorben überholen mich, weisen auf die Kellertreppe, der zum Übungsraum führt, ich nicke. Deutlich sind jetzt die Stimmen von Kallatzky und meinem Vater zu hören, dann ein scharfes Klatschen. Wir laufen die Treppe herunter. Romina positioniert sich neben der Tür, der Kollege dahinter, ich schließe auf.

»Ich bin's«, sage ich in den Raum und hebe den Coffee-to-go in die Höhe. »Hat etwas gedauert, sorry.«

Mein Vater steht breitbeinig vor Kallatzky, mit erhobener Hand, er will ihm eben die zweite Maulschelle geben. Kallatzky hat die Schultern zusammengezogen, die Hände zum Schutz vors Gesicht gepresst. Ich weiß aus eigener Erfahrung, dass ihm das nichts nutzen wird. Mein Vater ist nicht leicht aus der Ruhe zu bringen, doch wenn man ihn genug getriezt hat, ist er nicht mehr aufzuhalten.

»Was sagst du?«, brüllt er. »Was war das?«

Romina rammt mich zur Seite, der Kaffeebecher rutscht mir aus der Hand und klatscht auf den Boden.

»Auseinander da und die Hände schön nach oben, das will ich jetzt sehen, Hände nach oben«, schreit sie. Ihre Stimme ist druckvoll, sie füllt den niedrigen Raum. »Hände nach oben, aber ganz schnell.«

Beide Männer gehorchen sofort. Rominas Kollege sagt nichts. Er ist eher der Macher, rennt auf der anderen Seite des Raumes an der Wand entlang, stößt dann vor zu meinem Vater und bringt ihn zu Boden. Thorben drückt ihm ein Knie in den Rücken. Mein Vater stöhnt.

»Hör mal«, sage ich, »das ist ein alter Mann.«

»Die Acht«, sagt Romina, »gib ihm die Acht.«

»Hände auf den Rücken«, sagt Thorben. Reden kann er also. Mein Vater liegt mit abgewandtem Gesicht auf der Auslegware und bringt seine Hände auf dem Rücken zusammen. Thorben legt ihm Handschellen an.

Von Kallatzky kommt ein heiseres Lachen. Er sitzt immer noch wie verwurzelt auf dem Stuhl, den wir ihm vor Stunden hingeschoben haben. Ihm ist keine Müdigkeit anzumerken, er scheint die Situation zu genießen, ist ganz in seinem Element. Seine erhobenen Hände wirken wie eine ironische Geste, telegen.

»Ist ja schön, dass Sie sich auch mal blicken lassen«, sagt er, die Mundwinkel spöttisch heruntergezogen. »Den Jungen können Sie auch gleich mitnehmen, der gehört dazu. Feiner Bengel, der den eigenen Vater verrät.«

»Eins nach dem anderen«, sagt Romina. »Sind Sie verletzt? Können Sie sich bewegen?«

»Mir geht es gut«, sagt Kallatzky. »Schon tragisch, wenn man sieht, was aus den Ostdeutschen geworden ist. Damals Stasi, heute Linksterroristen. Das lässt sich der Merkelstaat gern gefallen. Wenn sie auf AfD-Politiker losgehen, dann lässt die Polizei sich viel Zeit.«

»Wir sind doch da«, sagt Romina. »Da können Sie sich doch auch mal freuen. Und einfach mal Danke sagen.«

Kallatzky nickt von oben herab. »Ich freue mich ja. Wirklich. Zwei Beamte haben sie geschickt. Alle Achtung. Haben Sie überhaupt Waffen dabei?«

»Haben wir«, sagt Thorben.

»Schön«, sagt Kallatzky. »Aber die auch mal einzusetzen, dafür reicht es dann nicht. Wahrscheinlich haben Sie Angst vor dem Disziplinarverfahren, das Ihnen bei Waffengebrauch droht. Das wird definitiv anders, wenn wir in der Koalition sitzen, das verspreche ich Ihnen. Ich will nicht undankbar sein, verstehen Sie mich nicht falsch. Aber in so einer Situation, wenn man tagelang den Linksterroristen ausgeliefert ist, da geht einem doch einiges durch den Kopf.«

Thorben hat hektische Stimmen über Funk am Ohr, er sagt: »Dieses Tor am Eingang, wie geht das auf? Die Jungs wissen nicht, wie sie reinkommen, das würde Stunden dauern, wenn sie mit schwerem Gerät das Tor aufbrechen.«

»Ich kann ihnen aufmachen«, sage ich.

»Da komme ich mal lieber mit«, sagt Thorben, »nicht dass da jemand nervös wird.«

»Hast du denen doch Bescheid gesagt?«, sagt Romina. »Ich dachte, wir ziehen das hier allein durch.«

»Habe ich«, sagt Thorben. »Besondere Einsatzlage. Die freuen sich, wenn sie auch mal rauskommen an die frische Luft.«

Etwa fünfzehn Einsatzpolizisten stehen auf der Lützowstraße in voller Kampfmontur. Der Einsatzleiter lehnt am Eisengitter, kaut seinen Kaugummi. Thorben begrüßt ihn, während ich das Tor mit dem Innenschalter aufspringen lasse.

»Alles in deutscher Hand«, sagt Thorben. »Kollegin Winter sichert den Ort. Der Geisel geht's gut.«

»Kollegin am Tatort alleingelassen, das haben wir gern«, sagt der Einsatzleiter. »Typisch Kripo, keine richtige Polizei.«

»Den Spruch habe ich schon länger nicht mehr gehört«, sagt Thorben.

Auf eine Handbewegung des Einsatzleiters hin setzen sich die Polizisten in Bewegung, in Fünfertrupps marschieren sie durch die Einfahrt, sichern den ersten Hof. Dann rücken sie vor in den zweiten Hof, kontrollieren die Aufgänge. Auch wenn sie nichts sagen, der Tritt ihrer Stiefel und die knappen Befehle des Leiters ziehen die Aufmerksamkeit auf sich. Der Korrekturleser neben dem *Schlaraffia*-Kellereingang verfolgt die konzertierte Aktion.

Thorben zündet sich eine Gauloise an, wir spazieren hinter den Einsatzkräften her, die sich in den dritten Hof vorarbeiten. Neben uns taucht eine schwergewichtige Gestalt auf und zeigt einen Presseausweis vor. »Was ist hier los?«

»Einsatz«, sagt Thorben. »Gehen Sie mal ganz schnell wieder auf die Straße.«

»Kallatzky-Entführung?«, fragt der Reporter. »Habt ihr sie endlich?«

»Lassen Sie die Kollegen ihre Arbeit machen«, sagt Thorben. »Dann kommt ihr auch dran.«

»Man wird ja wohl noch fragen dürfen«, sagt der Reporter.

»Darf man.«

»Und? Irgendwelche Anhaltspunkte? Was ist hier los?«

»Warten Sie draußen auf der Straße«, sagt Thorben. »Und ich sage das nicht noch mal.«

Wir erreichen den dritten Hof, in dem sich jetzt die Polizisten drängen. Sie bilden ein enges Spalier für Romina, die meinen Vater die Kellertreppe hochführt. Er geht gebeugt, man sieht sein Alter am schleppenden Schritt. Seine Hände sind hinter dem Rücken mit Handschellen fixiert. Die Germina-Turnschuhe sind einfach nur wack.

»Lass ihn mal kurz von der Leine«, sagt ein Polizist und zückt eine signalgelbe Waffe. »Nur ganz kurz. Ich würde hier gern mal deeskalierend eingreifen.«

Seine Kollegen lachen. Einer von ihnen zeigt mir sein neues Gerät.

»Sieh an«, sage ich und wundere mich. »Taser. Ich dachte, die sind hier verboten.«

»Wir nennen sie Distanzelektroimpulsgeräte«, sagt er. »Eine sehr geile Sache, wir hatten grad ein Einführungsseminar zum vernünftigen Gebrauch. Damit können wir Konfliktsituationen deutlich entspannen. Wenn der Kamerad jetzt einen Angriff starten würde, sage ich mal hypothetisch, könnten wir hiermit ein Signal für konsequentes Auftreten geben.«

»Was bringt die denn?«, frage ich.

»Fünfzigtausend Volt«, sagt er. »Wenn du die in den Körper eines Angreifers jagst, ist er erst mal außer Gefecht, er kippt dann einfach vornüber, alle Muskeln sind vorübergehend gelähmt. Kannst du dir auf YouTube ansehen, die amerikanischen Kollegen haben sie schon seit Jahren und setzen sie auch gern ein. Ich kann mir diese Videos endlos ansehen. P. Barnes ist mein Held. Nein, also ich bin froh, dass wir damit ausgerüstet worden sind, bei all den Pennern und Idioten da draußen, man traut sich als Polizist ja kaum noch auf die Straße.«

Mein Vater schleppt sich weiter, ohne aufzuschauen, in diesem Moment tut er mir leid. Ich schäme mich dafür, dass ich die beiden Kripo-Leute hergeführt habe. Sie hätten mich überhaupt nicht ansprechen müssen, waren doch ohnehin auf meiner Spur, hätten uns und Kallatzky auch so gefunden. Jetzt wird mein Vater abgeführt, als wäre er der Hauptschuldige.

»Tut mir leid, dass ich so spät war«, sage ich. »Es ist irgendwie anders gelaufen, als ich wollte.«

Er schaut mich nicht an.

Der ganze Tross setzt sich in Bewegung zurück zur Lützowstraße.

»Dort wartet die Presse«, sagt Thorben zu meinem Vater. »Besser, Sie sagen nichts.«

Romina wirft ihm ihre Jacke über den Kopf. »Wir nehmen euch beide mit ins Präsidium. Wir müssen reden.«

Kallatzky geht erhobenen Haupts durch die Höfe zurück zur Lützowstraße, flankiert von den Einsatzbeamten in Kampfmontur. In der Toreinfahrt flammen die ersten Blitzlichter auf, Journalisten strecken ihm ihre Handys entgegen, Kamerateams sind da. »Können Sie etwas sagen, bitte? Wie fühlen Sie sich jetzt?«

Kallatzky reckt ihnen beide Hände mit dem Victory-Zeichen entgegen, hält eine Rede, die er offenbar schon vorbereitet hat. »Ich möchte den Berlinern danken, die in diesen schweren Stunden meine Partei und meine Familie und mich unterstützt haben. Es ist hohe Zeit, dass Ruhe und Ordnung einkehren. Es ist Zeit, dass wir uns das Land zurückholen. Wir werden den absurden Irrsinn der linksterroristischen Gewalttäter, die von diesem Senat gebilligt und teilweise finanziert werden, nicht länger hinnehmen.

Unsere Politik wehrt sich gegen den erweiterten Suizid dieser Stadt und dieses Landes. Wir sagen der Bevölkerung: Wacht auf aus dem Koma der stillschweigenden Duldung und geht zur Wahl. Wir benötigen jede Stimme. Je länger der Patient die dringend notwendige Operation verweigert, desto härter werden zwangsläufig die erforderlichen Schnitte werden, wenn sonst nichts mehr hilft. Das deutsche Volk braucht uns, um zu gesunden, geben Sie uns Ihre Stimme!«

15 Wir müssen reden, hat Romina gesagt. Von einer vorläufigen Festnahme war eigentlich nicht die Rede. Jetzt lassen sie mich im Polizeipräsidium am Platz der Luftbrücke Stunde um Stunde warten und dabei auf die vergitterten Fenster des Vernehmungszimmers starren. Denk mal drüber nach, Tom Lohoff. Im Untersuchungsgefängnis sind die Fenster auch vergittert. Und in Tegel erst recht. Gewöhn dich schon mal dran.

Mein Hemd riecht streng. Meine Füße stinken. Meine Augen brennen vor Müdigkeit. Wann habe ich zuletzt geschlafen? Wann zuletzt ordentlich gegessen? Wie lange soll das hier noch dauern? Die Zeit zieht sich. Stunde um Stunde verrinnt. Ich höre nichts außer ferne Schritte auf dem Flur, gelegentliches Türenklappen, das Starten eines Motors unten im Hof. Der Augusthimmel sirrt vor Hitze. Die Luft fühlt sich an wie Gelee. Draußen in der Stadt liegen sie am Wannsee, am Schlachtensee, die Hipster in Kreuzberg lernen Stehpaddeln auf dem Landwehrkanal oder lenzen in Schlauchbooten am Ufer. Die Dealer im Görlitzer Park hören ihren schaukelnden Reggae und die Bäume warten auf Regen. Ich warte auch. Der Regen kommt nicht. Romina auch nicht.

Ich nicke ein, wache wieder auf, schweißgebadet, habe pochende Kopfschmerzen. Bin ausgedörrt. Der Nachmittag geht dahin, es wird Abend, kühlt aber nicht ab, die Luft steht dick, heiß und schal im Raum. Durch das vergitterte Fenster gellen Polizeisirenen, verstummen, flammen wieder auf, vermutlich auf dem Tempelhofer Damm oder drüben auf der Stadtautobahn, die Entfernungen verschwimmen. Allmählich wird es dunkler, ich nicke wieder kurz ein, mein Kopf sinkt einfach vornüber, bis ich aufschrecke.

Ich habe vielleicht noch drei oder vier Stunden, bis die Frist von Krasniqi abläuft, und vorher muss ich meinen Vater treffen, um die fünftausend Euro zu kriegen, die er mir in seiner Wohnung rausgelegt hat. Wieso habe ich am Morgen nicht daran gedacht? Hat er den Umschlag mitgenommen? Wenn ich Krasniqi nicht auszahle, dann holt Zef den Gummischlauch. Die siebentausend unter dem Fahrersitz in meinem BMW muss ich auch noch holen. Was für ein ständiger Stress. Ich denke an den Moment, als Rudi ins Wettbüro kam und das Beil rausholte. Da war die Welt eigentlich noch in Ordnung, jedenfalls für mich.

»Ich könnte hundert Stunden schlafen«, sagt Romina, als sie mich gähnen sieht. Sie steht in der Tür und nickt mir zu. »Ich habe uns Kaffee mitgebracht. Nicht so nicen *Deli*-Kaffee, sondern Polizeikaffee. Musst du mal probieren. Dann weißt du, warum du nicht bei der Polizei arbeiten willst. Die Bewerber laufen uns in Scharen davon, wenn sie diesen Kaffee probieren. Dabei setzen wir die Anforderungen beim Eignungstest immer weiter runter. Tätowierungen sind jetzt erlaubt, außer du hast ein linksradikales oder menschenverachtendes Tattoo wie zum Beispiel ein KZ-Tor auf der Stirn. Aber was die neuerdings für eine Fehlerquote im Diktat zulassen oder auf dem Hindernisparcours, das ist schon nicht mehr feierlich. Die jungen Leute können nicht mal Rolle vorwärts oder rückwärts. Als Kind habe ich zehn Purzelbäume auf dem Kopfsteinpflaster der Harzer Straße geschlagen. Das hat mir überhaupt nichts ausgemacht, da war ich wach.«

Sie holt sich einen Stuhl und setzt sich mir gegenüber, reicht mir den Kaffee, wischt sich die Stirn.

»Ach Mensch«, sagt sie. »Jetzt sitzen wir hier, dabei wollten wir doch Snake spielen. Tut mir leid, dass es so lang gedauert hat, die Mühlen mahlen hier extrem langsam. Ich hätte auch gern Feierabend, bin seit sechs Uhr auf den Beinen, ich seh schon doppelt.«

»Ich bin seit drei Uhr wach«, sage ich. Möglichst neutral, soll ja kein Vorwurf sein.

»Du meine Güte«, sagt Romina und nimmt einen großen Schluck, wischt sich den Mund, leckt sich die Lippen ab, dann auch die Finger. »Das grenzt ja schon an Folter. Da würde ich den Menschenrechtshof in Den Haag anrufen. Apropos: Kennst du eigentlich DJ Frank? *Sie rufen an, ich lege auf.* Überall in der Oranienstraße kleben die Sticker mit seiner Nummer. Weißt du, was ich letztens nach dem vierten Aperol Spritz getan hab? Ich habe ihn angerufen. Und er so, voll die nette Stimme: ›Ich bin DJ Frank, und ich lege jetzt auf.‹ Und dann hat er aufgelegt.« Sie bricht in wildes Gelächter aus, das ihren ganzen Körper durchschüttelt. Die Frau kann feiern. Mit ihr ist keine Sekunde langweilig.

»So ein Spast«, sagt sie. »Aber das muss man ihm lassen,

meine Freundin und ich, wir haben uns dermaßen wegge-
schmissen, wir haben uns echt eingepullert, Frauen und
Aperol Spritz, die Kombi kennst du ja.«

»Ich habe ein Problem«, sage ich. »Ich möchte gern früher weg, weil ich bis dreiundzwanzig Uhr unbedingt noch
was erledigen muss. Das wäre total wichtig für mich.«

»Gut, dass du das sagst«, sagt Romina und zündet sich
eine Zigarette an. »Stört dich doch nicht, wenn ich hier
rauche? Hier darf man nirgends mehr rauchen, aber ich
wollte jetzt nicht noch runter in die Raucherecke. Dann
sitzt du sicher schon auf glühenden Kohlen, wenn du noch
was vorhast. Ich will dich auch gar nicht aufhalten, wenn
du es eilig hast, nur: Du hast das Recht, was zur Tat zu sagen, musst dich aber nicht äußern.«

»Es ist wirklich wichtig, dass ich bis zehn hier rauskomme, ich muss Wettschulden zurückzahlen, heute noch.«

»Alles klar, unbedingt«, sagt sie. »Bin ich total dafür.
Wettschulden sind Ehrenschulden, die musst du zahlen.
Weißt du, ich habe eine Idee. Erzähl mir doch mal, wie es
gelaufen ist, und ich schreibe nicht mit, ich hör mir das einfach nur mal an, und dann gucken wir beide mal, was wir
uns aufschreiben. Offizielles Protokoll schön und gut, das
geht dann schon klar.«

Ich erzähle kurz und knapp von der Begegnung mit
Ronny und Henne im Wettbüro, ihrem Interesse an einer
Wohnung für ihren Bekannten, dann die abendliche Fahrt
mit dem Behindertenbus und Kallatzky nach Fennpfuhl,
bis zur Übergabe des Apartments.

»Ich habe ihnen dann noch Pizza besorgt, und das war's
dann«, sage ich. »Lila Pizza.«

»Lila Pizza kenne ich«, sagt Romina. »Das ist doch so

eine Lieferdienstpizza, wieso gehst du da die Pizza holen? Das soll jetzt keine Kritik sein, ich würde es einfach gern verstehen.«

Ich erkläre die Umstände, sie nickt, das hat sie also verstanden. Sie fächelt sich Luft zu. »Du wolltest ein guter Gastgeber sein, verstehe schon. Vielleicht kennst du nicht das Ranking der schlimmsten Lieferdienstpizza neulich im Radio, da war Lila Pizza fast in der Poleposition. Aber musst du ja wissen, ich bin kein Vermieter.«

»Jedenfalls, das war's«, sage ich, um das abzuschließen, weil es immer später wird. Romina hat alle Zeit der Welt, ist ja im Dienst. »Und später brauchte ich fünftausend Euro und bin zu meinem Vater gefahren. Da war die Entführung schon in den Medien, und er hat sich dafür interessiert.«

»Klar«, sagt sie.

»Genau«, sage ich. »Ich war ja selbst total verblüfft, dass das so eine Wendung genommen hat. Als ich die Fernsehbilder von Kallatzky im Unterhemd gesehen habe, Gefangener der Bewegung 19. Februar, davon hatte ich noch nie gehört. Das konnte vorher doch niemand ahnen, dass die beiden eine Entführung planen. Mein Vater wollte sich das ansehen, im Grunde sind das nämlich seine Wohnungen, die ich verwalte.«

»So als Hausmeister«, sagt Romina. »Kann man das so sagen, Hausmeister?«

»Ich sehe mich nicht als Hausmeister«, sage ich. »Sondern als Dienstleister für Touristen.« Auf Einzelheiten will ich nicht eingehen, weil das mit den Clubs und Konzertkarten und den Drogen von David nichts zur Sache tut, und sie fragt auch nicht nach.

»Wir haben Kallatzky dann rausgeholt«, sage ich. »Mein

Vater wollte sich mit ihm in Ruhe unterhalten, ehe wir ihn bei der Polizei abgeben.«

»Also, das wolltet ihr schon, ihn wieder abgeben«, sagt sie.

»Das war schon geplant, würde ich sagen«, sage ich. »Ist man dazu verpflichtet? Von Kallatzky kam ja nicht direkt die Bitte, ihn bei der Polizei abzusetzen.«

Romina sagt nichts dazu. Weil sie sonst so gern redet, fällt das unangenehm auf. Mir fällt auch nichts mehr ein. Ich würde jetzt wirklich gern gehen.

»Schweigeminute oder was«, sagt Romina nach einer Weile in den Raum. Sie betrachtet ihre Fingernägel. »Meinst du, ich soll mir da was machen lassen, so Glitter Nails? Ich glaube, ich wäre gern eine Kassiererin bei Rossmann, einfach was Besseres. Könnte billig Wimpernserum abgreifen fürs Wachstum der Wimpern.«

»Deine Wimpern sind super, wenn ich das mal so sagen darf«, sage ich, froh über die Wendung des Gesprächs. Sie schaut mich lange an und zwinkert mir zu.

»Ich mache das mit Olivenöl, vorm Schlafengehen mit Mascarastab auftragen und über Nacht einwirken lassen«, sagt sie vertraulich. »Die Kollegen hier im Haus sind auch sehr beeindruckt von meinen Wimpern, kann ich dir sagen.«

Dann schaut sie aus dem Fenster und wartet einfach. Eine zähe Viertelstunde vergeht und mir wird klar, dass ich hier nicht rauskomme, wenn ich nichts erzähle.

»Mein Vater sagte, ich kriege die fünftausend nur, wenn ich mitkomme«, sage ich. »Deshalb bin ich mitgegangen. Das ist unsere Wohnung. Und ich muss die Kohle zurückzahlen, die haben mich am Samstagmorgen schon übel bedrängt.«

»Ich kann das total gut verstehen mit den Wettschulden«, sagt Romina lebhaft. Sie beugt sich vor und spielt mit einem Kugelschreiber an ihren Lippen. »Ich muss auch ständig wetten, das liegt mir im Blut. Weißt du, als ich den DJ angerufen habe, das war auch eine Wette, meine Freundin hat zehn Euro dagegengesetzt, weil sie meinte, ich traue mich nicht. Das ist leicht verdientes Geld. Außerdem natürlich Lotto, ich spiele jeden Samstag, seit ich fünfzehn bin. Jeden Samstag. Ich habe mir jahrelang die Ziehung der Lottozahlen angesehen, verstehst du? Im Fernsehen.«

»Ich setze eher auf Fußball, Hunderennen, Pferderennen, Basketball, Frauentennis«, sage ich. »Glücksspielautomaten auch, klar. Damit habe ich angefangen.«

»Das läppert sich, kann ich mir vorstellen«, sagt sie. »Bei wem hast du denn die Schulden?«

»Bei dem, dem das *Golden Dolls* gehört«, sage ich. »Krasniqi.«

»Krasniqi«, sagt sie. »Kenn ich den? Den Namen habe ich auf jeden Fall schon mal gehört. King of Potsdamer Straße, *der* Krasniqi? Du kennst ja richtige Promis. Und die leihen dir auch noch Geld. Mir leiht niemand was.«

»Das war jetzt nicht gerade ein Gefallen«, sage ich. »Sondern ein Kredit, bei dem er voll seinen Schnitt macht. Er hat mich mehr oder weniger dazu überredet, die Schulden umzuschichten.«

Romina lacht, holt ihr Nokia aus der Tasche und tut, als ob sie telefoniert: »›Möchten Sie Ihre Schulden umschichten? Vertrauen Sie uns. Wir machen Ihnen ein günstiges Kreditangebot.‹ Ich würde so gern mit dir eine Runde Snake spielen, ich weiß auch nicht, wieso wir uns so blöd kennenlernen mussten. Ich bin hier umgeben von Bullen, die sich supersexy finden und es manchmal auch tatsächlich sind, einfach total gut gebaute junge Männer, aber ich lasse die Finger davon, weil es nichts bringt. Männer, weißt du. Die quatschen so unglaublich viel untereinander, wenn sie sich langweilen im Dienst, wenn Leerlauf ist, und wenn es dann einem rausrutscht, dass mit mir was war, dann bin ich gleich die Direktionsmatratze, und so einen Ruf wirst du nie wieder los. Obwohl die Jungs zum Teil richtig hot sind, weißt du, die achten auch auf sich, das sind keine Penner, die sind richtig eitel mit gestutztem Bart und unten rasiert und sexy Unterwäsche und Duftwasser und Freundschaftsarmbänder und Fitnessstudio. Moderne deutsche Polizisten. Die sehen teilweise total appetitlich aus. Was mich das kostet, da die Finger von zu lassen, das kannst du dir nicht vorstellen, weißt du, ich bin jung, das ist eigentlich ganz natürlich, sagt auch meine Mama. Aber jetzt wegen Gefallen, vielleicht kannst du mir einen Gefallen tun. Meinst du, du kannst das?«

»Kommt drauf an«, sage ich. Die Hitze tut mir nicht gut, ich verliere den Überblick.

»Genau das wollte ich hören«, sagt Romina. »Ich hatte sofort so ein Gefühl, du und ich, wir liegen auf der gleichen Wellenlänge, verstehst du. Du bist nicht so ein Möchtegerngangster von der Sonnenallee, wie sie sonst hier sitzen. Mit so einer Fresse: Von einer Frau lasse ich mich nicht vernehmen. Die billigsten Kleinkriminellen wie aus einer RTL-Serie. Zigarettenschmuggel in Lichtenberg. Chinesische Kinder verkaufen an Nail Studios. Autos knacken für ein Navi, das sie an der nächsten Tanke verhökern. Ich habe diese Typen so satt. Du bist anders, Tom. Du hast was drauf. Ich würde dich gern mal fragen, was du von Ronny hältst.«

»Der Nuschler hat überlebt?«, frage ich.

»Ich habe nichts gesagt«, sagt Romina. »Ich darf dir ja gar nichts sagen. Laufende Ermittlungen, da ist der Chef ganz heikel. Aber wenn du es unbedingt wissen willst: Ja, Ronny hat überlebt. Der andere nicht. Das bleibt aber unter uns.«

»Bleibt unter uns«, sage ich und bin froh, dass Romina mich schätzt als Gesprächspartner. Dass sie meinen Rat einholt.

»Also, was denkst du?«

»Ronny spinnt«, sage ich. »Meine Meinung. Mit *der* Brille.«

»Finde ich auch«, sagt sie. »Er spinnt wahrscheinlich total. Er meint zum Beispiel, dass du von Anfang an dabei gewesen bist.«

»Was?«, sage ich. »Ich?«

Romina nickt. Legt die Hände zusammen, ganz die kühl kalkulierende Kommissarin. »Habe ich auch nicht verstanden. Erst sagt er stundenlang keinen einzigen Ton, starrt nur auf seine Hände und grinst und grinst und grinst uns mitten ins Gesicht mit seinen aschgrauen Augen. Und dann fängt er an loszunuscheln: Lohoff war von Anfang an dabei, eigentlich war es Toms Idee, war ja auch seine Wohnung.«

»Ronny lügt«, sage ich.

»Sehe ich persönlich auch so«, sagt sie. »Aber die anderen Vernehmer kennen dich jetzt nicht so, wie ich dich kennengelernt habe, und die können das nicht so einschätzen. Da steht einfach Aussage gegen Aussage.«

»Was ist denn überhaupt in der Wohnung passiert?«, frage ich. »Wir sind in der Nacht einfach raus mit Kallatzky. Wieso fällt da einer aus dem Fenster? Ich habe das erst von Marla gehört.«

»Marla«, sagt Romina. »Die Perlen-Paula aus Zehlendorf.«

»Britz-Süd.«

»Dann kommt sie eigentlich aus Gropiusstadt, kann sie ruhig zugeben, ist doch nicht Maximum Schande.«

»Das habe ich ihr auch gesagt. Sie kommt wirklich aus Britz-Süd, da wo die Dorfkirche ist.«

»Unter uns gesagt«, sagt Romina, »wissen wir nicht, was in der Wohnung passiert ist. Wir würden es aber gern in Erfahrung bringen. Vielleicht kannst du uns helfen.«

»Ich war nicht mehr da«, sage ich. »Ehrlich. Wir haben Kallatzky mitgenommen und sind raus. Wir haben ihn befreit.«

»Kann man so sehen«, sagt sie und zündet sich die nächste Zigarette an. »Das weiß Ronny natürlich nicht. Muss ihm ja auch keiner sagen. Er kann eigentlich nur deinen Vater gesehen haben, wenn überhaupt. Der wurde doch voll aus dem Schlaf gerissen um drei Uhr morgens. Vielleicht will er dir ja erzählen, was da los war, wo ihr doch befreundet seid.«

»Wir sind nicht befreundet«, sage ich. »Er beschuldigt mich doch.«

»Das tun sie alle«, sagt sie. »Musst du nicht persönlich nehmen. Bei jedem Einbruch, jeder Schlägerei: *Ich* hab nichts getan, der andere war's. Aber Ronny ist nach meinem Gefühl nicht der normale Kiezgangster. Die ganze Nummer mit SO 36 ist doch Banane.«

»Ronny ist ein Spinner«, sage ich. »Habe ich doch eben schon gesagt. Bei dem ist alles fake. Wir sind nicht befreundet. Ich will nicht mit ihm reden. Ich möchte jetzt bitte gehen.«

»Vielleicht will er mit dir reden«, sagt Romina und schaut mich offen an. Sie sieht unglaublich gut aus, zwinkert mir eine Millisekunde lang zu. »Auf mich wirkt er einsam, irgendwie verloren. Ich als Frau spüre das. Der muss mit jemandem sprechen.«

»Dann soll er zu seinem Friseur gehen«, sage ich. »Zu seinem Therapeuten.«

»Der geht nicht zum Therapeuten. Auch nicht zum Friseur. Der geht jetzt in die Gesa. Und es wäre nett, finde ich, wenn du ihm da etwas Gesellschaft leisten könntest.«

»Was ist Gesa?«

»Gefangenensammelstelle. Wir haben viele Neuzugänge an diesem Wochenende, die kriegen wir nicht rechtzeitig verklappt, deshalb sammeln wir sie erst mal ein, damit wir mit ihnen in Ruhe reden können und dann nach Hause schicken können oder in die U-Haft nach Moabit. Unser Haftrichter entscheidet das, wir haben immer einen im Bereitschaftsdienst. Das geht ruckzuck.«

»Vergiss es«, sage ich. »Ich will hier niemanden in die Pfanne hauen.«

Romina strahlt mich an, zeigt mir den Daumen. »Finde ich super, deine Einstellung. Ich will dich echt zu nichts drängen. Ich mache mich damit ja auch angreifbar, mit solchen Methoden. Geht gar nicht bei der Polizei. Ich dachte nur, weil du deinen Vater ja auch ziemlich schnell geliefert hast.«

»Ich sag das noch mal, ich kenne Ronny so gut wie überhaupt nicht«, sage ich. »Was soll ich denn mit ihm reden?«

»Nichts«, sagt sie und beugt sich zu mir. Sie riecht nach Minze und Wald. »Lass ihn reden. Der kommt schon zu dir, verlass dich drauf. Du bist der Einzige da drin, den er kennt.

Lass ihn zappeln. Er kommt zu dir. Du musst gar nichts tun. Nur diese eine Nacht, dann kriegst du auch vielleicht eine schöne Belohnung.«

»Nur eine Nacht in der Sammelstelle«, sage ich. »Ich würde das schon machen, aber ich kann jetzt nicht die Nacht in der Sammelstelle verbringen, sorry. Ich muss draußen was klären. Meine Schulden zurückzahlen.«

»Die können warten«, sagt Romina. »Knast entschuldigt, das wird auch dieser Krasniqi so sehen. Eine Nacht in der Sammelstelle. Vielleicht auch noch ein Tag in U-Haft. Moabit. Sammelstelle ist ja nur Unterbindungsgewahrsam, ein paar Stunden. Wenn ihr euch angefreundet habt, wäre es blöd, euch gleich wieder auseinanderzureißen. Ich mache dem Haftrichter einen Vermerk, dass du spätestens nach zwei Tagen rauskommst, egal was. Der versteht das schon.«

»Moment«, sage ich. »Und wenn ich da nicht rauskomme? Ich will nicht den Spitzel spielen. Nehmt euch Ronny doch selbst vor.«

»Der sagt nichts«, sagt Romina. »Wir haben das ein paar Stunden lang probiert. Der schaut dich an, legt den Kopf seitlich, hält sich für wahnsinnig intelligent und überlegen. Einer dieser neuen Herrenmenschen. Verbringt die eine Hälfte seiner Zeit mit *Call of Duty*, die andere in irgendeinem deepen Net, wo sie sich darüber austauschen, wie gemein alle Frauen sind und dass die weiße Rasse mal wieder aufräumen muss. Unsere Realität betrifft den gar nicht. Wenn man ihm was vorhält, grinst er nur. Und wenn er was sagt, versteht man es nicht, weil er so nuschelt. Du bist ein netter Kerl, Tom, aber wenn du mich fragst, dann steckst du mit dieser Kallatzky-Entführung bis zur Halskrause in der Scheiße, wie man in meiner Sippe sagt. Du hast deine

Wohnung zur Verfügung gestellt, hast die drei Leute hingebracht, ihnen Pizza besorgt. Jeder Staatsanwalt kann dir daraus im Handumdrehen eine heftige Anklage wegen Beihilfe basteln. Und so richtig viel tätige Reue sehe ich jetzt auch noch nicht. Da kannst du was für dein Karma tun, indem du dich kooperativ verhältst. Eine Nacht in der Gesa hat noch niemandem geschadet.«

»Und im Untersuchungsgefängnis«, sage ich.

»Das müssen wir dann sehen«, sagt sie. »Entscheiden wir situativ. Aber ich verspreche dir, mehr wird das nicht. Großes Zigeunerehrenwort. Kannst dich auf mich verlassen. Und wenn das alles vorbei ist, dann lass ich dich auch bei Snake gewinnen.«

16 Die Sammelstelle befindet sich im ersten Stock des hinteren Flügels des Polizeipräsidiums, hinter einer Metalltür. Romina bringt mich hin, ein Summer schnarrt. Eine Polizistin öffnet, fast zwei Meter groß, massiv, das Gesicht ausdruckslos wie ein Kasten.

»Wie geht's, Frau Ritter?«, fragt Romina.

»Beschissen«, sagt sie.

»Neuzugang«, sagt Romina, und zu mir: »Dann viel Erfolg.«

Frau Ritter geleitet mich in einen Vorraum.

»Handy«, sagt sie.

Ich lege mein Handy auf den zerkratzten Tisch vor mir.

»Gürtel.«

Ich ziehe meinen Gürtel aus den Schlaufen und lege ihn ab.

»Schnürsenkel.«

Ich bücke mich und löse die Schnürsenkel aus meinen Schuhen. Frau Ritter nimmt meine Sachen in Verwahrung und weist mir den Weg in die Sammelstelle. Der ganze Trakt riecht nach Elend und Männerpisse, sofort habe ich wieder Zefs Schwanz vor Augen, fühle ihn in meinem Mund. Ich könnte auf der Stelle kotzen. Was für ein Idiot ich bin, mich auf diese Sache einzulassen. Doch die Chancen, dass Romina mich einfach hätte laufen lassen, sind eh gering gewesen. Ich muss das hier durchziehen.

Vom Gang gehen fünf oder sechs Zellen ab, die Türen stehen offen. Zwanzig Leute lagern im Gang oder tigern angespannt auf und ab. In den Zellen, soweit ich es sehen kann, hocken ebenfalls Männer, am Ende des Gangs auch ein paar Frauen.

Ronny sitzt teilnahmslos gegenüber der vorletzten Zelle, an die Wand gelehnt, die Beine von sich gestreckt. Er starrt vor sich hin. Sein Gesicht ist hart und bleich. Ob er mich wahrgenommen hat, kann ich nicht sagen, will mich auch nicht aufdrängen, sondern bleibe zunächst für mich. Die meisten Leute unterhalten sich lautstark, lachen oder fluchen.

»Ihr seid so lächerlich«, sagt ein Mann mit krebsrotem Gesicht, Jogginghose und Unterhemd. »Was geht euch das an, was ich mit meiner Frau mache. Was geht euch das an? Die räumt mir jetzt die Wohnung aus, wenn ich nicht da bin, die Sau.« Er zeigt den Beamten die Faust. »Das wisst ihr ganz genau!«

Mitten im Gang sitzen zwanzig Schüler, eng zusammengeschart, flüstern aufgeregt, sie sind noch ganz jung. Wenn ich es recht verstehe, kommen sie vom Park am Gleisdreieck, wo eine Polizeistreife mit Flaschen und Steinen beworfen worden ist. Daraufhin hat man alle Jugendlichen mitgenommen, die man noch angetroffen hat.

»Wir haben nichts getan«, sagt einer von ihnen. »Wir haben nur so dagestanden. Ich kriege einen Scheißärger mit meinen Eltern, wenn sie mich hier abholen müssen.«

Zwei der Mädchen heulen Arm in Arm.

Ich frage einen der Schüler, ob das Abendessen schon durch ist.

»Hast du nichts verpasst, schlimmer als Krankenhausessen, Graubrot mit Leberwurst, die Türken haben sich auch beschwert, dass das nicht halal war. Weißt du, wie lange die einen hier festhalten?«

Ich habe keine Ahnung. Weiß nur, dass die Frist von Krasniqi abgelaufen ist. In diesem Moment packt Zef vermutlich schon den Gartenschlauch zusammen, um sich auf die Suche nach mir zu machen. Für diese Nacht bin ich hier sicher, aber ab morgen auf der Straße vogelfrei.

Eine halbe Stunde vor Mitternacht wird ein drahtiger kleiner Mann hereingebracht, die Polizisten grinsen, er zetert.

»Hier wird man nur verarscht«, sagt er und hält seine rutschende Hose fest. »Ich habe vorher noch angerufen, ob ich überhaupt reinkomme ohne Ausweis, ich habe keinen Perso zurzeit. Klar kommen Sie rein, haben sie gesagt. War ja für eine Zeugenaussage. Wegen meinem Chef, der mich reingelegt hat, nach Strich und Faden betrogen. Und dann sagt der Schreibtischbulle, als ich meine Scheißaussage gemacht habe, was sagt der Wichser: Da ist ja noch ein Haftbefehl gegen Sie offen. Quatsch, sage ich, ich bin hier Zeuge. Kann doch gar nicht sein. Ist aber so, sagt er, weil Sie nicht bei der Gerichtsverhandlung waren. Was für eine Gerichtsverhandlung, ich bin hier Zeuge, sage ich. Die Gerichtsverhandlung wegen der Körperverletzung, sagt er, und dann fällt es mir auch wieder ein. Aber da war ich überhaupt nicht in der Stadt, und an eine Vorladung kann ich mich auch nicht erinnern. Das war dem aber scheißegal. Der Richter hat einen Haftbefehl gegen Sie verhängt, damit Sie beim nächsten Termin garantiert auftauchen, sagt der Bulle am Schreibtisch, da bleiben Sie jetzt mal schön hier. Ich hör wohl nicht richtig, sage ich, ich komme extra auf einen Sonntag her zu Ihnen, um eine Zeugenaussage gegen meinen Chef zu machen, und dann behalten Sie mich hier, weil ich mal eine alte Frau im Zeitungsladen verdroschen habe? Ich will Ihnen mal was sagen: Die Ziege wollte meinen Lottoschein nicht annehmen, weil er nass war und nicht in ihre Maschine passte, da bin ich hinter den Tresen gekommen und hab ihr ein paar Maulschellen gegeben, damit sie zur Besinnung kommt, und das dumme Weib fällt auf die Fliesen wie ein Klotz, überhaupt keine Körperspannung mit ihren achtzig Jahren. Oberschenkelhalsbruch. Jetzt ist sie sauer auf mich, dabei habe ich fünf Jahre lang meine Lottoscheine bei ihr gekauft. Dass sie so blöd hinfällt, ist das meine Schuld?«

Er stellt sich in eine freie Ecke, holt seinen Schwanz heraus und pinkelt in hohem Strahl auf den Fußboden. »Das habt ihr jetzt davon, ihr Schweine.«

Frau Ritter tritt aus ihrem Aufenthaltsraum heraus und baut sich vor ihm auf. »Was soll der Quatsch? Sagen Sie Bescheid, wenn Sie auf Toilette müssen. Wer soll die Sauerei jetzt wegmachen?«

Der drahtige Mann: »Ich habe vorher hier angerufen, ob ich reinkomme ohne Ausweis, und der Bulle am Telefon so scheißfreundlich: Ja klar, wir lassen Sie rein, kommen Sie nur. Und jetzt lassen Sie mich nicht mehr raus.«

»Ich hole einen Mopp und einen Wischeimer«, sagt die mächtige Polizistin. »Dann wischen Sie das schön auf.«

»Frauen haben mir gar nichts zu sagen«, sagt er.

Sie holt Eimer und Wischmopp und knallt ihm die Sachen hin, er nimmt den Mopp und fuchtelt damit in der Gegend herum, als sei er ein mittelalterlicher Kämpfer, die anderen weichen vor ihm zurück, außer Frau Ritter, die stehen bleibt, die Fäuste auf die breiten Hüften gestemmt.

»Vielleicht meinst du, ich soll das wegmachen«, sagt sie. »Ist es das, was du willst? Bin ich dein Dienstmädchen?«

Der drahtige Mann antwortet nicht, er tänzelt um sie herum mit dem Wischmopp, doch so richtig traut er sich nicht an sie heran.

Ronny kommt den Gang herunter und bleibt bei mir stehen.

»So sieht man sich wieder«, sagt er leise und nickt undeutlich.

»Hau ab«, sage ich. »Hau bloß ab.«

Ein zweiter Beamter kommt hinzu und versucht, dem drahtigen Mann den Wischmopp abzunehmen, während Frau Ritter dasteht wie eine riesige Statue. Wir alle wissen, es wird etwas Schreckliches passieren, wenn sie sich schließlich bewegt. Doch der kleine Mann kann nicht mehr aufhören.

»Ich habe extra angerufen, ob ich hier ohne Ausweis reinkomme«, sagt er, seine Stimme überschlägt sich vor Empörung. »Woher soll ich das wissen, dass ein Haftbefehl gegen mich vorliegt, wenn ich das gewusst hätte, dann wäre ich hier nicht als Zeuge aufgetreten, von dem her ist das reiner Betrug.«

»Ja«, sagt der andere Polizist und fasst vergeblich nach dem Mopp. »Die haben Sie reingelegt.«

»Ich will jetzt nach Hause, jetzt sofort«, brüllt der Mann und weicht vor dem Polizisten aus, gerät dabei jedoch in Reichweite von Frau Ritter. Sie streckt nur einen Arm aus, mehr nicht. In einer einzigen flüssigen Bewegung zieht sie den kleinen Mann an sich, der in ihrer Armbeuge fast verschwindet. Der Mopp fällt ihm aus der Hand.

»So«, sagt sie. »Jetzt haben wir dich.«

Sie dreht ihm einen Arm auf den Rücken und lässt ihn mit der anderen Hand seine Pfütze aufwischen.

»Was für ein dummes Arschloch«, sagt Ronny, der immer noch neben mir steht.

»Selber Arschloch«, sage ich. »Was für einen Lügenscheiß hast du den Bullen erzählt? Dass ich die Sache mit Kallatzky angefangen habe? Dass das alles meine Idee war? Dass das meine Wohnung war?«

Ronny lacht. Eher ein kurzes Husten als ein Lachen. »Das war deine Wohnung. Das war nicht gelogen.«

»Du weißt genau, was ich meine«, sage ich. »Ich habe mit eurer Aktion nichts zu tun. Was soll das überhaupt sein, Bewegung 19. Februar. Das soll meine Idee gewesen sein?«

»Ach komm«, sagt Ronny und schiebt seine Brille nach oben. »Im Knast ist sich jeder selbst der Nächste. Ich dachte, du bist eh raus.«

»Ich habe euch noch Pizza gebracht«, sage ich. »Wenn ich daran denke, könnte ich mir stundenlang selbst in den Arsch treten.«

»Lila Pizza«, sagt er. »Ich fand die ganz gut. Ich würde mir die auch hierher bestellen, wenn ich ein Handy hätte.«

»Die liefern nicht in den Knast«, sage ich.

»Das ist kein Knast«, sagt er. »Das ist nur die Gesa. Morgen sind wir hier raus. Hab dich doch nicht so. Die können uns gar nichts. Die wollen nur kuscheln.«

»Die kuscheln nicht bei Entführung«, sage ich. »Da ist der Staatsschutz mit drin. Gleich Montagmorgen, wenn die ausgeschlafen haben, kommen die vorbei und suchen das Gespräch mit uns. Und weißt du was? Ich bin froh, dass ich am Montag hier drin bin und hoffentlich noch am Dienstag. Ich kann nämlich meine Schulden auf der Potsdamer Straße nicht zurückzahlen.«

»Da musst du nicht arbeiten gehen«, sagt Ronny. Er hört nur mit halbem Ohr zu, betrachtet seine Hände. Sein rechtes Bein wippt ständig, das macht mich zusätzlich kirre.

»Kannst du mal damit aufhören?«, sage ich.

»Du jammerst ein bisschen viel rum«, sagt er. »Kannst dies nicht vertragen, das nicht aushalten. Hätte dich für widerstandsfähiger gehalten. Härter im Nehmen.«

»Keine Ahnung, was hart im Nehmen ist«, sage ich. »Frag mal meinen Rücken nach Rumjammern, wenn Zef mit dem Gummischlauch kommt.«

»Kenne keinen Zef«, sagt Ronny. »Hab mit Ausländern nichts zu tun.«

»Zef will zwölftausend Euro«, sage ich. »Eigentlich Krasniqi, dem das *Golden Dolls* in der Potsdamer gehört. Krasniqi hat mir das Geld geliehen. Ich sollte es ihm bis heute Abend dreiundzwanzig Uhr zurückzahlen.«

»Das wird knapp«, sagt Ronny und rechnet nach. Die Sache interessiert ihn. »Wir haben Mitternacht durch, und vor sechs lassen die dich bestimmt nicht raus. Hast du wenigstens das Geld am Start?«

»Nicht wirklich, aber ich kriege es zusammen«, sage ich. »Müsste ich erst holen.«

»Schlecht«, sagt er. »Du bist aber auch eine dämliche Muschi, dir von einem Zuhälter zwölftausend Euro zu leihen.«

»Erzähl mir nicht, was ich zu tun habe«, sage ich. »Und vor allem erzähl nicht den Bullen, dass ich in eurer Scheiß-aktion mit dem Politiker drinstecke. Sonst wäre ich hier längst raus und hätte Krasniqi ausgezahlt und würde heute Abend was mit Marla machen.«

»Wer ist Marla?«, fragt Ronny.

»Kennst du nicht«, sage ich. »Ist auch egal. Vergiss es. Lass mich in Ruhe.«

»Du hast eine Freundin?«, sagt er. »Wo hast du die kennengelernt?«

»Im *Deli* auf der Potsdamer«, sage ich. »Wo lernst du denn deine Frauen kennen?«

Ronny zögert. Er denkt nach und nuschelt: »Wusstest du, dass Frauen auf den Dating-Seiten im Schnitt zweihundert Angebote mehr kriegen als Männer?«

»Ich war noch nie auf einer Datingseite«, sage ich.

»Zweihundert Angebote mehr«, sagt Ronny so leise, dass er kaum zu verstehen ist. »Das soll fair sein? Die schrauben ihre Ansprüche natürlich voll in die Höhe, der Typ muss super aussehen, zwei Meter groß sein, regelmäßigen Job haben, Auto am Start, Eigentumswohnung, bevor sie sich überhaupt mit einem auf einen Kaffee treffen. Die sind was Besseres, glauben sie, einfach weil sie Frauen sind.«

»Krieg dich mal wieder ein«, sage ich. »Außerdem ist Marla nicht meine Freundin. Wir haben uns nur einmal getroffen.«

»Vielleicht will sie sich bloß über dich lustig machen«, sagt er. »Eigentlich hält sie dich für naiv und minderwertig.«

Ich zucke mit den Schultern. »Kann sein. Doch dann hat sie eine süße Art, mir das mitzuteilen.«

»Ist ja auch egal«, sagt Ronny und geht wieder ans andere Ende des Ganges. Ein Beamter kommt alle Viertelstunde herein und schaut in die Zellen, ob alle noch am Leben sind. Ich bleibe sitzen und denke an Marla. Naiv oder nicht, ich muss sie wiedersehen. Vorher die zwölftausend Euro zahlen, alles noch mal von vorn anfangen.

Gegen zwei werden die Jugendlichen vom Park herausgerufen. Eine Stunde später stellt Frau Ritter einen Gefangenentransport zusammen. Der Gang leert sich, aber die Zellen sind immer noch überbelegt. Ich schlafe eine Weile ein, träume von einem Jackpot in der alten, verkommenen Spielhalle bei Dragana, sie steht neben mir, während die Geldmünzen unablässig in die Schale prasseln, klopft mir anerkennend auf die Schulter.

»Aufstehen«, sagt Frau Ritter und rüttelt an meiner Schulter. »Und ich sage das nicht noch mal.«

Ich schrecke auf.

»Fertig machen zum Transport.«

Ich rappele mich hoch. Der Schläger im Unterhemd muss ebenfalls mit. Außerdem fünf Männer aus Moldawien, die die zweite Zelle für sich belegt haben. Auch Ronny macht sich bereit.

Unten im Hof steht ein dunkelgrauer Bus mit schmalen Sichtschlitzen. Wir werden in enge Einzelkabinen gewiesen. Es ist noch fast dunkel, als der Busfahrer den Motor anlässt und langsam vom Hof fährt. Ich kann durch den Schlitz kaum etwas sehen. Der Platz der Luftbrücke, okay. Ampeln, Straßenlampen, Bushaltestellen. Die gewohnten Hausfassaden, Reklameplakate, die Stahlstreben der Hochbahnstrecke am Halleschen Tor, Möckernbrücke. Ich würde gern das Wasser des Landwehrkanals sehen, die etwas kühlere Luft da draußen atmen.

Als der Bus in den Tiergartentunnel einbiegt, ahne ich, dass es nach Moabit geht, ins Untersuchungsgefängnis.

17 Der Gefangenentransporter muss vor dem Einfahrtstor warten, die Stahltüren öffnen sich nur langsam, widerwillig. Wir fahren ein. Die Stahltüren schließen sich hinter uns. Das riesige Gebäude der Justizvollzugsanstalt Moabit wirkt mit seinen ausgreifenden Flügeln wie ein Krake und ist noch trotz der Nacht und den Morgenstunden so aufgeladen von der monatelangen Hitze, dass es aus jeder Mauerpore schwitzt.

Als wir auf dem Hof aussteigen, blicken uns Hunderte von vergitterten Fenstern an. An manchen hängen Plastikbeutel, hinter anderen sind Köpfe zu sehen, fast überall brennen Lichter. Alle sind schon wach, es ist halb sieben.

Wir sind nur noch zu acht. Ronny steht vor mir in der Reihe, blickt sich nicht um. Eigentlich, das rede ich mir nachdrücklich ein, gehöre ich nicht hierher. Das ist nur mein Job; ich erledige einen Auftrag. Ich habe es Romina versprochen, Ronny wenn möglich auszuhorchen. Genau genommen bin ich undercover hier.

Die Prozedur der Aufnahme geht rasch, routiniert vonstatten: Papiere, mitgeführte Gegenstände, Entkleidung, Arme hoch, Hose runter, Inspektion der Mundhöhle und des Afters. Die Justizvollzugsbeamten sind müde und ruppig. Wieder anziehen. Abmarsch zur Zelle. Neonlicht auf den Gängen.

Das Haus ist mehr als hundert Jahre alt, enge Flure, in denen mürrische Männerstimmen widerhallen, von gusseisernen Balustraden abprallen. Es riecht nach Kohl und Schimmel. Es stinkt nach Schweiß und mühsam unterdrückter Wut. Auf allen Stockwerken sind Stahlnetze über den Treppenschacht gespannt.

»Frühstück ist schon vorbei«, sagt der Vollzugsbeamte. »Mittagessen dann um elf Uhr dreißig.«

»Ich habe seit zwanzig Stunden nichts gegessen«, sage ich.

»Tut mir sehr leid«, sagt er und sperrt die Zellentür auf. »Das ist hier kein Hotel. Und das Bett müssen Sie auch selber machen.«

Ronny und mir wird eine gemeinsame Zelle zugewiesen, Doppelbelegung wegen eines möglichen Haftschocks. Zehn Quadratmeter, Etagenbett. Tisch, zwei Stühle, Waschbecken und Toilette von einer dünnen Wand abgeteilt. Kleines Fenster, durch das wenig Tageslicht kommt. In der Zelle steht die Luft, sie ist aufgeladen von den Ausdünstungen von Hunderten und Tausenden ruheloser Männer.

»Ich liege oben«, sagt Ronny. »Unten kriege ich keine Luft.«

»Wir kriegen eine Stunde im Hof, wenn ich das richtig verstanden habe«, sage ich und setze mich auf das untere Bett. Konversation machen. Vertrauen gewinnen. Wir sitzen doch im selben Boot. »Den Rest des Tages sollen wir hier sitzen und warten. Da werde ich verrückt, das kann ich dir gleich sagen.«

»Nachmittags ist Umschluss«, sagt er. »Da stehen zwei Stunden lang die Türen offen in jedem Trakt.« Seine nuschelnde Aussprache nervt, man hat ständig das Gefühl, etwas zu verpassen. »Da kannst du dich mit anderen treffen, aber das ist nichts für mich. Hier sitzen doch nur Ölaugen und Nafris, das riecht man doch. Knoblauchatem, Moslemrotz, die bevölkern auch unsere Gefängnisse. Draußen besetzen die unsere Viertel, fahren unsere Autos, holen sich unsere Arbeitsplätze, nehmen uns die Frauen weg.«

»Ja, ist echt schlimm«, sage ich. »Man kommt zu nichts mehr, seit die hier sind.«

»Sieht sie gut aus?«, fragt Ronny und wendet mir sein Gesicht mit den toten Augen zu.

»Wer jetzt«, frage ich.

»Deine Freundin«, sagt er. »Malu.«

»Marla«, sage ich. »Klar sieht die gut aus.«

»Was würdest du ihr geben?«

»Acht von zehn«, sage ich. »Vielleicht neun. Sie sieht super aus.«

»Wieso nimmt sie dich dann? Du bist höchstens eine fünf. Du bist kein Chad, hast keinen soliden Job, kein Auto, du hängst in Wettbüros rum. Was findet die an dir?«

»Vielleicht mein Charme«, sage ich. »Aber Freundin, weiß ich nicht. Wir waren zusammen auf einem Baukran, da kommt man sich näher, das verbindet. So wie du und ich hier, in Untersuchungshaft. Das vergisst man nicht.«

»Ich bin nicht schwul«, sagt Ronny.

»Alles gut«, sage ich.

Er starrt mich an und schiebt seine Brille hoch. »Was würdest du mir geben?«

»Was soll ich dir geben«, frage ich.

»Stell dich nicht so an«, sagt er, »von eins bis zehn, mach schon«.

Ich sehe ihn mir in Ruhe an. Sein Kopf ist eigenartig rund,

was der extreme Kurzhaarschnitt noch betont. Das Gesicht wirkt nackt, asketisch. Die Augenbrauen und Wimpern sind hell, die Augen grau, sie geben nichts preis. Der Mund klein, und die Zähne, wenn er sie überhaupt mal zeigt, unregelmäßig und rott. Vielleicht nuschelt er auch deswegen, um sie zu verbergen. Sein Kinn ist schwach ausgeprägt. Dennoch strahlt das Gesicht Entschlossenheit und Strenge aus.

»Eine gute 7«, sage ich. Alle Männer sind eitel, das weiß ich, sie kriegen so gut wie nie Komplimente. Vielleicht taut er dann ein bisschen auf.

Ronny sagt nichts, geht in den abgeteilten Toilettenraum, wo ein Metallspiegel in die Wand eingelassen ist.

»Hast du eine Freundin?«, frage ich.

»Nein«, sagt er von drüben. »Keine Zeit.«

»Wie, keine Zeit«, frage ich. »Was soll das denn heißen? Bisschen Spaß muss sein. Oder hast du immer noch Schiss wegen Corona?«

»Scheiß auf Corona«, sagt Ronny, zurück am Bett. Er bewegt sich rasch von einem Ende der Zelle zum anderen. Drahtiger, doch austrainierter Körper, kein Gramm Fett. »Ich bin scheißhässlich, weiß ich selbst. Ein Untermensch in den Augen der Frauen. Da kannst du mir keine 7 einreden. Selbst wenn ich eine Frau kennenlernen würde, würde ich es verkacken oder sie würde innerhalb von zwei Wochen mit jemand anderem ficken. Weiß ich doch. Das muss ich mir nicht antun.«

»Genau«, sage ich. »Das ist die richtige Einstellung. Jammern hilft immer weiter.«

»Was willst du damit sagen«, sagt er und kommt geduckt näher. Er ist schnell, das weiß ich noch aus der Fennpfuhl-Wohnung. »Willst du dich über mich lustig machen?«

Im selben Moment hat er eine Hand an meiner Kehle und drückt zu, sein Griff ist fest, ich ringe nach Luft, versuche ihn wegzustoßen. Er steht unverrückbar wie ein Block und lacht mir ins Gesicht. »Merkst du das? Macht dir das Spaß?«

»Hör auf«, sage ich, röchle, will irgendwie atmen.

Er lässt unvermittelt los, schaut auf seine Hand und geht zum Fenster, dehnt seine Schultern wie ein Boxer.

»Als ich dreizehn war, hatte ich eine Freundin«, sagt er. »Wir haben nicht gefickt, aber wir waren richtig zusammen, jeden Tag gesehen und so. Geredet. Die hatte reine Augen. Seele. Wenn die dich angeschaut hat …«

Ich sage nichts. Bin froh, wieder atmen zu können. Jetzt habe ich das kapiert mit der Auslastung der Intensivbetten und Beatmungsgeräte. Du willst atmen, deine Lunge braucht Sauerstoff, kann nichts aufnehmen. Ohne mich, mir reicht es. Ich will so rasch wie möglich raus. Keine Ahnung, was Romina sich von dieser Aktion erhofft, das Gespräch mit Ronny bringt nichts. In den Fluren hört man die Stimmen der anderen Häftlinge, klappernde Wagen, rasselnde Schlüsselbunde. Ständig werden Türen aufgeschlossen, fallen knallend wieder zu. Jemand in einem anderen Stockwerk schreit. Wenn für eine Sekunde mal Ruhe ist, höre ich die Autos auf der großen Kreuzung, wie sie anfahren, hupen, beschleunigen, das Röhren eines Doppeldeckers. Die Welt da draußen scheint total nah zu sein, ist aber unerreichbar. Wenn sie mich nicht mehr rauslassen, ist das hier meine Welt, mein Universum. Tag für Tag, Nacht für Nacht in einer Zelle mit einem cholerischen Nazispinner. *Du musst gar nichts tun. Lass ihn reden.* Danke, Romina.

»Beleidigt oder was«, sagt Ronny nach einer Weile,

starrt mich mit seinen Augen an. »Wegen dem Scheiß? Soll ich mir jetzt die Hände bügeln oder was?« Er lacht kurz. »Mangelnde Affektkontrolle, haben sie auch beim Jugendamt schon festgestellt. Kann ich nichts für.«

»Fass mich nie wieder an«, sage ich. »Nie wieder.« Nie wieder, sonst was? Ich kann ihm keine Sanktionen androhen.

»Scheißgefühl, keine Luft zu kriegen«, sagt er. »Kenne ich. Mein Stiefvater war so ein Typ, der nach Fehlern gesucht hat, wenn er schlechte Laune hatte. Und er hatte eigentlich immer schlechte Laune, wenn er von der Arbeit kam. Ich sollte im Haushalt helfen, den Tisch abräumen, das Geschirr spülen. Ich hab das gemacht, wegen meiner Mutter, damit die keinen Ärger mit ihm kriegt. Und er tigert hinter mir auf und ab. Kein Geld, sich eine Geschirrspülmaschine zu kaufen, dafür quält er lieber den Sohn seiner Frau. Er hat mich gehasst, das wusste ich von Anfang an. Ich konnte seinen Hass in meinem Rücken spüren, der strahlte rüber von ihm, während er hin und her lief. Wenn ich einen Teller rausgezogen und abgeputzt und mit kaltem Wasser abgespült und zum Abtropfen weggestellt hab, hat er sich den Teller gegriffen und ihn kontrolliert auf Rückstände. Ob ich was übersehen hatte. Qualitätskontrolle, so nannte er das. Jedes einzelne Stück, jeden Teller, jedes Glas, jede Gabel. Ich war acht und ich war gut im Geschirrspülen, richtig gut, weil ich eine Scheißangst hatte, und wenn du Scheißangst hast, gibst du dir wirklich Mühe, den Scheißteller sauber zu kriegen. Für meinen Stiefvater war das nicht genug. Er wollte was finden. Er hat was gefunden. Jedes Mal. Was ist das hier, sagt er und wischt mir eine über den Hinterkopf. Hier klebt noch Kartoffel dran. Wieso klebt da die Kartoffel dran? Er steht hinter mir, drängt mich ans Spülbecken. Er legt den Teller wieder ins Spülwasser. Machste noch mal, sagt er. Machste noch mal. Und stößt meinen Kopf ins Spülwasser. Er hatte Kraft, hatte richtig Kraft, er hat meinen Kopf in das scheißwarme Spülwasser gedrückt, auf den Teller drauf, an dem noch ein Kartoffelrest klebte, angeblich. Aber ich hatte alles weggeputzt. Hundertpro. Ich hab unter Wasser keine Luft gekriegt, wollte atmen. Wasser läuft in deine Nase rein, du willst schreien. Und er hatte einen Griff wie ein Stier, Parallelschraubstock mit gehärteten Spannbacken, hundertzehn Euro bei Hornbach. Nach zwei Minuten lässt er los, zieht deinen Kopf raus. Zwei Minuten sind lang, wenn du acht bist und denkst, dass du stirbst. Aber er zieht dich raus. Mach weiter, sagt er. Mach schon, ich will hier nicht ewig stehen. Die Gabeln, die Messer, trödel nicht so rum hier. Und er bleibt hinter dir stehen und nimmt die Gabel, die du geputzt hast wie ein Irrer. Was ist das denn, sagt er, und im selben Moment ist dein Kopf wieder unter Wasser. Ich sag dir, ich kenn das Gefühl, keine Luft zu kriegen. Kapierst du das?«

»Ja«, sage ich und denke daran, dass sein Arschloch von Stiefvater ihn vielleicht noch ein paar Minuten länger unter Wasser hätte halten sollen, dann müsste ich jetzt nicht mit ihm hier stehen, aber es ist, wie es ist. »Ja, habe ich kapiert.«

»Dann wichs mich nicht an von wegen richtige Einstellung«, sagt Ronny. »Wenn ich was hasse, dann so was. Du bist nichts weiter als ein verweichlichter Idiot, wenn du so einen Scheiß redest. Das hat der Feminismus aus uns gemacht, verschwuchtelte Schwächlinge. Ironische Idioten. Dieses Land leidet an thymotischer Unterversorgung, sagt Marc Jongen. Wir müssen wieder hassen lernen, verstehst

du? Zorn und Wut, das sind die Quellen deutscher Kampf-
kraft. Alles kurz und klein treten, Schutt und Asche, dazu
müssen wir fähig sein. Das habe ich von meinem Stiefvater
gelernt, und dafür bin ich ihm dankbar. Der konnte hassen.
Der hat mir beigebracht, was es heißt zu hassen.«

»Was ist mit deinem richtigen Vater?«, frage ich. Rede,
Ronny, rede, hör nicht auf zu reden, du kannst mir alles sagen. Für Romina. Kannst dir alles von der Seele reden.

Ronny lacht trocken und schaut aus dem winzigen Fenster. »Der hat sich aufgeknüpft.« Er macht eine gezierte
Handbewegung, als lege er sich eine Schlaufe um den Hals.
»Auch eine Art von Widerstand. Da war ich zehn. Ich kannte den gar nicht mehr. Ich hatte nur mit meinem Stiefvater
zu tun.«

Mehr sagt er nicht. Kein Wort zu dem, was in der Fennpfuhl-Wohnung war. Um halb zwölf kommt das Essen: Reis,
Tomatensoße und Tofu in abgeteilten Blechtellern. Ich esse sofort alles auf, es schmeckt nach nichts. Danach Auf-
schluss zur Hofstunde.

Ronny weigert sich, rauszugehen. »Ich stehe nicht mit
all den Kanaken auf dem Hof.«

Ich gehe raus und sehe den Spielern an den beiden Tischtennisplatten zu. Der Hof erstickt schier vor Hitze, meine
Augen schmerzen im grellen Sonnenlicht, und dennoch bin
ich froh, im Freien zu sein. Die anderen Häftlinge ignorieren
mich. Die Jungs an der Platte hängen sich voll rein, Vorhand-
rallye ohne Ende, ich denke an Marla, sehe ihre Vorhand mit
Topspin kommen, ihr konzentriertes Gesicht, verschwitztes
Shirt, das Bauchnabel-Piercing. Vor zwei Tagen haben wir
noch an den Platten am Gleisdreieck gespielt. Sie hat jeden
Ball von mir gekriegt, mit präzisem Druck zurückgegeben,

die ganze Kraft ihres Körpers dahinter. Jugendmeisterin Britz-Süd. Der hungrige, hastige Sex oben im Baukran, am Abend danach bei ihr zu Hause in Schöneberg, vor dem Gasometer. Ich würde was darum geben, ihre Stimme zu hören, ihr leises Flüstern an meinem Ohr.

18 Gleich am Morgen um sechs holen sie Ronny raus. Das Frühstück um halb sieben bekomme ich allein, der Auslieferer schiebt mir zwei Rationen in die Zelle. Graubrot, Margarine, Erdbeerkonfitüre in Plastikpäckchen, Apfel. Ich esse alles auf. Zwei Stunden später werde ich auch geholt. Das Ermittlungsverfahren sei eingestellt, der Haftrichter habe voreilig auf Haft entschieden, heißt es. Ein Wort des Bedauerns gibt es nicht. Eine Mitteilung von Romina auch nicht. Sie geben mir meine Sachen zurück und lassen mich gehen. Mein Handy ist tot.

Der Morgenverkehr nimmt mir den Atem, als ich draußen auf der Rathenower Straße Ecke Alt-Moabit stehe. Alle haben es eilig, Taxen beschleunigen auf dem Weg zum Hauptbahnhof, Anwälte sind im schnellen Schritt unterwegs zum Kriminalgericht, Klempner auf dem Weg zur Arbeit. An den Laternenpfählen der Kreuzungen hängen zahllose Wahlplakate, auch die der AfD, die mit Max Kallatzky wirbt. Ihm hat die Sache wirklich was gebracht. Neben seinem Gesicht kleben gelbe Zusatzzettel: *BEFREIT. Deine Stimme gegen den Linksterror.*

Ich laufe zur Tram, fahre mit der M8 siebzehn Haltestellen durch bis zum Anton-Saefkow-Platz und gehe die restlichen Schritte zum Hochhaus, in dem mein Vater wohnt.

»Komm rein«, sagt er an der Tür.

Auf dem Couchtisch liegt der Umschlag mit den fünftausend Euro, er setzt sich nicht auf seinen Sessel, bleibt an seinem Punchingball stehen, lauert. Keine gute Stimmung im Haus.

»Hast du was gefrühstückt?«, sagt er. »Brauchst du was?«

»Ich hatte zwei Rationen in Moabit«, sage ich. »Ronny wurde vorher entlassen, trotzdem haben sie zwei Rationen reingereicht, Brot, Margarine, Erdbeermarmelade.«

»Da kann man nicht meckern«, sagt mein Vater. »Hatten wir seinerzeit in unseren Haftanstalten auch, Marmeladebrote und Muckefuck, mittags Eintopf, abends Brote mit Schmierwurst. Mittwochs gab es mittags immer Möhrensuppe, darauf haben sich alle gefreut. Und wer ist Ronny?«

»Der eine, der Kallatzky entführt hat«, sage ich. »Du hast ihn drüben in der Wohnung in der Nacht wahrscheinlich aufgescheucht. Er trägt eine Brille und nuschelt.«

»Und ihr habt euch in Moabit angefreundet«, sagt er.

»So weit würde ich jetzt nicht gehen«, sage ich. »Romina meinte, er würde mir was erzählen.«

»Wer ist jetzt Romina?«

»Die junge Kommissarin«, sage ich. »Die immer so viel redet.«

»Romina Winter«, sagt mein Vater und nickt. »Die ist gut. Redet viel, aber sie ist schlau, das muss man ihr lassen. Das ist selten in dem Laden.«

»Jedenfalls meinte sie, Ronny würde mir erzählen, wieso sie Kallatzky entführt haben«, sage ich. »Deshalb die Nacht im Knast.«

»Ich höre immer entführt«, sagt mein Vater.

»Etwa nicht?«, sage ich.

»Das hat er dir jetzt nicht erzählt, der Ronny«, sagt er. »Hat er wahrscheinlich vergessen zu erwähnen, dass das ein abgekartetes Spiel war. Die Partei wünschte sich mehr Aufmerksamkeit im Wahlkampf. Die standen bei sechs Prozent bei den Umfragen, mussten was tun. Da haben sie sich die beiden Idioten engagiert, deinen Ronny und den anderen.«

»Henne«, sage ich.

»Genau«, sagt er. »Henne. Der ja dann so unglücklich aus dem Fenster gefallen ist. Hat Ronny dazu was gesagt? Als ich bei denen im Zimmer war, ging es beiden noch gut.«

»So weit sind wir nicht gekommen«, sage ich. »Ronny hat mir aus seiner Kindheit erzählt, der Stiefvater hat seinen Kopf ins Spülwasser gedrückt, wenn er die Teller nicht ordentlich geputzt hat. Das hat ihn aus der Bahn geworfen.«

»Ronny ist einer der vielen aus deiner Generation, die einfach eine Klatsche haben«, sagt mein Vater. »Generation Jammerlappen, ist doch alles nicht gut genug für euch. Jetzt muss wieder ein großdeutsches Reich her, damit sich Nasen wie dein Ronny gut fühlen. Daran geilen sie sich im Internet auf, dass sie sich im Widerstand befinden wie einst Sophie Scholl, senden sich Bilder von Goebbels und Himmler und Hitler, reinrassige Grüße in Fraktur. Machen sich bei der Polizei breit, bei der Armee, halten sich für die Elite des Landes. Holen sich einen runter auf die Wiederergreifung der Macht, quatschen von wohltemperierter Grausamkeit.«

»Was hat das denn mit meiner Generation zu tun?«, frage ich. »Meinst du mich? Was habe ich mit Ronny zu tun?«

»Ihr werdet einfach nicht erwachsen, sondern findet Ausreden über Ausreden«, sagt er. »Irgendwas ist immer.

Irgendwer hat euch mies behandelt. Hat euch geärgert, euch betrogen, euch nicht verstanden, und deshalb kriegt ihr euer Leben nicht auf die Reihe. Ihr wisst nicht, was eine Existenz ist.«

»Hauptsache, du weißt, was eine Existenz ist«, sage ich. »Du bist bloß eingeschnappt, weil sie dich bei der Befreiung von Kallatzky vorgeführt haben. Kannst du doch zugeben. Wirst du dafür belangt? Kriegst du da eine Anklage? Du hattest doch den grandiosen Einfall, da einfach in die Wohnung reinzuplatzen und Kallatzky rauszuholen.«

»Das gibt nicht mal eine Anzeige«, sagt mein Vater. »Ich sage doch, die Winter ist schlau. Romina. Die weiß genau, was sie will. Ich habe meine Aussage gemacht, und ich garantiere dir, dass da kein Staatsanwalt ermitteln wird. Weswegen soll ich eingeschnappt sein? Weil mein Sohn mich ständig um ein paar Tausend Euro anpumpt? Und es nicht mal hinkriegt, die Wohnungen so zu verwalten, dass er davon leben kann? Weil er Tag für Tag in Wettbüros herumhängt, in Spielhallen zockt? Deswegen soll ich eingeschnappt sein? Nee, bin ich nicht. Bin ich nicht.«

»Ist ja gut«, sage ich und stehe auf. »Weißt du was: Behalte dein Geld. Mach du das doch mit den Wohnungen. Mach dich doch selbst zum Lellek für die Touristen, die Party machen wollen, Pillen, Koks, Pizza, Nutten, die in die richtig geilen Clubs wollen. Komm du mal über ein Jahr, in dem alles zu hat, keiner mehr bucht, niemand mehr zahlt. Du kannst mich mal mit deiner Existenz.«

Ich nehme den Umschlag mit dem Geld und flippe ihn über den Tisch, sodass er meinem Vater vor die Füße fällt. Keine Ahnung, wie ich ohne die fünftausend Euro Krasniqi bezahlen kann, doch das hier muss ich mir nicht antun. Ich wollte mir nur das Geld holen, um diese Sache aus der Welt zu schaffen, und er hält mir Predigten. Genau das, was ich jetzt brauche.

Mein Vater hebt den Umschlag auf, ich will zur Tür, mir reicht es hier. Mit zwei, drei Schritten ist er bei mir, fasst mich vorn am Hemd und stopft mir mit der anderen Hand den Umschlag in die Hose.

»Du hältst mich für blöd«, sagt er mir ins Gesicht. Immer noch seltsam, ein Gesicht so nah an meinem zu haben, ich spüre den Atem meines Vaters, muss an die Aerosole denken, das hat 2020 mit uns gemacht. »Aber ich bin nicht blöd. Nimm das Geld und zahl deine Schulden. Bei wem hast du denn fünftausend Euro Schulden?«

»Bei Krasniqi«, sage ich und drehe den Kopf zur Seite, »dem das *Golden Dolls* in der Potsdamer Straße gehört.«

»Der leiht dir fünftausend Euro? Ein Sexbarbetreiber?«

»Weil ich die Wohnungen habe.«

»Du hast die Wohnungen nicht«, sagt mein Vater und lässt mich los. »Kannst du ihm mal ausrichten. Die gehören mir. Und wenn die Polizei jetzt ermittelt, was in der Wohnung in der Rudolf-Seiffert-Straße los war, wird das Ärger geben. Das war mal eine konspirative Wohnung der Stasi, die Unterlagen sind alle vernichtet worden. Was soll ich denen sagen, von wem ich die Wohnung übernommen habe? Wieso die als Ferienwohnung genutzt wird? Damit mein Sohn in Ruhe weiterzocken kann? Nimm das Geld und bezahl den Krasniqi.«

Er gibt mir einen Stoß, dass ich gegen den Türrahmen taumle, er hebt einen Finger gegen mein Gesicht. »Unter der einen und einzigen Bedingung, dass du dich hier nicht mehr blicken lässt. Ich habe es satt. Ich brauche keinen Besuch, von dem ich weiß, wenn ich aufmache, kostet mich das wieder fünftausend Euro, und beim nächsten Mal dreitausend.«

»Es tut mir leid«, sage ich.

»Das muss dir nicht leidtun«, sagt er. »Hat ja immer geklappt. Du bist ein Spieler, ein Zocker, das habe ich kapiert. Das wird auch nicht besser, schon gar nicht, indem ich dir alle drei Wochen Geld zuschiebe. Wahrscheinlich hattest du eine schwere Kindheit, traumatische Erlebnisse, und du kannst überhaupt nichts dafür. Und jetzt raus mit dir.«

»Danke für das Geld, ich werde wirklich nicht mehr zocken«, sage ich.

Er antwortet nicht, und ich gehe. Mache die Tür hinter mir zu, laufe die Treppen runter, meine Beine zittern vor Scham. Vom eigenen Vater vor die Tür gesetzt, abgespeist mit fünftausend Euro. Dabei komme ich gerade erst aus dem Untersuchungsgefängnis, meine Klamotten riechen noch danach. Was für ein unglaublich nicer Tagesanfang. Es kann nur noch besser werden.

Draußen komme ich an der Rudolf-Seiffert 33 vorbei, oben im dreizehnten Stock flattert rotweißes Absperrband am Wohnzimmerfenster. Ich muss mich darum kümmern. Einen Schritt nach dem anderen. Die Schulden zahlen, einen Glaser bestellen, Marla suchen. Wenn ich eine Ritalin in der Tasche hätte, würde ich sie jetzt einwerfen, einfach um in die Gänge zu kommen, doch sie haben mir die letzten beiden Pillen bei der Aufnahme in Moabit abgenommen, nicht mal gefragt, ob es Medikamente sind. Mein Vater tut mir leid, hat sein Leben selbst verbockt, hätte vielleicht mal seine Tätigkeit für die Stasi angeben können, dann würde er heute nicht so verbittert herumlaufen.

Ich nehme die Straßenbahn zum Alexanderplatz, die Waggons sind voll, die Frauen fächeln sich Luft zu, die Hunde zu ihren Füßen hecheln erschöpft. Ich denke an die fette Frau mit ihrem Hund in Draganas Laden, die fährt nicht mehr Straßenbahn. Die schleppt sich jeden Morgen in die Spielhalle und kauft sich da ihre Auszeit, bis das Geld alle ist. Vielleicht sollte ich auch mal wieder hingehen, Geld genug habe ich ja nun.

Über der Stadt wölbt sich die Saharahitze. In meinem Kopf staut sich die Vorstellung eines Jackpots. The winner takes it all. Noch ein einziges Mal in der *Arena* richtig fett setzen und im Handstreich alles mitnehmen. Nicht mit dem Beil, sondern mit meinen Wettscheinen zum Counter gehen und sie Atila und Ömer hinblättern: achtzehntausend, zwanzigtausend Euro, die sofort fällig sind, mach hin. Sabah Homasi klarer Sieg gegen Curtis Millender in den MMA, Osasuna mit einem 3:1 gegen Alavés, die Strähne von Camila Giorgi hält an. Mal gucken, wer grad in der zweiten Liga spielt, am besten sind Livewetten mit Antizipationsstrategie, das Momentum eines Spiels spüren, wann es kippt, wann das Tor fallen muss. Ich habe das drauf, kann ein Spiel lesen wie niemand sonst. Und jetzt habe ich mal Kapital zur Verfügung, fünftausend in der Tasche, siebentausend unter dem Fahrersitz im Auto. Einmal richtig abräumen. Dann kann ich Krasniqi auszahlen und habe trotzdem noch zwölftausend übrig, die ich meinem Vater zurückgeben kann. Einfach an der Tür reinreichen, ohne ein weiteres Wort. Und ich habe immer noch ein paar Tausend für mich übrig, lege die Scheine wieder zurück in Davids Umschläge, das merkt er doch gar nicht.

»Süß«, sagt Zef, als ich eine Stunde später am Hintereingang des *Golden Dolls* stehe. Ich bin nicht in die *Arena* gegangen, habe nichts gesetzt. Bin vorbeigelaufen, habe das Geld aus dem BMW geholt, zwei fette Umschläge in meinen Taschen, und bin noch einmal an der *Arena* vorbeigegangen. Keiner weiß, was mich das kostet. Ein kleiner, bitterer Sieg. Vielleicht ist es wirklich dumm. Hätte es doch probieren sollen. Keine Ahnung. Zef trägt Puma-Shorts, ein Basketballtrikot der Milwaukee Bucks, Adiletten mit weißen Socken. »Was willst du? Brauchst du noch eine Füllung?«

»Ich will zu Krasniqi«, sage ich, sehe ihn nicht an, mir reicht schon sein Schweißgeruch. Wir werden keine Freunde mehr, Zef und ich.

»Heute ist Dienstag«, sagt Zef und polkt sich mit dem kleinen Finger im Mund herum, sieht sich den Fingernagel an, spuckt aus. »Der Chef ist heute nicht da. Am Sonntag, weißt du, da hat er auf dich gewartet, hat gefragt, was ist mit Tom Lohoff, hatten wir nicht einen Termin? Elf Uhr hatten wir gesagt, oder? Wieso kommt der Junge nicht, hat Krasniqi gesagt. Ich wusste keine Antwort.«

»Ich konnte nicht«, sage ich. »Aber jetzt habe ich das Geld dabei.«

»Das ist super«, sagt Zef. »Kannst du mir geben, ich gebe es ihm, wenn er wiederkommt.«

»Ich würde es ihm lieber selbst geben«, sage ich.

»Vertraust du mir nicht?«, sagt er und stellt sich vor mich. »Willst du irgendwie andeuten, dass ich was von deinem Geld behalten könnte?« Er gibt mir einen leichten Stoß. »Meinst du, ich lüge dich an, wenn ich sage, dass ich ihm das Geld gebe?«

»Wann kommt er wieder?«, frage ich.

»Woher soll ich das wissen?«, sagt Zef. »Weißt du, dass du mich langsam nervst? So dein Tonfall, weißt du, so von oben herab. Bin ich dein Knecht? Wo ist Krasniqi, wann kommt Krasniqi. Bring mir dies, bring mir das.«

»Ich würde einfach nur gern meine Schulden zahlen«, sage ich. »Du hast ja recht, ich bin überfällig.«

»Ja, das bist du«, sagt er. »Wir hatten Sonntag ausgemacht. Mir persönlich ist das egal, Sonntag, Montag, Dienstag. Ich weiß ja, wo ich dich finde. Aber Krasniqi nimmt das persönlich, der kriegt dann schlechte Laune, fühlt sich respektlos behandelt, und das strahlt aufs ganze Team aus.«

»Kann ich ihn irgendwie erreichen?«, frage ich.

»Du kannst mir mal den Schwanz lutschen, das kannst du«, sagt Zef. »Ich weiß, dass du gut darin bist, du bist so der Typ Lutscher, der es richtig draufhat. Drüben bei Dragana, das hat dir gefallen, oder? Deswegen kleckerst du jetzt auch zwei Tage zu spät an, um dir noch eine Füllung zu holen vom guten alten Zef.«

»Nein«, sage ich. »Weißt du, ich komme heute Abend wieder, vielleicht ist er dann da.«

»Ja genau«, sagt Zef. »Komm heute Abend wieder. Ich lege schon mal den Gummischlauch raus.«

Ich laufe die Potsdamer Straße wieder runter, zwölftausend Euro in der Tasche, wieder an der *Arena* vorbei, im Crucible Theatre von Sheffield läuft die Snooker-Weltmeisterschaft und Ronnie O'Sullivan ist seit dreiundzwanzig Spielen unbesiegt, doch jede Serie reißt irgendwann, die Quoten sind jetzt unfassbar hoch. Vergiss es, Tom. Nie wieder spielen.

»Wo warst du denn?«, fragt Denise, die vor dem *Deli* das Geschirr von den Tischen räumt. »Marla hat am Sonntag endlos versucht, dich zu erreichen. Die ist sonst so cool, aber da hat sie geheult.«

»Mein Handy ist tot«, sage ich. »Wo ist sie denn?«

»Wo sie ist?«, fragt Denise zurück, steht da mit den Tellern und Tassen in der Hand und schaut mich an. »Das wüsste ich selbst gern. Sie hatte heute die frühe Schicht und ist nicht aufgetaucht. Hat sich nicht gemeldet, geht nicht ans Telefon. Und gestern ist sie nach einer halben Schicht gegangen, hat alles stehen und liegen gelassen, ist abgehauen. Hattet ihr Streit oder was?«

»Ich habe sie gar nicht mehr gesehen«, sage ich.

»Ehe ich es vergesse«, sagt Denise. »Der Typ vom Wettbüro, der immer auf den Hacken läuft und Löcher in die Wettscheine macht.«

»Dmitri«, sage ich. »Was ist mit dem?«

»Genau«, sagt Denise. »Der ist gestern rübergekommen und meinte, dass du dich melden sollst.«

Sie packt die Kaffeetassen in die Plastikwanne. Der Laden ist voll wie immer, ihr stehen Schweißperlen auf der Stirn. Hinter mir stehen zwei Jungs mit Designerhemden von Murkudis. »Das ist mehr ein Sanity-Item«, sagt der eine. »Steck da ruhig mal ein bisschen Brainwork rein und push deine anderen To-dos back.«

»Übrigens ist das hier nicht dein Büro«, sagt Denise. »Und ich bin nicht, ich wiederhole: nicht deine Sekretärin. David war nämlich auch da. Hat auch nach dir gefragt, wirkte etwas angespannt, würde ich sagen. Und die beiden Typen von dem Nachtclub da oben, die waren auch da.«

Sie verschwindet hinterm Tresen, weil ihre Kollegin mit

dem Kassieren nicht hinterherkommt. Die Kaffeemaschine mahlt. Auf der Playlist sind die Rainbirds mit *Blueprint*. Ich gehe raus. Wo ist Marla, was soll das jetzt?

Draußen steht Zef. Immer noch in den Adiletten, aber er muss sich beeilt haben, seine Stirn und Schläfen sind nass. Er trägt eine verspiegelte Sonnenbrille, sieht genervt aus.

»Jetzt laufe ich dir noch hinterher«, sagt er, »als ob ich dein Laufbursche bin.«

»Bist du nicht«, sage ich.

»Nein, bin ich nicht«, sagt er. »Ich bin Krasniqis Laufbursche, der hat nach dir gefragt. Er will dich doch jetzt sehen, im Ritz-Carlton. Du sollst vorbeikommen.«

»Ich wollte noch zu einer Freundin«, sage ich.

»Jetzt gleich«, sagt Zef. »Und deine Freundin brauchst du nicht zu suchen, die ist bei ihm. Marla ist sein neues Mädchen. Wir haben sie geholt, weil du nicht gezahlt hast. Termin ist Termin. Du musst uns nicht für blöd halten, wir kriegen, was uns zusteht, und wenn wir es nicht kriegen, dann holen wir uns was anderes. Marla sollte eigentlich bloß ein Pfand sein, bis du zahlst, doch jetzt gefällt sie Krasniqi so sehr, dass er sie behalten will. Das Geld will er trotzdem, deshalb würde ich an deiner Stelle da hinjoggen. Sofort.«

19 Das Ritz-Carlton ist das beste Haus am Potsdamer Platz, der graue Bau soll einen Hauch von Manhattan heraufbeschwören. Hat eigentlich nie funktioniert. Berliner meiden den Laden. Ich bin auch nicht oft hier gewesen. Nur dieses eine Mal, als ich mir die zwölftausend von Krasniqi geliehen habe. Als ich noch dachte, wir könnten eine Partnerschaft aufbauen, Geschäftsbeziehung. Jetzt komme ich wieder, um ihm das Geld zurückzuzahlen, damit diese ganze Sache ein Ende nimmt. Das Foyer ist angenehm kühl, links geht es hinunter ins *Fragrances*. Dort macht Krasniqi gern seine Geschäfte. Distinktion ist ihm wichtig. Am Eingang muss jeder Gast an den Flacons schnuppern. Du entscheidest dich für einen Duft, daraus macht der Barkeeper dann einen persönlichen Cocktail. Ich will keinen Cocktail, sondern bloß meine Schulden zahlen und wieder gehen. Die niedrigen Räume sind vollgestellt und von einem künstlichen Dämmerlicht nur schwach erhellt, sodass ich eine Weile brauche, bis ich Krasniqi entdecke.

Er sitzt in einer Ecke mit Ledersesseln und redet auf Marla ein. Sie hat ein elegantes, sandfarbenes Kleid an, die Beine unter sich angezogen in der Couchecke und zeigt keine Regung, als ich zu ihnen trete.

Krasniqi trägt ein Versace-Hemd wie Tuco Salamanca, kurze dunkle Stoffhose, Sonnenbrille auf seinem kurz geschorenen Schädel und bietet mir einen Platz neben sich an: »Setz dich.«

»Ich bringe das Geld«, sage ich. »Tut mir leid, dass es so lange gedauert hat.« Lege den Umschlag auf die schwarz schimmernde Tischplatte neben sein Smartphone. Zwölftausend Euro, mein Schweiß klebt dran, mein Herzblut.

»Na also«, sagt er. »Geht doch. Ich wusste, dass du zahlst. Doch was Zeitmanagement angeht, hast du eindeutig noch Luft nach oben. Hört man jedenfalls. Ich bin nicht deine Mutter, aber weißt du, die Leute reden. Sie reden, und das ist nicht gut für dich.«

»Was reden sie denn?«, frage ich.

»Das kann ich dir sagen«, sagt er und lächelt Marla an, ein eiliges Hasenzähnelächeln. Als ich ihn so lächeln sehe, will ich am liebsten wieder umdrehen und weggehen. Wer kann so eine Figur ernst nehmen? Doch ich denke an Zef und bleibe und höre Krasniqi dozieren: »In meinem Job ist Menschenkenntnis ein Schlüsselelement. Ohne Menschenkenntnis kann ich einpacken. Wie kannst du einen Menschen einschätzen? Indem du beobachtest, wie er performt. Oder du hörst dich um, wie die anderen über denjenigen reden. Leumund heißt das, oder? Du hattest einen guten Leumund auf der Potsdamer, Tom, kann ich dir sagen. Sonst hätte ich dir vor vier Wochen auch nicht angeboten, deine verschiedenen Zahlungsverpflichtungen zu bündeln. Das ist ein unternehmerisches Risiko, das ich eingehe. Bei dir wusste ich: Lohoff ist reliable, das Geld sehe ich wieder, die Zinsen kriege ich, du bedienst die anderen Gläubiger, eine Win-win-Situation.«

»Danke noch mal dafür«, sage ich. Krasniqi hebt die Hand, er ist noch nicht fertig.

»Das ist vorbei. Jetzt heißt es: Lohoff verkackt seine Termine. Lohoff zahlt seine Schulden nicht pünktlich zurück. Lohoff ist ein Loser, heißt es jetzt. Verliert seine Wetten. Verliert seine Freundin.«

»Der hatte nie eine Freundin, wenn du mich fragst«, sagt Marla. »Der steht eher auf Männer, hört man.«

Krasniqi lacht mit seinen Hasenzähnen, als habe sie einen guten Witz gemacht. Sein Smartphone klingelt, er sagt »Sorry«, steht auf und führt das Gespräch in einer stillen Ecke. Marla und ich sitzen uns gegenüber.

»Hört man von wem?«, frage ich.

»Zef sagt, ihr habt was zusammen. Du hast ihm einen geblasen, hat er gesagt. Hast dir richtig Mühe gegeben, hat er gesagt.«

»Das war nicht freiwillig«, sage ich. »Das war wegen der zwölftausend Euro.«

»Du gibst Zef für zwölftausend Euro einen Blowjob?«

»Nicht direkt«, sage ich.

Krasniqi kommt zurück, Marla schweigt. Er nimmt den Briefumschlag vom Tisch und steckt ihn ein, ohne die Scheine nachzuzählen.

»Dann will ich mal nicht päpstlicher sein als der Papst«, sagt er. »Wir sind quitt.«

»Okay«, sage ich und will aufstehen.

»Warte«, sagt er.

Der Barkeeper bringt uns drei Drinks und serviert sie mit übertriebener Demut. Krasniqi braucht das offenbar.

»Ich lade euch mal ein, wenn das okay ist«, sagt er. »Ich würde gern noch eine Geschäftsidee mit dir diskutieren, so Brainstorming-mäßig. Marla will ja bei uns tanzen.«

Sie verzieht keine Miene, rührt in ihrem Cocktail.

»Super«, sage ich. Eigentlich will ich wissen, ob sie okay ist, ob er ihr wehgetan hat. Wie ich sie da rausholen kann. Doch sie ist völlig unnahbar, und Krasniqi spielt den Visionär.

»Finde ich auch super«, sagt er. »Marla verkörpert einen neuen Frauentyp. Unverbraucht. Fresher Style. Ich mag die Frauen, die bei mir tanzen, aber als Betreiber eines Clubs muss ich wissen, wann es Zeit ist für einen Relaunch. Die Tabledance-Klamotten öden mich an. Nadelstreifen-Body im Büro-Style, Dienstmädchenkleid mit Schürze, Boxenluder-Kostüm, come on. Das ist so Ü30. Jetzt meine Vision: Wir geben den Gästen einen ganz neuen Mädchentyp. VSCO-

Mädchen, nachhaltig, umweltbewusst. Da sehe ich Marla. Bisschen öko und engagiert, aber noch brav, Muschelketten, Freundschaftsarmbänder, Batik-Shirts, No-Make-up-Look, höchstens Lipgloss. Fjällräven-Rucksack.«

»Das ist doch nicht sexy«, sagt Marla. »So was tragen dreizehnjährige Strebermädchen am Freitagvormittag auf ihrer Fridays-for-Future-Demo. Lauter kleine Luisa Neubauers.«

»Genau«, sagt Krasniqi und nickt, schnippt begeistert mit den Fingern, er ist jetzt im Flow. »Unsere Kunden mögen Dreizehnjährige. Die denken sich natürlich, wie sieht die darunter aus, unter ihrer rigiden Öko-Schale, mal ohne Batik-Shirt. Du musst dich in die Kunden hineinversetzen können. Männer wollen so was wissen, das interessiert die. Und da kommst du ins Spiel, Marla. Lässt den Fjällräven-Rucksack lasziv von den Schultern gleiten, ziehst die Birkenstocksandalen aus, das kann ruhig ein bisschen tollpatschig wirken, eher ironisch, das verstehen die Männer schon. Hauptsache, du ziehst dich aus. Wir lassen Billie Eilish dazu laufen oder Cyndi Lauper, *Girls just wanna have fun*. Was hältst du davon?« Er steht auf und deutet ein paar Tanzschritte an, überraschend sexy, muss man ihm lassen.

»Großartige Idee«, sage ich. »Weg vom Schmuddelimage, hin zur Performance. Nicht nuttig, sondern arty.«

Marla zieht eine Schnute, arbeitet aber vernünftig mit. »Billie Eilish ist eher ein E-Girl, ständig online, immer müde, Halsbänder. Das neue Emo-Girl, aber nicht mehr so traurig, eher frustriert.«

»Exakt«, sagt Krasniqi. »Wie ein Remake der frühen Madonna mit ihren Netzstrümpfen, Kreuzketten, die ganze Lolita-Optik hat immer noch Potenzial. Weckt den Beschützerinstinkt und übt trotzdem eine intensive erotische Anziehung aus, besonders wenn sie sich dann provozierend langsam auszieht. Wir brauchen dafür jüngere Frauen, richtige Mädchen, ab fünfundzwanzig ist das nicht mehr glaubwürdig, das wirkt dann nur aufgesetzt und cringy.«

»Die Frauen in deinem Laden sind aber älter«, sagt Marla. »Die lachen dich doch aus, wenn du sie jetzt in Lolita-Kostüme steckst, Sommersprossen aufmalst, Rouge auf die Nasenspitze, als sei sie ausgerutscht.«

Krasniqi zieht heftig an seiner Zigarette und sagt: »Ich sag doch, ich will die Frauen da nach und nach austauschen. Die Regierung tauscht euch Deutsche doch auch aus. Ich habe diese Ü30-Frauen so satt, diese Bräunungscremegesichter, die gezupften Augenbrauen, die Sorgenfalten, weil sie ständig die Stirn runzeln, kapieren die WhatsApp-Nachricht nicht. Außerdem, was die an Klopapier verbrauchen in jeder Nacht, das ist unfassbar. Es ist wirklich unfassbar. Ich habe da sieben bis zehn Frauen sitzen am Abend, und wenn die Nacht vorbei ist, dann haben die ein Zwölferpack verbraucht. Ich schicke Gezim praktisch jeden Morgen los, damit er neues Klopapier kauft, nur für die Mädels. Die verstopfen die ganze Kanalisation der Potsdamer, ich warte nur darauf, dass mir der Laden von Amts wegen geschlossen wird, wegen unsachgemäßem Gebrauch der Kanalisation.«

»Was jetzt Klopapier angeht«, sagt Marla, »ehrlich, da sind junge Frauen auch gut dabei. In meiner WG war das Klopapier auch ständig alle. Frauen sind einfach reinlicher als Männer. Zu Hause mit meiner Mutter und meinen Schwestern, das war schon nicht mehr feierlich, was wir verbraucht haben. Aber wir haben auch Klopapier genommen, wenn wir geheult haben, und wir haben praktisch jeden Tag geheult, irgendwas war immer, blöde Männer, fiese Chefin, die Tage, der ganze Haushalt war nah am Wasser gebaut. Du glaubst nicht, wie wir im ersten Lockdown Klopapier gebunkert haben. Wir standen um halb acht vor dem Supermarkt.«

Krasniqi hört ihr nicht zu. »Nee, wir machen einen Relaunch. Damit sprechen wir auch ganz andere Kundenkreise an, nicht nur die Geschäftsleute und die Mittelstandstürken. Die kommen sowieso. Ich will mit dem Laden in den Eventbereich. Mehr so die Luxusschiene, dann kommt richtig Geld rüber. Wir geben den Kunden neue Mädchentypen. Soft-Girl hatten wir auch noch nie. So mit Haarspangen und Haarbändern und Halsketten und super oversized Klamotten, die sie noch kleiner und niedlicher machen. Piepsstimme dazu. Ich will ja auch, dass die an den Kunden rangehen, face to face, da kommt so ein gehauchtes Piepsstimmchen total gut, immer gut gelaunt und übertrieben begeistert, wie die japanischen Mangamädels. Männer finden Frauen, die sich unterordnen, irgendwie ansprechender.«

Sein Smartphone klingelt schon wieder, er nimmt noch rasch einen Schluck von seinem Cocktail und springt auf. »Ja, ich komme gleich, bin grad noch im Meeting.«

»Du passt mal bitte kurz auf sie auf«, sagt er zu mir. »Nicht dass sie mir abhandenkommt.« Er geht in einen stillen Winkel, klingt jetzt selbst unterwürfig, sagt immer nur Ja und Ja.

Marla sitzt mir gegenüber, schaut mich voll an. »Hol mich hier raus«, sagt sie. »Hier geht das nicht, weil Zef und Gezim irgendwo herumschleichen. Aber heute Nacht musst du mich rausholen. Keine Ahnung wie, mach es einfach.«

»Ja«, sage ich, »versprochen.«

»Nicht versprechen«, sagt sie. »Sondern machen.«

»Bist du sonst okay?«, frage ich.

Marla nickt. »Mir ist nichts passiert, weil ich nett war, mit ihm rede, genau das sage, was er hören will. Diese Relaunch-Idee ist von mir, damit haben wir die Nacht rumgebracht, er hat mich nicht angefasst. Ich habe geflüstert, bis er einfach eingeschlafen ist.«

Krasniqi kommt schon zurück, seine gute Laune ist verflogen. »So, Leute, jetzt aber Abflug. Ich habe noch einiges zu tun. Ich bring dich in den Laden, damit die Mädchen dir ein paar Schritte beibringen können, die Klamotten besorgen sie dir auch. Ich will das heute Abend genau so sehen, wie wir das eben besprochen haben.«

»Ja«, sagt Marla und erhebt sich gehorsam wie ein Mangamädchen.

Auch ich stehe auf, Krasniqi beachtet mich nicht weiter, er tippt hektisch eine Nachricht auf seinem Smartphone, flucht vor sich hin. Ich verlasse die Bar, gehe durchs Foyer und trete draußen auf dem Potsdamer Platz in das gleißende Sonnenlicht.

20 »Kein Problem, klar helfe ich dir«, sagt Romina am Telefon. »Du bist echt schlecht zu verstehen, kannst du lauter reden? Wo bist du?«

»Ich stehe in der Telefonzelle«, sage ich. »Mein Handy ist tot. Ich habe eine halbe Stunde gebraucht, ehe ich eine Telefonzelle gefunden habe und noch mal zehn Minuten, bis mir jemand einen Euro zwanzig Cent geliehen hat.«

»Was war denn jetzt mit Ronny«, sagt sie. »Hat er was erzählt?«

»Ronny hat nichts erzählt«, sage ich. »Der ist böse und verbiestert. Hör mal zu. Sie haben Marla geholt und halten sie fest.«

»Marla«, sagt Romina. »Die aus dem *Deli* mit den dreitausend Followern? Wer soll die holen?«

»Krasniqi«, sage ich. »Als Strafe. Ich sollte die Schulden zahlen.«

»Dann zahl sie doch mal, deine Schulden«, sagt Romina. »Ständig liegst du mir damit in den Ohren. Wäre das nicht mal eine Option? Einfach mal zahlen, statt alle Welt da mit reinzureißen.«

»Habe ich ja«, sage ich. »Ich habe ja gezahlt. Eben grade. Ich war bloß zu spät, weil ich in der Gesa war. Weil du das so wolltest. Ich habe klar und deutlich gesagt: Ich muss weg, ich habe noch was zu erledigen. Du hast überhaupt nicht hingehört, hat dich nicht interessiert. Das Geld war Sonntag fällig, jetzt ist Dienstag. Die Jungs von der Potsdamer sind nicht wie die Berliner Justiz. Die antworten mit klaren Sanktionen. Also waren sie am Montag im *Deli* und haben Marla mitgenommen. Damit ich mal in die Hufe komme oder weil Krasniqi sie eh haben wollte. Heute Abend soll sie im *Golden Dolls* tanzen. Ihr müsst sie rausholen.«

»Hast du sie da gesehen?«, fragt Romina.

»Ich habe sie im *Fragrances* gesehen«, sage ich. »Im Ritz-Carlton.«

»Kann mich auch mal jemand entführen, bitte?«, sagt sie. »Ich war da noch nie! Noch nie in meinem Scheißleben als Bulle. Ich weiß genau, was die machen: Die machen Cocktails nach Gerüchen. Ich liebe Cocktails. Niemand nimmt mich mit ins Ritz-Carlton. Ich bin nur ein blöder Treppenterrier. Wenn man pfeift, komme ich angerannt. Romina kommt angehechelt. Fünfunddreißig Grad? Kein Problem! Treppe rauf, Treppe runter. Wenn ich Glück habe, stellen sie mir abends einen Napf mit Wasser hin.«

»Jetzt musst du bitte noch mal los und diese Sache ausbügeln«, sage ich. »Meinetwegen. Ich habe dir auch einen Gefallen getan. Weißt du noch? Ich bin in der Gesa geblieben, um mich mit Ronny anzufreunden. Du hast mich da reingeredet. Die haben uns sogar noch ins Untersuchungsgefängnis gebracht.«

»Das war nett von dir«, sagt sie. »Weiß ich auch zu schätzen. Aber gebracht hat es nichts, seien wir ehrlich. Ronny ist verschwunden, und ich habe keine Ahnung, wieso der Haftrichter den einfach wieder hat laufen lassen. Die müssen uns so hassen, diese Haftrichter, die lassen praktisch jeden wieder laufen, selbst wenn er schon in Moabit sitzt. Was haben wir denen bloß getan?«

»Kannst du jetzt helfen mit Marla?«, frage ich. Manchmal geht sie mir wirklich auf die Nerven.

»Klar«, sagt Romina. Die weiß genau, wie weit sie mit mir gehen kann. Wann sie nachgeben muss. »Denen treten wir ordentlich die Tür ein. Die werden sich noch umsehen.«

»Super«, sage ich. »Das werde ich dir nie vergessen, echt.«

»Dauert vermutlich zwei bis drei Tage«, sagt Romina. »Erst mal den Durchsuchungsbeschluss bekommen, das muss ja gerichtlich angeordnet werden, so ein kleiner Staatsanwalt kann dir das nicht machen, das muss ein Richter unterschreiben und beglaubigen. Und Gefahr im Verzug sehe ich da jetzt nicht unbedingt, wenn sie noch im Ritz-Carlton im *Fragrances* sitzt und Cocktails trinkt. Und nachts dürfen wir auch nicht untersuchen, von einundzwanzig Uhr bis vier Uhr morgens halten wir schön die Füße still. Und wenn wir dann bei denen vor der Tür stehen, dann müssen wir natürlich noch warten, bis Krasniqis Anwälte eintreffen. Ohne dass die dabei sind, können wir mit der Durchsuchung der Geschäftsräume nicht anfangen. Da muss deine Freundin halt noch den einen oder anderen Cocktail trinken.«

»Das ist nicht meine Freundin«, sage ich. »Ist eine andere Geschichte. Aber das schulde ich ihr, sie da rauszuholen. Und zwar heute Nacht.«

»Du und deine Schulden«, sagt Romina. »Das ist immer eine ziemlich lange Geschichte. Und ich habe hier wirklich noch was anderes zu tun. Aber ich sage es einem Kollegen, es kommt in die Ablage, ganz oben.«

Ich lege auf und verfluche Romina. Man redet und redet mit ihr, und am Ende hat sie alles gekriegt, was sie will, und man selbst steht da mit leeren Händen. Also, was jetzt? Ecke Stresemannstraße, die Sonne hämmert achtunddreißig Grad staubige Hitze auf den Asphalt. Erschöpfte Touristenfamilien aus Schweden, Japan, Kolumbien suchen nach Schatten. Hier gibt es keinen Schatten. Der Verkehr dröhnt, wälzt sich über die Kreuzung, kollabiert in den Seitenstraßen, zwei E-Roller haben sich verkeilt. Ich habe ein flaues Gefühl im Bauch, seit dem Frühstück im Untersuchungsknast Moabit nichts mehr gegessen, einen halben Cocktail mit Gin und Mescal getrunken, keinen einzigen Cent in der Tasche. Seit drei Tagen die gleichen Klamotten. Seit fünf Tagen so gut wie nicht geschlafen. Alles, was ich noch in der

Tasche habe, ist der Schlüsselbund für meine Wohnungen, und um die muss ich mich dringend auch mal wieder kümmern. Aber jetzt brauche ich eine Auszeit. Alle anderen Wohnungen sind belegt, zu David will ich nicht, im BMW zu schlafen ist eine Strapaze, man wacht total verdreht auf, irgendwelche Passanten schauen frühmorgens durch die Fensterscheiben, also mache ich mich auf nach Fennpfuhl.

Ich gehe zu Fuß. Schritt für Schritt, laufe durch die *Mall of Berlin*, um auf die Voßstraße zu kommen, überquere die Wilhelmstraße, später die Friedrichstraße, mache einen Bogen zum Gendarmenmarkt, Stimmen neben mir, Pärchen, die miteinander reden, ein Guide mit einer Gruppe amerikanischer Touristen, Geschäftsleute am Telefon, »ich sehe da ein gigantisches Potenzial«, über den Kupfergraben und am ehemaligen Staatsratsgebäude vorbei. Mädchen mit Jeansshorts laufen neben mir, die Beine vollständig tätowiert. Hinten das Rote Rathaus und der Fernsehturm, ich biege ab zum Alten Stadthaus und komme an der *Letzten Instanz* vorbei. Meine Füße sind wund vom Laufen in der Hitze, es ist mir gleichgültig, ich laufe weiter und weiter und schaffe mich richtig rein in den Selbsthass, die Selbstvorwürfe, geschieht mir doch recht, es ist allein meine Schuld, dass Marla bei Krasniqi sitzt, *hol mich hier raus, nicht versprechen, sondern machen*, Zefs Grinsen, *ich leg schon mal den Gartenschlauch raus*, der Blick meines Vaters, *ich habe es satt, ich will hier in Frieden leben, ich brauche keinen Besuch mehr von dir*. Das Gesicht meiner Mutter früher, wenn ich von einem Yu-Gi-Oh!-Turnier kam, nachts um elf, und alles verloren hatte. Mein Leben als Loser, extended version, in Endlosschleife.

Ich laufe weiter, mein Mund ist ausgetrocknet, das

Schlüsselbund in meiner Hand, unter mir das Straßenpflaster, über mir die gleißende, gnadenlose Sonne. Aus den letzten Tabakkrümeln drehe ich mir eine Zigarette, sauge den heißen Rauch ein, meine Knie zittern, ich muss mich zwingen weiterzugehen, nehme die Voltairestraße, die Magazinstraße, über die vielspurige Karl-Marx-Allee und dann durch die Höfe und Seitenstraßen hinter den alten Stalinbauten. Hinter dem Strausberger Platz beginnen die Plattenbauten, große Kästen mit immer gleichen Fassaden, die Wohnungsbaugenossenschaft Solidarität hat um das Jahr 2000 etwas Farbe für die verschiedenen Eingänge spendiert. System Wohnbauserie 70. Drinnen hat sich nicht viel geändert, Zimmertüren aus Pappwaben mit Holzrahmen, Fußboden mit Fließ-Estrich, darüber Spannteppich, Musik aus der Wohnung nebenan, Essensgerüche wabern im Treppenhaus, Sülzkotelett mit Bratkartoffeln im vierten Stock, frittierter Schweinebauch mit chinesischem Kohl im siebten Stock. Draußen schieben Mütter ihre Kinderwagen, Handy zwischen Schulter und Kiefer, »und er hat gesagt, dass er das Geld überwiesen hat, aber nichts ist gekommen, ich hasse diesen Mann«. Ich schlage mich durch zur Landsberger Allee, laufe über den Parkplatz des Intermarkts *Stolitschniy*, die haben heute wirklich Würste im Angebot, und sehe endlich die ersten Häuser von Fennpfuhl.

Die Wohnung im dreizehnten Stock der Rudolf-Seiffert 33 ist versiegelt, hätte ich mir auch denken können, doch das kann mich jetzt nicht aufhalten. Ich reiße das Plastikband zur Seite und schließe auf, will einfach nur rein und mich ausruhen, endlich schlafen. Der Flur ist unberührt. Das Wohnzimmer still, ein warmer Wind streicht durch das zersplitterte Fenster herein. Die Scherben hat jemand zur

Seite gekehrt, der größere Teil muss nach draußen gefallen sein. Ich hole mir ein Glas Wasser in der Küche, trinke noch eines, schaue nach Vorräten, die Feriengäste hiergelassen haben, Nudeln sind noch da, Salz, Olivenöl, russische Sachen. Eine Dose Sternburg im Kühlschrank. Meine Laune bessert sich, ich setze Nudelwasser auf, dusche in der Zwischenzeit, lasse die Nudeln kochen, esse sie mit Öl, Salz und Pfeffer, trinke das kühle Bier dazu. In der Schublade der Anrichte finde ich eine halbe Packung Zigaretten, lege mich auf die Couch, rauche und schaue hinaus auf die Stadt in der vibrierenden Hitze.

Was für ein Tag. Vor acht, neun Stunden habe ich noch in Moabit in einer Zelle gesessen, seitdem hat mein Vater mich rausgeworfen, ich habe meine Schulden bei Krasniqi gezahlt, und bevor ich endlich einschlafe, höre ich Marlas Stimme in meinem Kopf, flüsternd: *hol mich hier raus, nicht versprechen, sondern machen.*

Ein hartnäckiges Klopfen weckt mich auf. Es ist Abend, die Luft immer noch stickig. Drüben auf der Storkower Straße jault das Martinshorn eines Rettungswagens, wandert weiter und verliert sich Richtung Innenstadt, Alexanderplatz. Das Klopfen hört nicht auf. Wer soll hier klopfen? Jemand rüttelt an der Tür. Vielleicht ein Nachbar. Oder mein Vater. Ich gehe hin und öffne.

»Weißt du, wie lange ich hier schon stehe und klopfe«, sagt Ronny. Sein rundes Gesicht glänzt vor Schweiß. Die Stahlbrille hat er sich auf die Stirn geschoben.

»Woher soll ich das wissen«, sage ich. »Ich habe geschlafen.«

»Wie kann man bei dieser Hitze schlafen? Bist du krank?«

»Komm rein«, sage ich. Romina wird sich freuen, wenn ich Kontakt zu ihm halte. Das kann die Chancen auf einen richterlichen Durchsuchungsbeschluss verbessern, um Marla aus dem *Golden Dolls* rauszuholen. Ich mache die Tür auf. Ronny schlüpft an mir vorbei in die Wohnung.

»Ich wusste, dass ich dich hier finde«, sagt er. »Wusste es einfach. Trotzdem hat es ewig gedauert. Hab immer wieder geschaut, ob die Tür noch versiegelt ist. Als ich endlich gesehen hab, dass das Siegel gebrochen ist, da wusste ich: Tom is back.«

»Bin ich«, sage ich. »Was brauchst du?«

Ronny lacht sein leises Lachen, ohne die Zähne zu zeigen. »Finde ich gut, dass du die Tür entsiegelt hast«, sagt er und klopft mir auf die Schulter. »Dieser Staat hat jedes Gesetz hinter sich gelassen. Da zahlen wir mit gleicher Münze zurück.«

Er ist aufgekratzt, bewegt sich rasch wie ein Gummiball, schaut in die Küche, dann ins Arbeitszimmer und schließlich ins Wohnzimmer.

»Das sieht ja aus wie bei Hempels unterm Sofa«, sagt er. »Räumt hier niemand auf? Was war denn hier los?«

»Wollte ich auch grad sagen«, sage ich. »Du warst doch zuletzt hier, mit Henne. Und diesem Kallatzky.«

Ronny wischt mit einem Fuß durch den Scherbenhaufen. »Bei dir weiß man nie, tust du so oder bist du wirklich so unfassbar dumm.«

»Offenbar ist Henne aus dem Fenster geflogen«, sage ich. »Was ist daran dumm?«

»Der ist gesprungen«, sagt Ronny.

»Durch die Fensterscheibe«, sage ich. »Weil er es so eilig hatte. Wer von uns labert hier dumm.«

Ronny ist sofort bei mir, stößt mich mit einem Body-check nieder, sitzt eine Sekunde später mit vollem Gewicht auf meiner Brust, die Knie auf meinen Oberarmen. Er schlägt mir mit der flachen Hand rechts und links durchs Gesicht.

»Nenn mich noch ein Mal dumm. Nenn mich noch ein einziges Mal dumm. Er ist gesprungen, sag ich dir. Gesprungen.«

»Gesprungen«, sage ich. »Habe ich jetzt kapiert.« Sein Körper ist schwer, er hat genau die neuralgischen Punkte besetzt, um mich sicher zu fixieren, und beugt sich vor, sein Gesicht an meinem Gesicht, hinter den Brillengläsern seine grauen Augen vor meinen.

»Hätte mehr von dir erwartet«, sagt er. »Bisschen Widerstand. Wie willst du durchkommen in Zukunft? Das Land ist geflutet mit Millionen Kaffern, mit extrem gewalttätigen Moslems. Die sind nicht so nett zu dir wie ich. Die ziehen dir mit der Machete einen neuen Scheitel, danach kannst du dein Hirn vom Fußboden aufwischen.«

»Alles klar«, sage ich. »Wollte nur fragen, was das hier war. Diese Entführung von Kallatzky, was sollte das?«

»Mann, bist du blöd«, sagt er. »Wahlkampfhilfe. Weißt du, wie scheiße die Partei dasteht kurz vor den Wahlen? Die haben sich doch selbst zerlegt im letzten Jahr. Corona hat denen auch nur geschadet. Sie haben uns gefragt, ob wir eine Aktion machen können, bisschen Aufmerksamkeit generieren in den Systemmedien. Die Idee kam sogar von Kallatzky selbst, er hat sich zur Verfügung gestellt. Hat ja auch geklappt, die haben vier Prozentpunkte mehr in den Umfragen. Kallatzky wird auf jeden Fall in den Bundestag gewählt.«

»Gratuliere«, sage ich. »Alles richtig gemacht.«

Er zuckt mit den Schultern. »Ich scheiße auf den Bundestag. Die diskutieren da über Schultoiletten und Windräder, damit die Schlafschafe weiterschlafen. Die AfD als letzte Chance vor dem Bürgerkrieg? Da kann ich nur kotzen. Die AfD ist doch längst oligarchisiert. Wir sollten uns langsam damit anfreunden, dass wir im Untergrund weitermachen müssen, wenn wir wirklich was erreichen wollen. Über kurz oder lang müssen wir uns auf den bewaffneten Kampf einstellen. Auf einen echten Gegenschlag. Dann, und nur dann hat Deutschland eine Überlebenschance.«

»So wie mit Lübcke«, sage ich. Er sitzt immer noch auf meiner Brust, ich bekomme kaum noch Luft. Lass ihn reden.

Ronny stößt verächtlich Luft aus. »Lübcke. Das war lahm. Das war RAF für Arme. Einfach jemanden auf der Terrasse abknallen. Das ist viel zu kurz gedacht. Das ist so simpel. Das war mit Sicherheit ein Täuschungsmanöver, von den Grünen eingefädelt. Die haben sich die beiden Marionetten gekauft. Du glaubst, ich spinne? Du findest im Netz jede Menge Beweise dafür, du musst dich nur mal informieren, statt unbesehen alles zu glauben, was an die Öffentlichkeit kommuniziert wird. Jedenfalls war es genau das, was die Gottkanzlerin und ihre zionistisch besetzte Regierung haben wollten, um den Kampf gegen rechts zu intensivieren. Mit Corona hatten sie uns ja schon am Arsch, haben sie gedacht. Da wird das Grundgesetz mal schön außer Kraft gesetzt, damit Bill Gates seine Impfkampagne durchziehen kann. Die Bevölkerung reduzieren, das haben sie in Amerika schon gut hingekriegt. Und die deutschen Knechte machen das noch gründlicher. Es ist der absolute Irrsinn, was hier abgeht. Seit Corona verbieten sie alles, Demonstrationen, freie Meinungsäußerung, alle Gruppen, die nicht linksextrem sind. Combat 18, Nordkreuz, unsere Elite in der Wehrmacht und Polizei.«

»Verstehe«, sage ich.

»Du verstehst nichts«, sagt er. »Aber das ist egal jetzt. Hauptsache, du bist dabei.«

»Was willst du?«, frage ich. »Jetzt soll ich bei euch mitmachen? Vergiss es.«

»Ich brauche eine Wohnung«, sagt er und beugt sich wieder zu mir herunter. Sein Atem riecht nach Nutella. »Du hast doch Wohnungen an der Hand, hast du gesagt. Ich muss für eine Weile untertauchen.«

»Klar«, sage ich.

»Heute noch«, sagt er.

»Klar«, sage ich. »Kann ich dir besorgen.«

»Und du hilfst mir beim Umzug«, sagt er.

»Klar«, sage ich.

»Was ist mit dir?« Ronny rollt sich herunter und tritt nach mir, trifft mich zwischen den Rippen. »Was ist das: klar, klar, klar. Willst du mich verarschen?«

»Sorry«, sage ich. »Ich bin grad etwas überfordert. Ich kann dir helfen. Mache ich auch, Wohnung, Umzug, kriegen wir hin, kein Ding. Aber ich brauche auch deine Hilfe.«

»Wir waren zusammen im Knast«, sagt er. »Ich bin dein Kamerad. Natürlich helfe ich dir.«

»Sie haben Marla geholt«, sage ich. »Krasniqi, der Typ, dem das *Golden Dolls* gehört. Sie haben sie geholt, weil ich nicht rechtzeitig meine Spielschulden zurückgezahlt habe. Weil ich in der Gesa gesessen habe am Sonntag. Da waren die zwölftausend fällig. Ich konnte die nicht zahlen, ich habe in Moabit gesessen.«

»Ich weiß«, sagt Ronny. »Ich war auch da.«

»Heute habe ich die zwölftausend gezahlt«, sage ich. »Aber Marla haben sie schon geholt, sie soll jetzt im *Golden Dolls* arbeiten. Ich habe mit ihr kurz gesprochen, als Krasniqi telefonieren war. Hol mich hier raus, hat sie gesagt. Hol mich hier raus. Nicht versprechen, sondern machen.«

»Geil«, sagt Ronny. »Nicht quatschen, sondern machen, das ist meine Rede seit Jahren. Weißt du was? Wir holen sie da raus, du und ich. Dieser Krasniqi, was ist das für ein Landsmann, Bulgare?«

»Wahrscheinlich Albaner«, sage ich. »Vielleicht Bulgare, keine Ahnung. Außerdem hat er zwei Türsteher und Schläger, Zef und Gezim.«

»Ich habe eine Waffe, eine tschechische Skorpion unten in Hellersdorf, die holen wir uns jetzt«, sagt Ronny. »Handlicher Pistolenkarabiner, hohe Genauigkeit bei Schnellfeuer, du glaubst nicht, wie schnell Krasniqi und seine Männer auf dem Boden liegen und komplett ihren Darm entleeren, wenn wir damit reinmarschieren. Musst du überhaupt nicht rumballern, nur zeigen, die wissen dann schon Bescheid. Pfefferspray habe ich auch noch. Das wird relativ stressfrei, Marla da rauszuholen. Danach bringst du mich in eine neue Wohnung. Auf jetzt, ich will hier nicht alt werden.«

21 Auf dem Weg nach Hellersdorf redet Ronny ununterbrochen von Marla. Will wissen, wie groß sie ist, welche Haarfarbe sie hat, was für Musik sie hört, wo sie aufgewachsen ist. Was sie gern anzieht, ob sie ihre Fingernägel lackiert. Ob sie schon mal einen Freund gehabt hat.

»Keine Ahnung«, sage ich. »Wir haben nur Tischtennis gespielt. Denke schon, dass sie einen Freund hatte, mindestens einen.«

»Tischtennis«, sagt er.

Und ob ich das ernst gemeint habe mit der guten Sieben, die ich ihm in Moabit gegeben hatte.

»Klar«, sage ich, »mindestens«.

Er fährt einen Honda Civic der sechsten Generation. Ich habe selten einen Fahrer gesehen, der seinen Wagen so bis auf die Felgen quält, wenn er abrupt die Spur wechselt, plötzlich bremst und dann wieder hart beschleunigt, im ersten Gang einem Motorrad nachjagt, bis der Drehzahlmesser am Anschlag ist und das ganze Fahrzeug kreischt.

»Tapferes Auto«, sage ich, um vom Marla-Thema wegzukommen. »Steckt gut was weg.«

»Die Japaner haben es nicht besser verdient«, sagt Ronny. Wir wischen an den eintönigen Plattenbaufassaden der Magdalenenstraße vorbei. »Die wollen geknechtet werden. Ein Loservolk. Dabei waren das mal Krieger. Samurai. Ninja. Und jetzt – *Takeshi's Castle*. Im Grunde das gleiche Schicksal wie das deutsche Volk. Der Genpool der wehrfähigen Männer, die zum Kampf bereit waren, wurde bereits im Ersten Weltkrieg weitgehend vernichtet. Den Japanern wurde dann 45 von den Amerikanern das Genick gebrochen. Bei unserem Volk haben sie insgesamt ein paar Jahre mehr gebraucht, nicht nur zwei Atombomben. Feuersturm in Hamburg am 27. Juli 43. Operation Gomorrha. Das war genauso heiß damals wie jetzt, dadurch entstand der Kamineffekt. Drei Jahre lang haben sie Luftangriffe auf Berlin geflogen.

Auf alle deutschen Städte. Dann Dresden im Februar 45, das war ganz klar ein Genozid, Hunderttausende sind umgekommen. Darf man heute ja nicht sagen, sonst ist man gleich ein Nazi. Fakt ist: Sie wollten uns ausrotten, muss man mal so deutlich sagen. Hat nicht geklappt, auch der Völkermord im Rheinwiesenlager nicht. Dafür werden wir mit dem Schuldkult bis heute kleingehalten. Sklaven unserer Angst, gieren nach ständiger Unterwerfung. Und wer baut jetzt die besten Autos der Welt? Wir und die Japaner.«

Super, denke ich, nach all den Idioten aus dem Corona-Jahr jetzt wieder ein Old-school-Nazi. Doch ich sage nichts. Ronny treibt den Honda über eine Linksabbiegerspur, zieht knapp vor einem *Durstexpress*-Lieferwagen nach rechts rüber, wir schlingern eine Sekunde lang, dann hat er den Wagen wieder im Griff und lacht leise.

»Weißt du was«, sagt er, als er am Cottbusser Platz in die Siedlung einbiegt. »Ich freu mich auf Marla, ich will die kennenlernen. Irgendwie habe ich da ein gutes Gefühl.«

Ich nicht, doch ich halte lieber den Mund. Mir fällt keine andere Möglichkeit ein, Marla aus Krasniqis Laden herauszuholen, und ich glaube nicht, dass Ronny tatsächlich ein praktikables Konzept im Kopf hat. Aber ich bin es Marla schuldig, irgendwas zu versuchen. Ronny ist eine krasse Außenseiterwette, doch besser, als gar nichts zu versuchen.

Er hält vor einem Sechsgeschosser. »Du kommst mal kurz mit rein, wir holen was raus, geht sofort weiter.«

Das Haus ist stockdunkel, alle schlafen. Im Treppenhaus hört man eine Waschmaschine im Schleudergang, irgendwo im dritten oder vierten Stock. Ronny schließt die Parterrewohnung rechts auf. »Sei mal leise«, sagt er und weist auf das Zimmer gleich rechts.

Ich gehe in sein Zimmer, schaue mich um: reichsdeutsche Flagge über dem Bett, schwarzes Bettzeug. *Ihr tauscht uns nicht aus* steht in Fraktur auf seinem Kopfkissenbezug. Kommode, kleines Regal, Schreibtisch mit PC, Konsole, Tastatur, alles penibel aufgeräumt.

»Bist du da, Ronny?« Eine verschlafene Frauenstimme aus einem anderen Zimmer.

»Ich hol kurz was, schlaf weiter«, sagt er.

»Willst du was essen?«

»Leg dich wieder hin, ich muss noch mal weg«, sagt er in Richtung Flur und nimmt eine Helmkamera vom Schreibtisch.

»Ich nehme es auf«, sagt er, »dann haben die Jungs im Netz auch was davon.«

Er klappt das Bett hoch, darunter liegen zwei flache Kartons mit Klamotten. Ronny zieht die Jeans, Shirts und einen Hoodie mit *Spreegeschwader*-Aufdruck zur Seite und holt zwei Maschinenpistolen heraus, drei Dosen Pfefferspray, die er mir zuwirft.

»Los jetzt«, sagt er. »Wir können Marla nicht warten lassen.«

Im Honda schiebt er die beiden Maschinenpistolen zu mir in den Fußraum, die Mündungen blicken mich kalt an. Ich schiebe sie von mir weg, von jetzt an habe ich eigentlich nur noch das Gefühl, dass wir uns mit hundertvierzig Sachen in die Scheiße reiten. Doch dann denke ich an Zef und seinen krummen, stinkenden Schwanz, und will ihm die Mündung einer Maschinenpistole in den Mund rammen.

»Du probierst mal aus, wie man das Spray fachgerecht einsetzt«, sagt Ronny, als er den Wagen startet und vom

Parkplatz fährt. »Wer eine Kugel von mir fängt, der macht nichts mehr. Wer Tierabwehrspray in die Fresse kriegt, ist zumindest für drei Stunden ein winselnder Hund. Aber wenn ich was davon abkriege, weil du nicht weißt, wo vorn und hinten bei dem Teil ist, dann fängst du auch eine Kugel von mir. Da diskutiere ich nicht, da drücke ich ab, das ist schlicht und ergreifend Notwehr, und das wird mir jeder deutsche Richter bestätigen, selbst in Berlin.«

Vielleicht ist Pfefferspray auch gut für Zef, wenn ich ihn wiedersehe. Ich lasse die Fensterscheibe herunterfahren, halte das Spray aus dem Auto und übe das zielgenaue Schießen, wenn wir vor einer Ampel stehen.

Es ist zwei Uhr morgens. Die Straßen sind so gut wie leer. Wir brauchen eine knappe halbe Stunde, bis wir die Potsdamer Straße erreichen. Die rote Leuchtschrift des *Golden Dolls* schimmert in der Nacht. Ein Türsteher steht neben dem Eingang und raucht.

»Das ist Gezim«, sage ich. »Der arbeitet immer mit Zef, offenbar ist der drinnen.«

»Wo ist der Hintereingang«, fragt Ronny, er kaut einen Kaugummi, ist in einen Jagdmodus gewechselt, redet nur noch in kurzen, abgehackten Sätzen. Vielleicht reden die Gamer so, wenn sie Gebäude besetzen.

»Über den Hof«, sage ich. »Wir müssen durch die Toreinfahrt, die steht immer offen, weil Krasniqi da seine VIP-Kunden parken lässt.«

Ronny parkt um die Ecke in der Lützowstraße. Vor dem *Kumpelnest* stehen zehn, zwölf Engländer und Skandinavier, trinken, unterhalten sich und lachen. Happy, dass Corona so gut wie vorbei ist und man wieder billig saufen gehen kann in Berlin.

»Komm her, mein Kleines«, sagt Ronny und klemmt eine der beiden Maschinenpistolen unter seinen *Spreegeschwader*-Hoodie. Wir schlagen einen Bogen auf der Potsdamer und nähern uns dem *Golden Dolls* von der Brücke aus. Gezim diskutiert gerade mit zwei Geschäftsleuten.

Ronny setzt seine Helmkamera auf, er wirkt entschlossen, kalt. Wir gehen in den Hof.

An der schwarzen Tür neben den Mülltonnen lehnt eine Frau in einem leichten Bademantel, sie raucht und scrollt auf ihrem Handy. Die Tür ist angelehnt, Bukowina-Dub dröhnt im Hintergrund.

»Wollt ihr jemanden abholen?«, fragt sie. »Ihr müsst draußen auf der Potse warten, der Chef will keine Freunde seiner Mädchen im Hof haben.«

»Wir holen Marla ab«, sagt Ronny.

»Hier gibt's keine Marla«, sagt sie.

»Er meint die Neue«, sage ich.

»Shaylee«, sagt die Frau.

»Genau, Shaylee«, sagt Ronny. »Wo ist die?«

»Die ist hinten bei den anderen. Hat die schon Feierabend? Die musste heute noch keinen einzigen Kunden machen, nur tanzen. Steht noch unter Welpenschutz, aber ich weiß nicht, wie lange noch, so wie die tanzt.«

»Wir holen sie ab«, sage ich.

»Wie gesagt, der Chef sieht das nicht so gern, wenn hier die Typen der Mädchen reinkleckern«, sagt sie. »Aber ich hab euch nie gesehn, beeilt euch halt.«

»Und du verpisst dich mal lieber«, sagt Ronny, als er an ihr vorbeigeht.

»Arschloch«, sagt sie und wirft ihre Zigarette weg.

Der Flur stinkt nach Desinfektionsmitteln und Zigarettenrauch. Ronny hat seine Waffe in der Hand, ich eine Dose Pfefferspray, mein Shirt ist nass vor Schweiß und mein Herz kurz davor zu kollabieren. Fünf Meter vor uns springt eine Tür auf, ein Mädchen in einem Bikini rennt heraus, ungeschickt auf High Heels balancierend.

»Da geht's rein«, sagt Ronny und macht eine Geste, als würde er ein Squad anführen. »Mach mir bloß keine Schande.«

Er tritt die Tür auf, es ist die Umkleide. Vor vier beleuchteten Spiegeln sitzen halbnackte Frauen und schminken sich. Auf einer Couch hocken drei weitere Mädchen nebeneinander, in ihre Smartphones vertieft. Überall versperren Kleiderständer den Weg. In der Ecke steht Zef mit heruntergelassener Hose und lässt sich von einer ausgemergelten Blondine einen blasen. Er bemerkt uns nicht, auch nicht, als ich schon neben ihm stehe. Er kneift die Augen zusammen, atmet angestrengt, muss sich konzentrieren.

»Gleich«, sagt er, »gleich, gleich.«

Die Blondine lässt seinen Schwanz aus dem Mund gleiten und wichst eilig mit der Hand weiter. »Mach schon, weiter, gib mir deinen Saft«, sagt sie, »mach schon.«

Ich gebe ihr zu verstehen, dass sie verschwinden soll, und sie lässt ihn sofort los.

Zef öffnet die Augen, sein Schwanz steht noch hoch aufgerichtet vor seinem Bauch, als ich ihn mit einer Ladung Pfefferspray einweiche.

»Wegen neulich«, sage ich. »Weil ich nicht gern was schuldig bleibe.«

Er schaut auf seinen Pimmel, um zu verstehen, was geschehen ist, schaut mich fragend an. In der Sekunde setzt die Wirkung des Pfeffersprays mit voller Wucht ein. Zef krümmt sich zusammen, schlägt nach mir, sucht den Quarzer, den er immer in seiner Nähe hat. Er findet ihn nicht. Er schreit. Wusste ich jetzt auch nicht, dass ein Mensch derartig schreien kann.

Ronny steht breitbeinig in der Mitte des Raumes und grinst, seine Maschinenpistole im Anschlag. Die Frauen vor den Spiegeln und auf der Couch rühren sich nicht. Sie wirken wie atmende Puppen, die geschminkten Gesichter erhellt vom Licht ihrer Smartphones.

»Schön so bleiben«, sagt Ronny. »Euch passiert nichts. Wir holen nur Marla ab. Wo ist sie?«

Keine Antwort. Nur das Schreien von Zef, das in ein Wimmern übergeht, als er sich auf dem Boden wälzt, seinen Schwanz hält.

Ronny hebt die Maschinenpistole hoch und ballert an die Decke. Putzsplitter springen heraus. Eine Frau kreischt vor Schreck grell auf.

»Ich frag nicht gern zweimal«, sagt er. »Wo ist Marla?«

»Sie ist bei Krasniqi«, sagt eine dunkelhäutige Tänzerin. »In seinem Büro. Geh doch rüber und lass uns hier in Frieden.«

Die Tür fliegt auf, Krasniqi kommt mit Marla herein.

»Keine Probleme«, sagt er. »Wir klären das.«

Er bleibt ruhig an der Tür stehen, beide Hände von sich gestreckt. Sieht gut aus wie immer, ein körperbetontes Hemd, die Ärmel lässig aufgekrempelt, schmale dunkle Hose, Zigarette zwischen den Fingern.

»Wir können euch Geld geben«, sagt er. Jetzt erkennt er mich und nickt mir zu, freundlich, professionell. Er will die Störung rasch beseitigen und weiß, dass er am Ende gewinnen wird.

Ronny steht vor Marla und schaut sie an, nur sie, er ist jetzt in einer anderen Welt. Ich kenne diesen Blick. Spieler haben ihn, wenn sie in der Zone sind, im Nirvana. Sie sind erleuchtet.

»Wir wollten Marla abholen«, sage ich.

»Danke«, sagt Marla und lächelt Ronny an. »Das ist nett von euch.«

Das Lächeln weckt ihn, über sein rundes Gesicht schimmert ein glückliches Strahlen.

»Du bist Marla«, sagt er.

»Genau«, sagt sie.

»Ich bin Ronny«, sagt er. »Tom hat von dir erzählt. Du siehst in echt noch besser aus.«

»Danke«, sagt Marla und lächelt ihr Grübchenlächeln. »Du bist nett, Ronny.«

»Was würdest du mir geben?«, fragt er.

»Dir geben«, sagt Marla. »Was willst du denn?«

»Ronny, lass uns gehen«, sage ich. »Das können wir gleich noch klären. Wir müssen weg.«

»Auf einer Skala von eins bis zehn, Marla«, sagt Ronny. »Sag schon. Und sei ehrlich.«

Marla mustert ihn. Er wirkt klein, da kann er noch so breitbeinig im Raum stehen, sein Hoodie ist verrutscht, er legt den Kopf ein wenig seitlich, weil er weiß, dass sie ihn prüft.

»Ehrlich jetzt? Eine 3,5«, sagt sie. »Aber du bist nett. Können wir jetzt gehen?«

Ronny bewegt sich nicht, seine Miene ist versteinert. Krasniqi versteht als Erster und nutzt die Gelegenheit. Aus dem Stand springt er Ronny entgegen und tritt gegen die Maschinenpistole, damit Ronny sie aus der Hand gibt. Doch der hält sie fest, taumelt rückwärts, aus der Waffe lösen sich zwei Schüsse, während er mit dem Hinterkopf aufschlägt. Krasniqi federt zurück auf seine Beine, geht unmittelbar zum nächsten Angriff über, will Ronny in die Seite treten, um ihm ein paar Rippen zu brechen. Ronny dreht sich Krasniqi entgegen und feuert, auf dem Rücken liegend, drei Kugeln auf Krasniqi, die ihm Brust und Bauch aufreißen.

Ein Geruch nach Blut und halbverdautem Essen breitet sich aus, die Frauen wenden sich stöhnend ab. Krasniqi sackt zur Seite, hält sich den Bauch. Sein Körper krümmt sich auf dem Boden.

Ronny ist schon wieder auf den Füßen, tritt nach ihm, sein Gesicht weiß vor Wut: »Das wird dich lehren, mich anzugreifen.«

»Sorry«, sagt Marla an der Tür. »War nicht so gemeint. Ich wollte dich nicht verletzen, okay?«

Er rennt an ihr vorbei, ohne ein Wort. Wir hören ihn im Hinterhof lachen, ein Schuss peitscht auf. Jemand schreit, keine Ahnung, ob Mann oder Frau.

Ich will nur noch weg, und zwar mit Marla. Zef wimmert immer noch in seiner Ecke, greift nach meinem Fuß, ich trete nach seiner Hand.

»Wäre das Beste, wenn wir jetzt auch verschwinden«, sagt Marla zu mir. »Das war ja wohl die bescheuertste Idee ever, mit diesem Kasper hier aufzutauchen.«

Im selben Moment zuckt der irrsinnig helle Blitz einer Blendgranate durch den Raum, dazu ein Knall, wie ich ihn noch nie gehört habe, er sprengt mein Trommelfell. Die Bullen, denke ich, Romina hat den Durchsuchungsbeschluss gekriegt. Wieso kommen die nicht über den Hof? Im selben Moment stürzt die Welt für mich ein, ich falle ins Nichts.

22 Wieder das Polizeipräsidium, wieder das Vernehmungszimmer, die vergitterten Fenster, die stehende Hitze. Vielleicht sollte ich mal meinen Lebensstil hinterfragen.

»Da bist du ja wieder«, sagt Romina, als sie reinkommt. »Wir haben uns doch erst vor drei Tagen hier getroffen. Stehst du insgeheim auf verbeamtete Frauen wie mich, oder was treibt dich ständig hierher?«

Im Zimmer herrschen an die vierzig Grad. Sie trägt ihre Dr. Martens, eine abgeschnittene Cargo-Hose, einen fleischfarbenen BH und darüber eine Lieferando-Weste. Vielleicht recherchiert sie im Milieu der Essensfahrer und passt sich wie ein Chamäleon ihrer jeweiligen Umwelt an. Ihr läuft der Schweiß über den nackten Bauch.

»Ganz schön heiß hier«, sage ich.

»Südseite«, sagt Romina. »Ab elf Uhr kannst du hier drin nur noch qualvoll sterben. Da wird dir deine Besoldungsgruppe sehr schnell gleichgültig. Also erzähl mal, was das im *Golden Dolls* jetzt sollte, und danach fahren wir noch runter zum Schlachtensee und gehen schwimmen, du und ich, wie wäre das?«

»Gute Idee, bin ich dabei«, sage ich und schlage die Beine übereinander, um die Ausbuchtung zu verbergen. In meinem Kopf läuft bereits der Film unserer Fahrt zum Schlachtensee, Romina mit der Lieferando-Weste am Steuer des Einsatzwagens, flammendes Blaulicht auf dem Dach, Kavalleriesignal mit hundertsechsundzwanzig Dezibel vorneweg, hundertdreißig Stundenkilometer auf der Avus. Wir rennen den Weg an der Liegewiese runter, reißen uns die Sachen vom Leib, stürzen ins Wasser.

Ich räuspere mich, um wieder im Vernehmungszimmer anzukommen. Je eher ich hier etwas sage, desto früher komme ich hier weg.

»Also gut: Es war Ronnys Idee. Ich habe damit eigentlich gar nichts zu tun.«

»Das fängt ja schon mal gut an«, sagt sie. »Eigentlich kann ich das Protokoll dann auch selbst schreiben. Das kenne ich auswendig. Die sind hinter uns hergerannt, deshalb sind wir weggelaufen. Der Whisky im Regal fiel mir entgegen, ich musste ihn mit der Tasche auffangen, damit ihm nichts passiert. Der Kontrolleur hat mich geschubst. Merkel ist schuld. Ich bin erst seit ein paar Jahren dabei, aber ich glaube, ich habe alle Ausreden mindestens dreimal gehört. Das ist mir zu dullig. Fang einfach noch mal von vorn an.«

»Okay«, sage ich und hebe die Hände hoch, »es ist alles meine Schuld.«

»Das klingt schon besser«, sagt Romina. »Wenn du jetzt noch ein bisschen weinst und auf deine schwere Kindheit verweist, dann schmelze ich dahin. Vielleicht wurdest du in der Schule gemobbt? Die anderen Kinder haben auf dem Schulhof nur Türkisch gesprochen und du musstest früh ins Kiffen flüchten, um Freunde zu finden?«

»Mein Gott«, sage ich. »Jetzt hör doch mal zu. Lass mich doch mal ausreden.«

Romina steht auf, stellt sich ans Fenster, verschränkt ihre Hände und dehnt sich in die Höhe. Ihr Lächeln ist weg, ihre Geduld scheint aufgebraucht. »Jetzt wird er auch noch patzig, weil er nicht zu Wort kommt. Ich hab so ein wohliges Gefühl mit uns beiden, das wird so flauschig irgendwie, spürst du das auch?«

»Ich hatte es Marla versprochen, sie da rauszuholen«, sage ich erschöpft. »Als wir telefoniert haben, hast du gesagt, das dauert Tage, einen Durchsuchungsbeschluss zu kriegen.«

»Und das stimmt auch«, sagt Romina. »Das dauert ewig.«

Mir fließt der Schweiß über die Schläfen, vom Hals in mein Hemd. Vom Hemd in meine Hose.

»Keine Ahnung, wie ihr hier arbeiten könnt«, sage ich. »Bei all den Vorschriften und Beschränkungen. Dienstweg einhalten, Rechtsstaatsprinzip, Datenschutzbestimmungen.«

Romina fächelt sich Luft zu. »Datenschutz«, sagt sie. »Ein steter Quell der Freude. Ich kann dir sagen: Datenschutz ist Täterschutz. Aber der Bürger will es ja so.«

»Jedenfalls dachte ich, dann mache ich es eben allein«, sage ich.

»Du wirst mir jetzt vielleicht nicht glauben«, sagt sie und greift sich unter die rechte Achsel. »Aber ich schwöre, genau das denken ziemlich viele unserer Kunden. Dieser BH bringt mich noch mal um. Hast du schon mal solche Striemen gesehen?«

Sie hebt den seitlichen Träger an, darunter ist eine deutliche Strieme in ihrer braunen Haut zu sehen. Und eine ungewöhnlich schöne Rundung ihrer rechten Brust. Meine Erektion beginnt zu schmerzen.

»Der Träger ist zu eng eingestellt«, sage ich. »Was trägst du? 75B? 80B?«

Sie lacht geschmeichelt, streicht sich über eine Brust. »Ach komm, grad mal 75A, außerdem sind das nur die Riemen hier unten, die sind zu straff. Ich weiß nicht, wie ich das bis Feierabend aushalten soll.«

»Dann tauchte Ronny auf«, sage ich, um mich wieder auf die Vernehmung zu konzentrieren. Kann man eigentlich auch im Vernehmungszimmer vögeln?

»Jetzt taucht Ronny auf«, sagt Romina, einen Daumen

unter den BH-Träger geklemmt. »Sehr gut. Mach es ruhig spannend. Ich mag das, wenn man mich hinhält.«

»Er steht auf Marla«, sage ich.

»No shit, Sherlock«, sagt Romina. »Wer steht eigentlich nicht auf Marla? Ich versauere hier im Polizeipräsidium unter Aberhundert Polizeibeamten, die voll im Saft stehen, und Marla greift sich draußen die Männer ab. Du gehst mit ihr Tischtennis spielen die ganze Woche, Frau Schlag-mich-tot-Meisterin Britz-Süd. Krasniqi holt sie aus dem *Deli* raus und trinkt Cocktails mit ihr im *Fragrances* und will sie, wenn ich das richtig verstanden habe, bitte korrigiere mich, zum Top Act der Darbietungen in seinem fancy Tabledance-Laden machen. Und Runen-Ronny hat nun auch noch sein Herz an sie verloren. Dabei dachte ich nun grad bei ihm, dass er lieber die Finger lässt von Femoids und sonstigen Personen, die menstruieren.«

»Ronny kannte sie ja gar nicht«, sage ich. »Nur was ich von ihr erzählt habe in der Gesa, weil du wolltest, dass wir miteinander reden. Aber dann stand er auf sie. Hat sich da richtig reingesteigert. Außerdem wollte er die Action, glaube ich.«

»Ronny steht auf Action«, sagt sie. »Das war auch mein Eindruck. Wo ist er jetzt eigentlich, der Ronny? Ihr seid doch richtige Bros, der hat dir doch sicher gesagt, wo er hingeht.«

»Ich sollte ihm eine Wohnung besorgen«, sage ich.

»Du kannst Wohnungen besorgen?«, sagt Romina. »Wieso sagst du das nicht gleich? Weißt du, wie lange ich schon eine Anderthalb-Zimmer-Wohnung suche? Kann auch außerhalb des S-Bahn-Rings sein, aber Balkon wäre natürlich schön, Badewanne auch. Regelmäßiges Einkommen, pünktliche Mietzahlung und Benefits, wenn du magst.«

»Sorry«, sage ich. »Ich habe nicht endlos Wohnungen an der Hand, nur fünf, und die gehören meinem Vater, ich verwalte die bloß. Oder hab die bis jetzt verwaltet, er will nichts mehr mit mir zu tun haben.«

»Das kann ich verstehen«, sagt Romina. »In seinem Alter ist zu viel Aufregung nicht gut fürs Herz. Ständig Entführungen, Rumballern in Tabledance-Bars auf der Potsdamer, das wünscht sich kein Vater.«

»Außerdem Wettschulden«, sage ich.

»Genau, stimmt ja, auch das noch«, sagt sie. »Hatte ich vergessen. Andererseits, mit so einem dauerfrustrierten Vater im Hintergrund würde ich wahrscheinlich auch ständig zocken, um mal auf andere Gedanken zu kommen. Aber wie ist das nun mit der Wohnung?«

»Ich kann dir keine Wohnung besorgen«, sage ich.

Romina lacht und zeigt ihre kräftigen weißen Zähne. »Tom Lohoff, von all den Typen, die schon mal hier im Vernehmungszimmer saßen und versucht haben, sich doof zu stellen, bist du locker unter den Top Five.«

»Ich habe auch Ronny keine Wohnung besorgt«, sage ich. »Wir sind einfach nicht mehr dazu gekommen. Das wollten wir machen, wenn wir fertig waren mit dem *Golden Dolls*. Ihr seid reingestürmt mit euren Blendgranaten, seitdem habe ich nichts mehr von Ronny gesehen. Ist der euch echt durch die Lappen gegangen? Stand niemand von euch auf dem Hof?«

Romina sagt nichts dazu.

»Ich kann euch seine Wohnung in Hellersdorf zeigen«, sage ich. »Hinter der U-Bahn Cottbusser Platz. Eine unfassbar öde Gegend. U-Bahn-Gleise. Trampelpfade, Asia-Imbiss. Platte, so weit das Auge reicht. Sechsgeschosser, Zehngeschosser. Ich glaube, er wohnt da mit seiner Mutti, in seinem Jugendzimmer hatte er zwei Maschinenpistolen unter dem Bett.«

»Seine Mutter sitzt in dieser Minute gleich nebenan«, sagt Romina. »Bei meinem Kollegen. Die haben sie schon gefragt. Und weißt du was? Sie kann sich das einfach nicht erklären, dass ihr Sohn Waffen unter seinem Bett bunkert und dann mit einer Uzi in einer Sexbar rumballert. Und vorher einen AfD-Politiker entführt. Ihr Ronny ist immer ein lieber Junge gewesen, sagt sie. Ein aufgewecktes Kind, intelligent und neugierig. Ronny war ihr Sonnenschein. Wo er jetzt ist, das weiß sie nicht.«

»Vielleicht schläft er in seinem Auto«, sage ich. »Er hat noch eine zweite Waffe dabei. Quatscht auch wirres Zeug von einem Gegenschlag, der nötig wäre, von einem bewaffneten Kampf gegen das System. Vielleicht hat er noch was vor. Keine Ahnung. Ich habe das nicht ernst genommen.«

»Wie seid ihr euch denn überhaupt begegnet nach dem Knast?«, fragt Romina. »Ich meine, ihr wurdet doch versetzt entlassen, wenn ich mich recht erinnere. War jedenfalls so angeordnet.«

»War auch so«, sage ich. »Er wurde zuerst entlassen. Morgens um sechs. Hat kein Frühstück mehr gekriegt, das habe ich dann gegessen.«

»Und dann hat er vor dem Tor auf dich gewartet«, sagt Romina. »Voll süß, ihr beiden. So eine nice Bromance. Mein Vater hat auch immer vor dem Knast auf seinen Kumpel gewartet. Und dann sind sie losgezogen, gleich ins *Clou* am Kutschi, damit sie mir und meiner Mutter was mitbringen konnten nach all den Monaten. Also, du hast Ronny getroffen.«

»Nein«, sage ich. »Ronny kam nachts in die Wohnung in Fennpfuhl, wo ich geschlafen habe. Ich hab das Gefühl, er kennt nicht so viele Leute in der Stadt.«

»Sagt seine Mutti auch«, sagt Romina. »Er ist so eine Netzassel, der krabbelt nachts immer in den ganz finsteren Gegenden des Internets herum, und da ist er auch prompt an die falschen Leute geraten.«

»Kann ich dann jetzt gehen?«, frage ich.

»Meinetwegen ja, klar«, sagt sie. »Doch wie vorhin schon angesprochen, haben wir hier gewisse Routinen einzuhalten. Du wirst jetzt schön einem Haftrichter vorgeführt und bist hoffentlich nett und höflich zu ihm. Ich denke nicht, dass er bei dir einen Haftgrund sieht. Hast ja eine ordentliche Perspektive mit deinem Vater und festem Wohnsitz. Aber darauf muss er schon selbst kommen. Und dann wartest du noch eine Weile in der Gesa, und dann darfst du gehen.«

»Wie lange zieht sich das hin?«, sage ich. »Ich will nicht undankbar sein, aber ich habe Hunger.«

»Ich auch«, sagt Romina. »Das Essen in der Kantine ist ein Albtraum, sag ich dir, da gehe ich seit Monaten nicht mehr hin. Ich hatte heute noch nichts außer einem Milky Way.«

»Ich würde dich nachher gern einladen, wenn das okay für dich wäre«, sage ich, um einfach mal zu probieren, wie sie reagiert. »Unten am Kreuzberg ist eine gute Osteria. Wann hast du denn Feierabend?«

»Gegen sieben«, sagt sie. »Verstehe ich das richtig, dass du hier grade deine Vernehmerin klarmachen willst?«

»Vielleicht kannst du mich um sieben abholen?«, frage ich.

Ihre Zungenspitze spielt im Mundwinkel und sie massiert sich den straffen BH-Riemen unter der Achsel, während sie mich anschaut. Im Zimmer es unerträglich heiß, ich wische mir den Schweiß aus der Stirn und erwidere ihren Blick. Den Ständer habe ich immer noch.

»Ich sehe mal zu, dass ich meinen Kram hier bis sieben vom Tisch kriege«, sagt sie.

Der Haftrichter sitzt in Hemd, kurzen Herrenhosen und Birkenstock-Sandalen hinter dem Schreibtisch und hat nur wenige Fragen.

In der Gefangenensammelstelle bringt Frau Ritter mich in eine leer stehende Zelle, in der ich mich ausstrecke und trotz der abartigen Temperaturen einschlafe.

Um sieben ist Frau Ritter zurück und schließt auf. Meine Sachen werden mir ausgehändigt, die Tür zum Ausgang aufgeschlossen. Ich bin wieder frei.

Auf dem Tempelhofer Damm steht Romina und raucht. Steht da mit ihrem BH, ihrer Lieferando-Weste, ihren Docs, raucht und grinst mich an.

»Hatte nichts mehr zu tun«, sagt sie. »Und habe Hunger.«

Wir gehen zusammen zur Osteria, sitzen im Garten, trinken einen Aperol Spritz, während wir auf die Pizza warten. Um uns herum reden und lachen die Gäste. Wir haben nicht viel zu sagen, stattdessen stürzen wir uns auf die Pizza, als sie endlich kommt, danach auf das Tiramisu und den Espresso.

Romina übernimmt die Rechnung. »Du hattest nicht einen einzigen Cent dabei in der Gesa, hat mir Frau Ritter erzählt«, sagt sie. »Aber dafür kannst du ja gleich ein bisschen nett sein zu mir.«

Wir gehen den Kreuzberg hinauf. Es wird allmählich dunkel, im Westen braut sich ein Hitzegewitter zusammen, deshalb sind kaum noch Leute im Park, doch das Schinkel-denkmal oben ist noch offen, wir laufen die Stufen hoch und schauen über die Stadt. Im Westen irrlichtert das Ge-witter. Ein leichter Wind kommt auf, die Schwüle lässt nach. Außer uns beiden ist hier niemand mehr, das Tor un-ten wird quietschend geschlossen, wir bleiben.

Romina sitzt neben mir, ich kann ihre dichten Wimpern von der Seite sehen. So kommt es, dass unsere Finger sich berühren, zuerst nur die Fingerspitzen, und nur wie zufäl-lig, irrtümlich. Und nachdem sie sich einmal gefunden ha-ben, kommen sie auch gleich wieder zusammen, verhaken sich, gleiten aneinander und ineinander, lassen sich wieder los. Finden sich erneut und bleiben zusammen. Sie hat fes-te, warme Hände. Ich mag sie. Ihre Finger spielen in einem flirrenden Rhythmus mit meinen, mal schnell, dann wieder langsam, intensiv, bohren sich in meine Handflächen, krat-zen sie.

»Du musst nicht denken, dass ich mit jedem Tatverdäch-tigen um die Häuser ziehe«, sagt sie.

»Aber bei mir machst du eine Ausnahme«, sage ich und strecke die Beine aus.

»Du bist hübsch«, sagt sie. »Ein hübscher Mann.«

»Findest du wirklich?«, sage ich.

»Finde ich, ja«, sagt sie. »Was soll das jetzt werden, fishing for compliments? Deine Beine sind super, so lang und gerade.« Sie streicht mir über die Knie und die Schenkel herauf. Als sie oben angekommen ist, nimmt sie die Hand nicht weg.

»Deine Nase ist auch vielversprechend«, sagt sie. »Kräftig, aber eine schöne Form. Was sagt ihr Deutschen: Wie die Nase eines Mannes, also ist auch sein Johannes.«

Der Spruch weckt meinen Schwanz wieder auf, er macht sich bereit. Romina löst ihn aus meiner Hose, prüft ihn anerkennend.

»Da kann man nicht meckern als Frau«, sagt sie. »Das fiel mir schon bei der Vernehmung auf, dass du dauernd einen Ständer hast. Das macht meine Arbeit nicht gerade leichter. Und dann ist es dir noch peinlich, und du versuchst es zu verstecken, so mit roten Wangen und Beine überkreuzen, so schüchtern wie ein Zwölfjähriger, das lässt einen auch als Beamtin nicht kalt. Wäre das okay für dich, wenn ich meinen BH mal aufmache? Der bringt mich eh schon den ganzen Tag um.«

»Kannst du gerne machen«, sage ich. »Aber lass ihn nicht los.«

Sie öffnet den Verschluss mit einer Hand, mit der anderen hält sie meinen Schwanz fest. Meine Hand streicht über ihren Rücken, die Schultern, den Nacken. Verschwindet in ihrem krass dichten schwarzen Haar.

»Ich will nicht drängeln, echt nicht«, sagt sie. »Aber so perspektivisch glaube ich, am einfachsten ist es, wenn du dich hinlegst. Ich lege mich jedenfalls nicht auf die Steine.«

Sie schaut mich an, ihr Mund ist etwas geöffnet, schimmert feucht, ich lege meine Arme um ihren Rücken, ziehe sie zu mir, küsse sie und sinke nach hinten. Der Boden ist nicht hart, wenn der Schwanz hart ist.

Romina folgt mir, ihre flinke Zunge in meinem Mund, an meiner Zunge, sie setzt sich auf mich, und mit einigen wohligen Verrenkungen finden wir zusammen. Herr im Himmel, du bist groß, und ich lobe deine Werke. In Hoheit und

Pracht bist du gekleidet, Licht ist dein Kleid, das du anhast, du breitest den Himmel aus wie ein Zelt.

»Du hast keinen Slip an«, sage ich.

»Ich bin ein einfaches, robustes Mädchen«, sagt Romina über mir. »Und so will ich auch meinen Sex haben, einfach und robust. Mach jetzt mal hin.«

Muss sie mir nicht zweimal sagen, ich rieche Minze und Waldboden und lobe den Herrn im Himmel, der uns so geschaffen hat, dass wir tun können, was wir hier tun. Über uns rauschen die schweren Kronen der Eichen im Nachtwind, von Wilmersdorf her rollt das Hitzegewitter heran, doch es braucht lang, bis es näher kommt und sich über uns entlädt.

»Das war jetzt nicht schlecht«, sagt Romina danach. »Bisschen überhastet im Abschluss, sonst wäre ich gleich noch mal gekommen. Aber sehr okay für den Anfang.«

23 Nächster Tag, es ist immer noch heiß. Die Stadt ist ausgedörrt wie Timbuktu. Das Nachtgewitter hat keine Abkühlung gebracht, nicht mal Niederschlag, denn der Regen verdunstet, bevor er den Boden erreicht, und hinterlässt nur einen modrigen Dunst. Die Berliner Straßenbäume sind kurz vor dem Verdursten oder schon hinüber, ihre Blätter fallen gelb und vertrocknet auf den aufgeheizten Asphalt. Viele Leute versuchen wegzukommen aus der Stadt, Dürreflüchtlinge, die im Stau stehen vor Malchow. Sie glauben daran, dass es irgendwo in Brandenburg erträglicher ist, doch das ist bloß eine Fata Morgana.

Ich habe in meinem Zimmer geschlafen, als ich vom

Kreuzberg gekommen bin, nur ein paar verschwitzte Stunden lang, von Romina geträumt, dann bin ich wieder wach, denke immer noch an sie und suche in der Küche nach einem Frühstück, während David in seinem Zimmer schnarcht. Mir ist nicht so ganz wohl dabei, ihn zu hören, zuletzt habe ich in seine schlafenden Augen geschaut, als ich sein Zimmer durchwühlt habe auf der Suche nach Geld. Scumbag Tom. Ja, ich gebe es zu und schäme mich dafür. Ich war jung und brauchte das Geld.

Aber es scheint David nicht ruiniert zu haben. Auf dem Küchentisch liegt ein Haufen Geld, sein nächtlicher Verdienst, zerknüllte Zwanziger, gefaltete Fünfziger, ein Grüner, dazu Münzen, Fahrscheine, Taxiquittungen, Kneipenzettel, ein Tütchen mit Gras. Der Kühlschrank ist leer. David sorgt nie für Lebensmittel und Getränke, das bleibt immer an mir hängen. Dafür, sagt David, kann ich mir nehmen, was er mit generöser Geste auf dem Küchentisch hinterlässt, er nennt es: Haushaltsgeld. Das ist genau seine Attitüde: Haushaltsgeld für den Mitbewohnerlakaien, den Haussklaven, den Maulesel Tom. Der macht dann schon. David kriegt das überhaupt nicht mit, wie mich das demütigt und erniedrigt, da muss er sich nicht wundern, wenn ich beim Klauen mal über die Stränge schlage. Im Grunde ist das mein Statement gegen die strukturelle Diskriminierung.

Aber egal. Ich nehme mir siebzig Euro, gehe zum Edeka in der Genthiner Straße, ein Lächeln im Gesicht, weil ich an Romina denke, die wilde zarte Seele. Ihre flinken Finger, ihr warmer Bauch, der sich an meinen presst.

Auf dem Heimweg, zwei Papiertüten im Arm, habe ich zum ersten Mal das Gefühl, dass jemand mich beobachtet. Auf der Kurfürstenstraße stehen zehn, zwölf Frauen und nicken den vorbeifahrenden Autos zu, mich ignorieren sie. Seit Kurzem dürfen sie offiziell wieder an der Straße stehen, davor haben sie monatelang in engen Wohnungen gehockt und dort auf Freier gewartet. Ich gehe über den Parkplatz des großen Möbelhauses, sehe im Schaufenster eine Silhouette, die zwischen zwei Autos abtaucht. Ich denke mir nichts Besonderes dabei. Die Gegend ist voller Obdachloser, Junkies, die irgendeinen Unterschlupf suchen und vor allem keinen Ärger wollen. Dennoch bleibt ein Jucken zwischen meinen Schulterblättern, als ich weitergehe. Ein Hauch Paranoia. Noch im Treppenhaus halte ich inne, ob mir vielleicht Schritte folgen, aber ich höre nichts.

»Geil«, sagt David, als ich in die Küche komme und die Einkäufe auspacke, Maulesel Tom. »Sehr, sehr geil.« Ich habe ihm eine Melone mitgebracht, er lebt im Sommer praktisch ausschließlich von Müsli und Melonen. »Übrigens, du kannst dir einen Fünfziger nehmen, wenn du Geld brauchst, ich hatte einen super Abend gestern.«

»Danke«, sage ich und nehme mir einen Fünfziger, ehe ich mich schlagen lasse.

Er zündet sich eine Zigarette an, spielt mit den Melonenkernen auf seinem Teller. »Ich hoffe, das kommt jetzt nicht blöd rüber«, sagt er schließlich. »Aber ich finde, das mit uns und der WG funktioniert nicht mehr so toll. Ehrlich gesagt, mich nervt das, wenn hier ständig Bullen an der Tür klingeln.«

»Sorry«, sage ich, »kommt nicht wieder vor.«

»So sehe ich das auch«, sagt er und nickt. »Es kommt nicht wieder vor, weil du hier ausziehst, und zwar heute noch.«

»Warte mal«, sage ich. »Was soll das heißen, ständig?

Ich kann mir ja vorstellen, dass du genervt bist, weil sie neulich hier geklingelt haben. Doch die Sache ist geklärt, die klingeln nicht mehr.«

»Mich stört das«, sagt David. »Und das war nicht nur neulich, das war auch gestern so.«

»Gestern haben sie hier geklingelt?«

»Ständig«, sagt er.

»Das waren nicht die Bullen«, sage ich. »Wieso bist du nicht hingegangen?«

»Ich will nicht an die Tür gehen, wenn da plötzlich Bullen vor der Tür stehen und hier mein Zeug herumliegt«, sagt er. »Kapierst du das?«

»Da standen keine Bullen, das war der Paketbote«, sage ich. »Oder ein Nachbar. Ich habe jedenfalls den ganzen Tag auf dem Polizeipräsidium verbracht. Da gab's keinen Grund, hier nach mir zu fragen.«

David zuckt die Schultern. »Ist ja auch egal, ich will trotzdem, dass du auziehst. Du kannst mich für ein Arschloch halten, aber ich komme nicht damit klar, dass du ständig mit Bullen rumhängst.«

»Ich habe hier immer Miete gezahlt, wenn ich Geld hatte«, sage ich, »du kannst mich nicht einfach raussetzen«.

»Du hast seit Monaten keine Miete gezahlt«, sagt er. »Du hast nie Geld, und deshalb nimmst du jetzt dein Zeug und verschwindest. Ich kriege kein Auge mehr zu, wenn hier dauernd jemand klingelt mitten in meinem privaten Lockdown. Ich habe einen Job, der mich echt fordert. Nimm den Fünfziger und verschwinde.« Er reibt sich die Augen und löscht seine Zigarette auf der Melonenschale, und ich weiß genau, dass die Schale nun tagelang dort herumliegen wird, bis sie anfängt zu schimmeln.

»Was soll das denn?«, frage ich. »Was willst du denn? Das tut mir leid mit den Bullen, ich weiß, dass du da empfindlich bist, es tut mir leid, okay? Aber ich habe nichts, wo ich jetzt hingehen kann, das weißt du genau. Du kannst mich nicht einfach vor die Tür setzen.«

»Und ob ich das kann«, sagt er. »Und du weißt auch genau, dass es nicht nur wegen der Bullen ist, Tom.«

»Weiß ich das?«, frage ich, und ich weiß es.

»Du weißt es genau«, sagt David und holt die verknitterten Geldumschläge aus einer Tüte unter dem Küchentisch. »Du bist so verstrahlt mit deiner Schuldenpanik, dass du die Umschläge einfach auf dem Klo liegen lässt, nachdem du mich beklaut hast. Du hast sie alle ausgeräumt. Fast alle, ein paar hast du nur zur Hälfte geraidet, damit es vielleicht nicht so auffällt. Aber es fällt auf, Tom. Es fällt mir auf, wenn ich nicht mehr zwanzigtausend Schleifen zur Hand habe, sondern nur noch dreihundert Euro in kleinen Scheinen.«

»Ach komm«, sage ich und knalle mein Glas auf den Tisch, weil es mir peinlich ist, so erwischt zu werden. »Das waren niemals zwanzigtausend. Du lässt deinen Scheiß überall herumliegen, dein Geld, dein Gras, deine Pillen, deine Kippen, deine Kaffeetassen, das eingetrocknete Nutellamesser und diese ewigen vergorenen Melonenscheiben, alles muss ich wegräumen. Und wer läuft dauernd in den Supermarkt und kauft ein? Hast du dich das mal gefragt, wer hier einkaufen geht, wenn Tom der Depp nicht mehr da ist?«

»Jedenfalls wühlt dann keiner mehr unter meiner Matratze herum, während ich schlafe«, sagt David. Er sagt es leise, kalt, von oben herab, als ob er mit einem lästigen Kunden redet, dem er keine Vergünstigungen mehr einräumt.

Und ich weiß, es ist vorbei.

»Sorry«, sage ich und werfe die Schlüssel auf den Küchentisch und nehme nichts von meinem Zeug mit, gehe einfach nur weg. Kann ihn nicht mal ansehen, so peinlich ist es mir. Wir waren mal Freunde, jetzt kriege ich den Tritt von ihm. Dabei habe ich Idiot für ihn gekocht, als er im Dezember infiziert war und sich tagelang mit Fieber und Kopfschmerzen im Bett wälzte, habe sogar seine Kunden bedient, die immer noch angekleckert kamen, weil sie unbedingt was brauchten. Davon ist natürlich keine Rede mehr, das ist endlos her, Corona gibt's ja nicht mehr.

Die Affenhitze draußen. Ich laufe die Lützowstraße hoch zum Park am Gleisdreieck, sehe eine Weile den Skatern in den beiden Bowls zu. Mal runterkommen. Meine Hände zittern. Wann habe ich zuletzt mehr als drei Stunden nachts geschlafen? Jetzt habe ich wieder den Geruch in der Nase, als Krasniqi im Bauch getroffen wurde, den irrsinnigen Knall und Magnesiumblitz, als die Polizisten die Umkleide im *Golden Dolls* stürmten. Die lähmende Schwüle im Vernehmungszimmer gestern. Romina hin, Romina her, ich bin fertig. In der Hosentasche noch etwa siebzig Euro. Höchste Zeit, für eine Weile in einer Spielhalle abzutauchen. Einfach mal eine Weile *Great Rhino* zocken, um wieder zu mir zu kommen. Die Seele baumeln lassen. Eine Stunde Wellness-Daddeln bei Dragana.

»So trifft man sich wieder«, sagt Ronny hinter mir und lacht heiser. Er sieht bleich aus, angespannt, fiebrig.

»Du hast Nerven«, sage ich. Der hat mir noch gefehlt. Der Nazispinner mit den toten Augen. »Die suchen dich in der ganzen Stadt. Die werden dich für Jahre verknacken.«

Er setzt sich neben mich, näher als sonst, seine Anspannung überträgt sich sofort auf mich, ich fange an, meine Knie zu kratzen. Ronnys Unterarme sind übersät von Brandnarben aus früheren Zeiten, eine Steppe von schlecht verheilten Narben, sieht aus, als hätte jemand dort notorisch seine Zigarettenstummel ausgedrückt.

»Niemand verknackt mich, das ist ein freies Land«, sagt er und schaut zwei Mädchen zu, die mit ihren Skateboards durch die Bowl brettern. Sie sehen hinreißend aus und wissen das nur zu gut, tragen Shorts, die ihre straffen Bäuche zur Geltung kommen lassen, weite Shorts, darunter die braungebrannten muskulösen Beine. Eine hat riesige Kopfhörer auf den Ohren und fährt mit schlafwandlerischer Sicherheit. Ronny schüttelt den Kopf und wendet sich von ihnen ab. »Jetzt drängen die auch noch auf die Skaterbahnen.«

»Vielleicht kann ein guter Anwalt dafür sorgen, dass du eine glimpfliche Strafe kriegst, halbes Jahr oder so«, sage ich. »Irgendwas mit entwicklungsverzögert und Post-Corona-Belastungsstörung. Die Juristen sind gut mit Worten, das hört sich immer geil an.«

Er lacht trocken. »Ich gehe nicht in den Knast. Die da sitzen, die sind Abfall. Abschaum. Was soll ich da? Ich sorge schon für mich.«

»Jeder hat gesehen, was du im *Golden Dolls* getan hast«, sage ich. »Acht Zeuginnen. Die werden auch mich wegen Beihilfe drankriegen. Ich habe den ganzen Tag im Vernehmungszimmer verbracht. Wo warst du?«

»Bin eine Weile rumgefahren und hab dann im Auto geschlafen«, sagt er. Ein Skater springt vor uns aus der Bowl, dreht sein Board in der Luft und rauscht wieder nach unten ab.

»Übrigens«, sage ich. »Marla wollte dich nicht beleidigen. Sie stand unter Schock, als sie das mit der 3,5 gesagt hat. War nicht der richtige Moment, sie danach zu fragen. Ich glaube, sie weiß das zu schätzen, was du für sie getan hast.«

»Sie hat mich nicht beleidigt«, sagt Ronny und schiebt seine Brille hoch. »Sie war ehrlich. Das hat mir gefallen, sie ist offen. Die Aktion war aus meiner Sicht total erfolgreich. Das wusste ich schon vorher, dass Marla mich scheiße findet. Für Frauen in ihrer Liga bin ich einfach ein Scheißdreck. 3,5 waren noch nett. Die würde mich niemals ranlassen, niemals in meinem Leben kriege ich so einen Körper ins Bett. Weiß ich. Ist okay. Ich hatte meinen Kick, als ich Krasniqi gefickt habe, drei Kugeln in seinen Bauch gepumpt. Ich habe keine Ahnung, wie Sex sich anfühlt, aber ich garantiere dir, dass nichts sich jemals so krass geil anfühlt, wie einen Typen wie Krasniqi einfach abzuknallen. In der Sekunde habe ich gefeiert.«

Er lacht in der Erinnerung daran.

»Ronny, du musst verschwinden«, sage ich.

»Mach dir um mich keine Sorgen«, sagt er und wühlt in seiner Tasche. »Ich verschwinde aus deinem Leben. Ich will nur eine letzte Sache von dir. Hier: Ich habe ein Handy für dich, für diesen Abend. Ich will, dass du zu meinem Abschied kommst. Ich schicke dir den Link.«

»Danke«, sage ich, verstehe aber kein Wort.

»Du bist mein Freund«, sagt er.

»Was war eigentlich mit Henne?«, frage ich.

»Henne war eine Snitch«, sagt Ronny. »Snitches get stitches. Der hat uns verraten, dich und mich. Hat nachts die Bullen in deine Wohnung reingelassen, als ich geschlafen habe. Ich hatte überhaupt keine Chance zu reagieren. Der

Bulle kam reingestürmt und hat mir ein Brett verpasst, dass ich minutenlang nicht mehr wusste, wo ich war. Als ich wieder zu mir kam, saß Henne neben mir und hat geheult. So ein Weichei. Die haben uns gefunden, hat er geflennt, ich will nicht in den Knast. Halt die Klappe, du Judas, habe ich gesagt, mach dein verdammtes Maul zu. Du hast sie doch reingelassen, die Arschtür schön aufgemacht, damit sie uns ficken können. Hab ich nicht, sagt er. Hast du wohl, sag ich und seh ihn an und weiß: Er war es. Die ganze Aktion mit Kallatzky war im Eimer.«

»Was hast du mit ihm gemacht?«, frage ich.

»Ich habe die Snitch aus dem Fenster gesetzt«, sagt er. »Ohne das Fenster vorher aufzumachen. Einfach nur raus. Er wollte nicht. Aber er musste. Auf Verrat steht bei uns die Todesstrafe. Wir wollten was erreichen mit der Kallatzky-Aktion, weit über die Scheißwahlen hinaus. Wenn Wahlen was verändern würden, wären sie längst verboten. Das Finanzjudentum weiß genau, was es uns zumuten kann, ohne dass die Schlafschafe aufwachen. Aber das Volk hat jetzt die Faxen dicke, die warten nur darauf, dass einer mal in die Puschen kommt und vorangeht.«

»Vorangeht wohin?«

»Weißt du, wie der Führer gestorben ist?«, fragt Ronny, seine Stimme hart und hastig.

»Was für ein Führer jetzt?«

»Adolf Hitler.« Er spricht den Namen langsam, feierlich aus, meint es völlig ernst. Ich muss aufpassen, dass ich nicht laut herauslache, sonst schlägt er mich auf der Stelle tot, wegen Führerbeleidigung. Humor ist nicht so Ronnys Ding. Adolf Hitler ist sein Ding.

Zwei Skater stürzen sich gleichzeitig mit ihren Boards in

die Betonmulde, sehnige Körper in fliegender Balance. Jemand lässt BHZ aus einer Soundbox scheppern.

»Er ist mitten in Berlin gestorben«, sagt Ronny, immer noch in diesem getragenen Ton. »Hat sich geopfert für das deutsche Volk. Weißt du das überhaupt, wo der Führerbunker gewesen ist? Dort schlug das Herz Deutschlands in seinen dunkelsten Stunden.«

»Keine Ahnung«, sage ich, weil ich es nicht zugeben will. Ich kenne den Hitlerparkplatz, habe dort jahrelang Führungen für Touristen gemacht. Doch das geht Ronny nichts an, wie ich mein Geld verdient habe. »Wo der *Tresor* war? Leipziger Straße? Irgendwo hinterm Brandenburger Tor? Ist doch auch egal.«

»Du schämst dich nicht mal«, sagt er. »Ich mache dir keinen Vorwurf. Die Erinnerung daran ist bei den Deutschen ausgelöscht, und das ist politisch genau so gewollt. Achtzig Jahre Gehirnwäsche. Jahrein, jahraus gehen sie mit dem Kärcher durch Hirn und Seele des deutschen Volkes. Nichts ist geblieben vom Stolz der letzten Generationen, die ihm ewige Treue geschworen haben. Die gelobt haben, ihm zu folgen. Und was ist davon geblieben? Ein Parkplatz. Ein verdammter Parkplatz mit einem Altkleidercontainer. Da wirst du mich heute Abend finden.«

»Was redest du, Ronny«, sage ich. »Ich gehe heute Abend auf keinen Parkplatz. Und ich rate dir, aus der Stadt zu verschwinden, die werden dich finden.«

»Du musst heute Abend zum Brandenburger Tor kommen«, sagt er. »Schau auf das verdammte Smartphone.«

Dann dreht er sich um und läuft in das schmale Waldstück des Parks hinein.

24   Vor dem Brandenburger Tor, auf der Seite des Tiergartens, kampieren zwanzig, dreißig Obdachlose. Sie haben ihre Einkaufswagen und Rollkoffer zusammengeschoben und eine Plane aufgehängt. Ihre kleine Burg. Im Corona-Winter lagen sie in Schlafsäcken auf den Nebenstraßen überall in Berlin, die Matratze an die Hauswand geschmiegt, schliefen in Zelten am Ufer des Landwehrkanals. Man ließ sie in Ruhe. Jetzt sollen sie aus dem Stadtbild verschwinden, doch sie kommen immer wieder zurück.

Drüben auf dem Pariser Platz flanieren an diesem Abend Hunderte Touristen, die meisten in T-Shirts und kurzen Hosen, Tops und Sandalen. Straßenmusiker spielen *Yesterday* von den Beatles und andere Evergreens, Rikschafahrer warten auf Kundschaft, vor dem *Adlon* halten Taxen. Der Pariser Platz liegt im Schein der nostalgischen Lampen, die Innenseiten der Säulen des Tors sind dezent angestrahlt.

Um zwanzig nach neun fällt der erste Schuss. Einige Frauen schreien auf. Die meisten Leute glauben an einen Feuerwerkskörper, ich auch. Dann bricht ein lateinamerikanischer Familienvater zusammen, seine Kinder versuchen noch, ihn zu stützen, sein weißes Polo-Shirt färbt sich rot. Die Frau hält sich eine Hand vor den Mund, ihr Hut rutscht von ihren Schultern. Rasch bildet sich eine Gruppe von Leuten, die helfen wollen, um die Familie. Jemand telefoniert hektisch nach einem Krankenwagen, ein anderer ruft die Polizei.

Kaum zwei Minuten später peitscht der zweite Schuss über den Platz. Ein fieses, schnalzendes Geräusch, kein polnischer Böller. Kurz darauf der nächste. Die Menge rennt in heller Panik auseinander. Schreie und gellende Rufe nach Hilfe flirren über den Platz, dazwischen fallen bereits die nächsten Schüsse, jetzt in rascher Folge.

Ich schaue auf das Smartphone, das Ronny mir gegeben hat, und sehe die Szenerie des Platzes, live auf Facebook gestreamt. Der Blick kommt aus der Vogelperspektive, er wendet sich hin und her, den rennenden Menschen nach, worauf der nächste Schuss fällt. Und der nächste. Ich höre das Lachen des Schützen, die leise Stimme von Ronny. Seinen Atem. Er redet vor sich hin, ist kaum zu verstehen.

Ich rufe Romina an, habe ihre Nummer noch im Kopf.

»Ronny ist auf dem Brandenburger Tor«, sage ich. »Er schießt wahllos auf Leute. Und er streamt das auf Facebook.«

»Wo bist du?«, fragt sie.

»Ich bin hier«, sage ich, als der nächste Schuss fällt. Mein Körper krampft vor Schreck zusammen, keine Ahnung, wo man jetzt sicher wäre. Ein heftiger Impuls zu rennen, irgendwie zu flüchten, doch genau diese Leute, die quer über den Platz davonjagen, werden dann getroffen, sacken mitten im Lauf zusammen, schlagen auf das Pflaster auf.

»Ich stehe direkt im Brandenburger Tor. Er will, dass ich es mitkriege. Alle sind in Panik, er hat achtmal, neunmal geschossen.«

»Ich gebe das weiter«, sagt Romina. »Wir holen ihn da runter. Geh bloß weg. Geh weit weg.«

Polizeisirenen flammen auf, drei Wagen erreichen den Platz, weitere kommen Unter den Linden dazu. Der Pariser Platz wird in wenigen Minuten eingenommen, niemand schert sich um das Brandenburger Tor. Ich sehe, als ich zum Tiergarten hin verschwinden will, dass Ronny sich auf der Rückseite des Tores abseilt. Zwei Touristen filmen ihn dabei. Er trägt russische Camouflagekleidung, hat eine Waffe auf dem Rücken, eine Kamera auf seinem Käppi, braucht keine fünf Sekunden, um den Boden zu erreichen. Er rennt zwei Meter von mir entfernt die Ebertstraße hinunter in Richtung Holocaustmahnmal.

Mein Handy klingelt. »Was ist«, sagt Romina. »Rede mit mir. Wo ist er?«

»Er ist unten«, sage ich. »Wo bleibt ihr denn? Er läuft in Richtung Holocaustmahnmal, hat eine Maschinenpistole auf dem Rücken, vielleicht noch was in der Hand, kann ich nicht sehen.«

»Zum Holocaustdenkmal«, sagt sie. »Bitte nicht.«

»Du kannst es auf Facebook sehen«, sage ich. »Ich schick dir den Link.«

»Du kannst mir auf ein 3310 keinen Link schicken«, sagt Romina. »Ich gebe dir eine andere Nummer.«

Auf der Ebertstraße stauen sich die Autos, einige Fahrer halten, um zu erfahren, was los ist, wollen Bilder machen. Die hinter ihnen hupen, drängen. Eine Frau rennt an mir vorbei: »Tun Sie doch was!«

Ich laufe hinter Ronny her. Er ist im scharfen Trab unterwegs, nimmt die Maschinenpistole vom Rücken, als er auf das Gelände des Holocaustmahnmals einbiegt, um zwischen den grauen Quadern zu verschwinden.

Zwei Sicherheitsleute stürzen auf ihn zu, Ronny schießt sofort, noch im Lauf, sie taumeln zur Seite, fallen. Seine Gestalt wird kleiner, als er ins Feld der Stelen abtaucht, er rammt Kinder zur Seite, feuert zweimal ungezielt in den schmalen Durchgängen, die Leute retten sich auf die Steinblöcke. Dann ist er außer Sicht. Verschwunden. Aussichtslos, ihn dort unten zu finden, ich sehe nur die flickernden Bilder aus seiner Helmkamera, Stele um Stele gleitet vorbei. Seine nuschelnde Stimme: »Geil hier, im Herzen des Schuldkults … eine Sehenswürdigkeit weltweit … heute mal absolutes Biest sein … ihr werdet sehen … bleibt dran … lohnt sich.«

Ich folge ihm nicht in das Labyrinth der Abertausend Stelen, sondern erwarte ihn auf der Hannah-Arendt-Straße, denn ich weiß jetzt, wohin er eigentlich will.

Nach drei oder vier Minuten taucht er wieder auf, rennt jetzt weiter. Er ist auf dem Weg zum Hitlerparkplatz. Die Maschinenpistole hat er wieder auf dem Rücken. Hinter den Ministergärten heißt die Gegend, hier wohnte mal DDR-Prominenz in luxuriösen Plattenbauten, Katharina Witt, Parteibonzen der mittleren Ebene. Das ist lange her, einige leben noch jetzt als Rentner dort. Die Wohnzeile ist heruntergewirtschaftet. Eine Schranke trennt den Privatparkplatz von der Straße, an der Ecke befindet sich ein ockerfarbener Kasten der Altkleidersammlung, ein verlassener Spielplatz. Wer hier wohnt, hat keine kleinen Kinder, höchstens Enkel.

Unter dem Parkplatz hier befindet sich der ehemalige Führerbunker, in dem Hitler mit seinen Leuten in den letzten Kriegstagen ausharrte. Redet natürlich keiner drüber, doch alle wissen es. Eine heimliche Sehenswürdigkeit. Die Stadt Berlin will nichts damit zu tun haben, doch die Touristen lieben diesen Ort, gar nicht die Nazis, sondern die normalen Mainstreamtouristen mit dem Starbucks-Becher in der Hand. Vor sechs, sieben Jahren habe ich hier auch Führungen für Touristen gegeben, das war leicht verdientes Geld. Alle dreißig Minuten eine neue Gruppe, halb aufgedreht, halb ehrfürchtig. Amerikaner, Briten, Brasilianer, Argentinier, auch Japaner und Südkoreaner. Sie scharen sich um einen, wenn man mit dramatisch gesenkter Stimme die letzten Tage Hitlers im Führerbunker schildert. »Er bewegt sich langsam, seine linke Hand zittert stark. Er leidet unter Magenbeschwerden und starken Blähungen. Über der Stadt wüten die Luftangriffe. Er hofft auf Entsatz, brüllt seine Generäle an. Dann kommt niemand mehr durch. Hanna Reitsch will ihn ausfliegen, er lehnt ab. Am 29. April heiratet er Eva Braun. Am ersten Tag ihrer Ehe gibt er Eva die Giftampulle und erschießt sich selbst. Da liegt der Bunker bereits unter heftigem Artilleriebeschuss der Roten Armee. Seine Leiche wird von den Leibwächtern nach draußen geschleift. Von seinem Adjutanten Günsche mit Benzin übergossen und in Brand gesetzt. Wie auch die Leichname seiner beiden Hunde.« Ich konnte das damals auswendig, hatte acht bis zehn Führungen pro Tag. Mit Hitler lässt sich immer Kohle machen. Für die Touristen ist er einfach ein creepy Popstar wie Dracula in den Karpaten. Den Hitlerparkplatz nimmt man auf jeden Fall mit, wenn man sich Berlin anschaut.

Da will Ronny hin. Die Polizeisirenen werden schwächer, offenbar sammeln sich alle Kräfte am Pariser Platz, über den Stream höre ich Ronnys Keuchen beim Laufen, sein Lachen. Er labert vor sich hin, keine Ahnung, wie viele seiner Jungs ihn jetzt im Netz verfolgen, ihn feiern. »Ihr könnt mich alle mal. In uns wacht die weiße Wut. Ihr werdet mich niemals vergessen. Niemals. So säubern wir das Vaterland.«

In meinem Bauch ist die Boeing 747-400 wieder am Start, rollt langsam auf die Startbahn, bekommt die Freigabe vom Tower. Die Treibwerke glühen, zweihundertsiebzehntausend Liter Kerosin geladen, das wird reichen. Ich renne hinter ihm her, mir ist es egal, ob er mich bemerkt oder nicht, ich will ihn zur Strecke bringen. Killen. Irgendwie. Weiß nur noch nicht, wie. Mein Wutrausch fängt erst an. Ronny ist dreißig Meter vor mir und trotz der Waffen erheblich schneller, er hat über Wochen, Monate, vielleicht Jahre trainiert, sich auf diesen Moment vorbereitet. Die Urlauber weichen zur Seite, als er an ihnen vorbeisprintet, die meisten halten seinen Lauf mit Waffenausrüstung für eine Filmszene, machen Aufnahmen mit ihrem Handy. Immer was los in Berlin, einfach der Wahnsinn.

Auf dem Parkplatz hinter den Ministergärten steht die Luft. Ronny erreicht den Altkleidercontainer, der in der Sonne vor sich hin müffelt, kniet sich in einer flüssigen Bewegung hin, nimmt die Maschinenpistole vom Rücken, entsichert sie und feuert wahllos in die Touristengruppe. Die Menschen stieben in Panik auseinander, fallen getroffen hin, schreien, rappeln sich auf, rennen weiter, stürzen noch mal. Ich sehe die Bilder beim Rennen auf dem Facebook-Kanal und gleichzeitig in der Realität, nur zwanzig Schritte von mir entfernt, ich drücke Rominas Nummer.

»Er ist auf dem Hitlerparkplatz, schießt in die Menge, ich bin gleich bei ihm.«

Ehe sie etwas sagen kann, werfe ich das Handy weg und sprinte auf Ronnys Rücken zu, um ihn zur Seite zu rammen, von der tackernden Waffe zu trennen. Die Boeing 747-400 beschleunigt auf dreihundert Stundenkilometer, volle Triebwerksleistung. Die Luft brennt in meinen Lungen, ich höre meine Schuhe auf den Gehweg schlagen, schneller, schneller. Die Touristen schreien, rennen in Todesangst auf die Straße, Autos bremsen abrupt, hupen, die verletzten, blutenden Körper schlagen auf die Kühler und Windschutzscheiben, der Hintermann fährt mit voller Wucht auf den Mini vor ihm.

Als ich noch zehn Meter von ihm entfernt bin, legt Ronny seine Maschinenpistole weg, fasst mit soldatischer Ruhe in ein seitliches Fach des Altkleiderkastens, nimmt eine Wasserflasche heraus und schraubt sie auf.

Ich renne, was mein Körper hergibt.

Ronny schüttet sich die Flüssigkeit über den Kopf, seinen Körper, als wolle er duschen, er reckt die Arme hoch und ich sehe das Feuerzeug in seiner Hand, als ich nur noch fünf Meter von ihm entfernt bin. Höre geradezu das Kratzen des Zündsteins. Höre Ronnys heisere Stimme, als er ruft: »Wir müssen sterben, damit Deutschland leben kann.«

Eine Feuerwolke loht auf.

Abflug.

Ronny reißt den rechten Arm hoch zum Hitlergruß, als ich ihn erreiche und zu Boden ramme. Das Feuer umschließt uns beide. Ich rieche den scharfen Dunst des Brandbeschleunigers, mit dem seine Kampfmontur getränkt ist. Sie ist zu nass, um wirklich zu brennen. Dafür brennt seine Haut, in der Hitze schmirgeln die Haarreste in die Kopfhaut ein, die Augenbrauen, Lider, seine Nasenflügel schmelzen geradezu weg. Seine Augen blicken mich an, erst jetzt kapiert er, was er getan hat. Ich spüre noch keinen Schmerz, nur Wut und Verzweiflung, doch ich weiß, der Schmerz wird bald und unerbittlich kommen, als ich mich zur Seite wälze, die Flammen meines Shirts auszulöschen versuche.

Um uns herum das grelle Schreien der Frauen, in Panik brüllende Männer. Sie schütten hilflos Wasser aus ihren Trinkflaschen auf uns. Ronny versucht, sich hochzurappeln, aufzustehen, er langt nach seiner Maschinenpistole, will mit einer Waffe in der erhobenen Hand sterben, ein Vorbild sein für seine Jungs, unsterblich werden mit diesem Schlussbild.

Doch stattdessen beginnt er zu schreien. Er krümmt

sich in der Wucht der Flammen, eine lohende Fackel, eine kreischende Fackel, die drei Schritte läuft, unsicher wankend, die Menge weicht vor ihm zur Seite. Er dreht um, stößt blindlings gegen den Altkleiderkasten, ruft nach seiner Mutter.

»Mutti … mein … Führer … Deutsch …«

Ich rolle mich zusammen, will nichts mehr sehen. Jemand legt mir eine Decke über und schlägt darauf, um die Flammen zu ersticken. Unter der Decke höre ich die schrillen Rufe der Frauen und die gellenden Schreie von Ronny.

»Führer … Mutti …«

In diesem Moment setzen die Schmerzen ein, sie brennen sich durch meinen Körper hindurch, dass ich auffahren will, mich herausschälen aus meinem Leib, um dem Schmerz zu entgehen. Doch ich bleibe, auch wenn die Schmerzen eskalieren. Meine Hände fühlen sich an, als hätten sie glühende Kohlen gepackt und könnten sie nicht fallen lassen. Meine Brust lodert von innen, als hätte ich Feuer geschluckt und könnte es nie wieder löschen.

Ronnys Schreie werden leiser, er wimmert jetzt nur noch, ein sterbendes Tier. Ein Tier, das sich im Sterben nur noch quält. Sirenen von Rettungswagen, Polizei peitschen auf, die Menschenmenge antwortet, als sie näher kommen und anhalten, ich höre Männerschritte, scharfe Rufe.

»Hier liegt noch einer.«

»Fasst den nicht an, das machen wir.«

Die Decke über mir wird vorsichtig weggehoben, zwei Sanitäter, junge Burschen, schauen mich an.

Der eine sagt: »Ach du Scheiße.«

»Tut mir leid«, sagt der andere zu mir, als er seinen Mageninhalt über meine Jeans kotzt.

»Mensch, pass doch auf«, sagt sein Kollege. »Ist doch eklig.«

Sie geben mir eine Spritze, nach endlosen Sekunden verebbt der Schmerz. Ich sehe Ronnys Augen vor mir, als ich langsam in einem schwarzen Ozean versinke, Ronnys Augen, die verstanden haben. Dann schaut Marla mich an, als ich weiter in die Tiefen des Ozeans der Schmerzlosigkeit hinabgleite, Marla mit ihrem kühlen Lächeln. Romina, die ihren BH-Träger richtet und mich dabei von der Seite anschaut, mein Vater mit seinem müden Blick, als er die Tür vor mir zuschlägt, ein für alle Mal.

Gott ist groß, dass er einen Ozean der Schmerzlosigkeit geschaffen hat. Er hält den Ozean in seinen Händen, ich tauche hinein und mache endlich meine Augen zu.

25 Mitte März mittlerweile, es regnet immer noch, den ganzen Herbst und Winter hindurch hat es geregnet. Ich habe den endlosen Regen über dem Wuhletal gesehen, als ich im Unfallkrankenhaus lag, im Zentrum für Schwerbrandverletzte, drei Monate lang. Ein Loop von immer wieder neuen Transplantationen, gemeshte Eigenhaut und Kulturhaut, Verbandswechsel, Schmerzmittel, Regen vor dem Fenster.

»Wir kriegen das wieder hin«, sagten die Ärzte. »Dauert aber.«

Sie haben es hingekriegt. Gut sieht es nicht aus, doch ich bin wieder draußen.

Der Asphalt der Potsdamer Straße schimmert vor Nässe, die Autos pflügen durch Pfützen. Zehn Grad tagsüber, die Leute laufen noch in Anoraks herum. Ich fahre am *Deli* vorbei, muss vor der Ampel halten und sehe, dass der Laden wieder voll ist, die Leute drängen sich vor der Kasse, an den kleinen Tischen, die Scheiben sind beschlagen von ihrem Atem. Draußen unter der Markise sitzen die Raucher und die *Deli*-Mädchen, die einen Tisch für sich gepachtet haben, an dem sie nach der Schicht sitzen können, um zu quatschen und zu rauchen. Sie wollen nicht nach Hause gehen, das wollten sie noch nie. Marla ist nicht mehr dabei. Die *Deli*-Mädchen schauen zwar herüber, wenn sie die Straße scannen, doch sie sehen mich nicht. Sie sehen einen Lieferando-Fahrer mit grellorangenem Regencape und dem quadratischen Kasten der Thermobox auf dem Rücken, sie sehen einen Paria mit Buckel.

Im Wettbüro gegenüber sitzt Dmitri der Locher hinter den Scheiben und macht wie eh und je Löcher in die alten Wettscheine. Auf den Bildschirmen flirrt ein Tor von Lewandowski in Superslomo, die Saison ist längst entschieden, doch sie hören nicht auf zu spielen, die Champions League kommt jetzt erst in die interessante Phase, die Ampel springt um, ich muss weiter. Nehme die Busspur, vorbei an Harbs Feinkost aus dem Libanon, an den *Acne Studios* und der Joseph-Roth-Diele, über die Lützow hinweg und dann die kleine Anhöhe hinauf zur Potsdamer Brücke. Die Haut spannt noch, wenn es kalt ist, die Narben ziehen, das geht vorbei, haben die Ärzte gesagt.

Hinten in der Frobenstraße liegt immer noch mein altes Daddel-Paradies, die verwahrloste Spielhalle mit den verklebten Fenstern, vermutlich steht Dragana immer noch am Tresen und scrollt mit ihren langen Fingernägeln auf ihrem Smartphone. An den Automaten sitzen die Zocker und starren auf die springenden Zahlen, Anker, Herzen. Die Spiele laufen jetzt noch schneller ab als früher, es gibt keine Atempause mehr. Die Zocker hoffen längst nicht mehr auf Gewinne, sie sind weise geworden, duldsam. Wenn sie was gewinnen, stecken sie es gleich wieder in die Maschine, damit das Rad sich weiterdreht, die Karten neu gemischt und ausgeteilt werden. Ich bin seit fünf Monaten nicht mehr da gewesen, schaue nicht mal hin, wenn ich jetzt zufällig vorbeifahre, sondern trete in die Pedale, um den Jieper hinter mir zu lassen, die Fanfare beim Jackpot habe ich immer noch im Ohr. Den Zigarettenrauch, den Geruch nach Kaffee und abgeranztem Teppichboden habe ich immer in der Nase. Habe immer noch Schweißausbrüche, feuchte Hände und einen trockenen Mund, wenn ich die Spielotheken sehe in der Müllerstraße und oben am Gesundbrunnen mit ihren abweisenden Schaufenstern. Der Tag wird kommen, an dem ich nicht mehr vorbeifahre. Die Stunde wird kommen, in der ich nachgebe und anhalte und absteige. Ich werde das Rad abschließen, den Kasten mit dem Essen mit reinnehmen. Der Kunde wird lange auf sein bestelltes *Bun Bo Nam Bo* warten müssen, wird hektisch anrufen, mich nicht erreichen, beim Dispatcher anrufen und sich beschweren, soll er doch.

Diesen Moment, in dem ich die Tür zur Spielhalle aufdrücke, sehne ich herbei. Dann ist es entschieden. Die nächsten Schritte kenne ich auswendig, eine logische und organische Abfolge: Geld wechseln, den besten Automaten aussuchen, die Thermobox mit dem Essen ablegen, das Spiel starten, in die Zone gleiten. *Book of Ra*, *Razor Shark*, *Video Poker* – mir egal. Vielleicht gehe ich in eine der Spielhallen in der Turmstraße oben in Moabit, wo niemand mich kennt. In eines der Wettbüros auf der Hermannstraße in Neukölln, wo jetzt die afrikanischen Dealer zocken, wenn sie nach einem langen Arbeitstag aus der Hasenheide kommen. Wo soll man auch sonst hingehen, wenn es ständig regnet?

Doch ich fahre weiter, die Ampel springt auf Grün, muss mich beeilen, der Rucksack mit der Thermobox sitzt schief, hoffentlich läuft da jetzt keine Soße aus. In zwei Minuten über den Potsdamer Platz, dann rechts in die Köthener Straße rein, die Hausnummer finden, dann den Namen auf dem Klingelbrett suchen, gegen die Tür lehnen, wenn der Summer kommt, dritter Stock, kein Fahrstuhl. Mein Regencape ist klatschnass und tropft das Treppenhaus voll.

»Hat ja ewig gedauert, hoffentlich ist das nicht total kalt«, sagt die Frau oben an der Tür, sie hält die Hand mit der Zigarette hinter ihren Rücken, damit ich den Rauch nicht mitkriege. Oft erschrecken die Kunden, wenn sie mein Gesicht sehen, doch sie zeigen es nicht. Das immerhin war geil an der Corona-Zeit, dass man sein Gesicht nicht jedem zeigen musste. Wenn ich jetzt einen Mundnasenschutz tragen will, halten sie mich für gestört.

»Kannste mir das nicht schnell reintragen, wie soll ich das alles nehmen?«, fragt die Raucherin.

Ich trage ihr das Essen rein, stelle es auf den Tisch neben ihren Laptop und die alte Kaffeetasse und einen Nagellackentferner, stapele Styroporbox auf Styroporbox, aus der letzten suppt es raus, nur schnell raus hier, ihr Freund kommt vom Klo, zieht sich die Hose hoch.

»Das hat ja ewig gedauert, wir wollten schon anrufen. Musst du hier mit deinen nassen Botten den Fußboden vollsauen?«

Die Frau drückt mir achtzig Cent Trinkgeld in die Hand, ich tappe mit meinen durchweichten Schuhen wieder runter, schließe das Fahrradschloss auf, der nächste Auftrag ist schon da, oben im Wedding. Ich fahre überall. Schwinge mich aufs Rad, der Regen ist mir so was von egal, ich bin frei und jeder Tag zählt.

Ich liebe diesen Job, auch wenn er mein Fahrrad und mein Handy auffrisst, auch wenn ich bei jedem Bordstein fürchten muss, dass die Ladung auf meinem Rücken verrutscht und die Zitronengrassuppe ausläuft. Trotzdem fahre ich den Bordstein hoch und runter, wir müssen auf dem Bürgersteig fahren und über jede rote Ampel, sonst kommen wir nicht schnell genug hin, der Dispatcher kontrolliert die Zeiten. Unten klingeln, im Treppenhaus vier Stockwerke hoch, Essen abstellen, Treppen wieder runter, mach das mal in zwanzig Sekunden. Es gibt Pakistanis, die das können, die sind klein und drahtig und haben den Biss, den es braucht, und die Dispatcher sagen, wenn die das können, wieso kannst du das nicht.

Im zweiten Hinterhof nach der Start-up-Firma fragen, bei der alle was anderes bestellt haben, und wenn du die Klitsche endlich gefunden hast, dann ist da keiner mehr. Nur der Kickertisch steht geduldig wie ein Pony im riesigen Loft. Ich komme in fünf Minuten noch mal wieder, telefoniere mit dem Dispatcher, wo sie denn sind, keine Ahnung, vielleicht ein Meeting. Kommt vor. Bezahlt haben sie ja. Eigentlich müssen wir das Essen wegschmeißen, doch ich habe den ganzen Tag noch nichts gegessen und setze mich hin und esse alles auf, den Veggie-Burger, den Algensalat, die Rote-Bete-Chips, schlürfe die japanische Nudelsuppe.

Irgendwann werden sie mich finden, Zef oder Gizem

oder wer sonst von Krasniqis Männern, aber das macht nichts. Ich bin schnell, wenn ich auf den Straßen unterwegs bin und das Essen ausliefere, nachts sitze ich in unserer Butze in Oberschöneweide, Kottmeierstraße, Hinterhaus dritte Stiege. Irgendwann werden sie mich an einer Kreuzung erkennen, wenn ich vor der Ampel stehe und grad einen neuen Auftrag bekommen habe. Was sollen sie dann tun, mich von der Straße rammen? Vorfahren zur nächsten Ampel und mit dem Quarzer auf mich warten? Oder sie sind schlau und kämmen die Spielhallen durch, es gibt ja nicht mehr viele, vielleicht noch hundert. Irgendwann werde ich in einer sitzen und Zef wird seinen Arm um meine Schultern legen: »Tom, wo hast du gesteckt, ich habe dich gesucht.«

Vielleicht erkennen sie mich überhaupt nicht mehr. Marla hat mich im Krankenhaus besucht, in den ersten Wochen, als ich noch schlimm aussah, wirklich schlimm, das wusste ich selbst, die Augenbrauen und Schläfen völlig verschorft, die Gesichtszüge durch die Narben verzerrt. Freddy Krueger hat besser ausgesehen. Marla schaute mich an und lief weinend aus dem Zimmer. Ich habe sie nicht wiedergesehen seitdem. Manchmal, wenn ich nicht einschlafen kann, gehe ich auf ihren YouTube-Kanal, als einer von ihren dreitausend Followern, die ihrer gehauchten Stimme lauschen. Man sieht ihr Gesicht als Close-up, die Lippen, ihre Grübchen, wenn sie lächelt, und ich weiß, sie lächelt nicht für mich.

Max Kallatzky jedenfalls hat mich nicht erkannt, als ich ihm einmal Essen gebracht habe. Er lebt ganz bescheiden: Lichterfelde, Seitenstraße, Kopfsteinpflaster, Einfamilienhaus aus den Sechzigerjahren, sein Dacia Duster Prestige vor der Garage. Bei der Wahl im Oktober hat er einen Platz im Bundestag gekriegt. An jenem Abend hatte Kallatzky was Indisches bestellt, Lamm Malabari Masala, stand in Hosenträgern und Pantoffeln in der Tür, als ich die Lieferung brachte. Trinkgeld gab es bei ihm nicht, Dankeschön auch nicht. Ich habe ihn nicht nach Ronny und Henne gefragt, doch seine Adresse habe ich mir gemerkt.

Mein Vater hat sich nicht blicken lassen, als ich im Krankenhaus lag, und ich respektiere seinen Wunsch, ihn nicht mehr in Fennpfuhl zu besuchen. Einmal sah ich ihn zufällig an der Storkower Straße, als ich dort eine Tour hatte, er ging einkaufen, beige Windjacke, Sandalen mit weißen Socken, eine Hand auf den Rücken gelegt, er bemerkte mich nicht. Gelegentlich höre ich von Romina, wie es ihm geht. Die beiden verstehen sich gut. Sie trifft ihn auf einen Kaffee in *Plötners Destille* am Anton-Saefkow-Platz, um mit ihm über schwierige Ermittlungen zu reden.

»Er ist gut«, sagt Romina. »Handwerklich ist er tipptopp, besser als alle meine Kollegen. Er hat den Blick fürs Detail, für die Nuance. Stellt die entscheidenden Fragen. Männliche Intuition, ich glaub ja nicht dran, doch bei ihm ist das eine krasse Gabe. Wenn du mich fragst, ist das eine Schande, dass sie ihn rausgeworfen haben, nur weil er bei der Stasi war.«

»Er war nicht bei der Stasi«, sage ich zum zehnten Mal. »Sie haben ihn sich nur ausgeliehen, weil seine Zeichnungen so geil waren, er musste es machen. Und dann hat er es bei der Stasi-Überprüfung bei der Übernahme der Volkspolizei nicht angegeben, weil es ihm peinlich war. Oder er wurde von einem Kameradschaftsgericht der alten Führungskader wegen Nichteignung aussortiert, weil sie ihn los sein wollten, keine Ahnung.«

»Whatever«, sagt Romina und zieht sich unter der Bettdecke die Schlafanzughose aus. »Komm endlich.«

Und ich lege mich zu ihr ins Bett. Das ist der Deal. Als ich aus dem Krankenhaus kam, hatte ich keine Wohnung mehr. David hatte mein WG-Zimmer vermietet, die Sachen in den Keller gestellt. »Wusste ja nicht, ob du noch mal wiederkommst«, sagte er, als ich sie abholen kam. »Woher sollte ich das wissen?« Seine Geschäfte laufen weiterhin ungestört. Ich habe niemals ein Wort über ihn verloren bei allen Vernehmungen. Auch wenn er ein Arsch ist, ich bin keine Snitch. Sein Job ist systemrelevant. Die Jungtouristen kommen nach Berlin, um sich hier ordentlich die Kante zu geben, und wenn David seinen Job aufgibt, bleiben sie weg, und dann geht die ganze Stadt den Bach runter.

Ich bin aus dem Business raus, vermiete nicht mehr. Mein Vater verwaltet die übrigen Wohnungen in Fennpfuhl, Hellersdorf, Kreuzberg und im Wedding jetzt selbst. Verdient gut damit. Hat Romina mir später erzählt, ich wurde nicht gefragt. Ich fand nichts, als ich aus dem Unfallkrankenhaus kam, fand absolut keine Bleibe in der ganzen Stadt, bis Romina sagte, ich könne bei ihr einziehen. Kottmeierstraße, Oberschweineöde, außerhalb des S-Bahn-Rings.

»Und du musst auch was dafür tun, dass du hier leben darfst«, sagt sie. »Ein kleines Stückchen Fleisch ist besser als eine Schüssel voll Kohl, hat meine Mutter immer gesagt. Wenn ich von der Arbeit komme, nach acht oder zehn oder zwölf Stunden mit diesen jungen, durchtrainierten Polizeibeamten, dann habe ich Bedürfnisse. Dann will ich nicht mehr reden. Nur dass das klar ist, wenn du zu mir ziehst. Nach Feierabend möchte ich mich nicht zurückhalten müssen.«

Muss sie nicht. Wenn sie nach der Arbeit nach Hause kommt, dann tun wir, was getan werden muss. Ausgiebig. Ich liebe ihre glatte braune Haut, ihren Geruch, ihr schwarzes Haar, ihre Hitze. Sie murmelt dunkle Romani-Worte, wenn sie kommt, auch wenn sie das danach nie zugeben will.

Ich werde niemals aufhören, mit ihr zu schlafen. Niemals aufhören, Kaffee zu trinken, Zigaretten zu rauchen, mit dem Rad durch die Stadt zu fahren und abends um sechs ein Wettelsheimer Helles im »Erika und Hilde« zu trinken. Dann geht es weiter. Die nächste Bestellung ist da, manchmal nur zwei Häuser weiter, die Leute sind zu faul, um nach unten zu gehen und sich das Essen zu holen. Ich bin der Laufbursche, ich trage es ihnen hoch. Ich bringe es ihnen, auch wenn sie in Hermsdorf wohnen oder Alt-Marienfelde. Der Verkehr rauscht unaufhörlich durch die Stadt, wird von Woche zu Woche dichter und hektischer, und ich bin mittendrin.

Wir alle machen weiter. *Der Gerät wird nie müde. Der Gerät schläft nie ein.* David hört nicht auf zu dealen. Gras, Koks, Speed, Lachgas, Ketamin, Mushrooms, Tilidin, musst nur sagen, was du brauchst und wohin er es dir bringen soll. Mein Vater, sagt Romina, hört nicht auf, an seinen Zeichnungen zu arbeiten. Die *Deli*-Frauen hören nicht auf, den besten Kaffee der Stadt zu machen, willst du Zucker in deinen Americano, Hafermilch in deinen Cappuccino? »Damit können wir Sektion II noch anfetten«, sagt ein Kunde in der Wildlederjacke von *Acne Studios* zu seinem Kollegen beim Warten. »Keine Ahnung, was der Kunde will, and at this point I'm too afraid to ask.«

Max Kallatzky hört nicht auf zu kämpfen. Gegen Moslems, gegen die Zwangsgebühren und die Zwangsimpfungen, gegen die engen Meinungskorridore, gegen Dunja Hayali, Sawsan Chebli, Volker Beck, die Grünen, die Linken, die Sozen, die Feministinnen, Greta Thunberg und die Schulschwänzer und Klimalügner, die Schwulen und die Schneeflocken. Gegen Berlin, die Kriminalitätshochburg, den Schandfleck Deutschlands. Was er gut findet, ist die U-Bahn in Pjöngjang, die ist sauber, da wird nicht gebettelt. Da müssen wir hinkommen.

Ronny hört auch nicht auf, er ist Märtyrer geworden in seinen Kreisen. Seit seinem Feuertod wird ein regelrechter Kult um ihn betrieben, sein Grab wurde zur Pilgerstätte mit monatlicher Gedenkstunde, sodass die Friedhofsverwaltung ihn umbetten musste. Seine Freunde draußen im Lande sind schon einen Schritt weiter, sie rüsten sich für den Marsch auf Berlin, sie sammeln sich für den Tag X. *Das Volk steht auf, der Sturm bricht los, wer legt noch die Hände feig in den Schoß?* In Mecklenburg haben sie 24 000 Schuss Munition gehortet, 187 000 Schuss in Hessen, jedenfalls ist das ermittelt worden, und was sie in Niedersachsen, Bayern, Sachsen gebunkert haben, das weiß niemand außer ihnen. Außerdem Sprengstoff, Waffen, Blendgranaten, sie wappnen sich für ihren Rassenkrieg, verabreden sich für den Erstschlag, Elitesoldaten, Reservisten, rechte Burschenschaftler, kampfbereite Reichsbürger, ungeimpfte Querdenker, Männer aus der Sicherheitsbranche, Elitepolizisten, austrainierte Jungs aus dem Mobilen Einsatzkommando, Schießtrainer, Hundeführer, Präzisionsschützen, Kampfschwimmer. Sie bereiten sich auf die Machtübernahme vor, auf die Ausschaltung der Volksfeinde, die Listen sind längst geschrieben, der Löschkalk, um die Leichen unkenntlich zu machen, ist bereits vorrätig.

»So ein Quatsch«, sage ich und lege mich neben sie, »das ist bloß heiße Luft, das geht eh nicht.«

»Und ob das geht«, sagt Romina, während sie meine Hose öffnet. »Die wissen genau, was sie tun. Ein achtzig Kilogramm schwerer Mann besteht neben rund vierzig Kilo Wasser aus vierundzwanzig Kilo Fett, zwölf Kilo Proteinen und vier Kilogramm Knochen. Das ist alles löslich. Mal abgesehen von Nierensteinen und Zahnimplantaten, aber wir wollen ja nicht päpstlicher sein als der Papst. Das haben wir schon alles gehabt. Wenn die ihre Listen abarbeiten, wird das zwar von der Masse her problematisch, die haben Tausende angebliche Volksverräter auf ihren Listen stehen, aber da finden die Jungs sicher eine Lösung. Wo gehobelt wird, fallen Späne. Isso. Leute wie Ronny sind nur die Vorhut. Testläufe. Du weißt das eigentlich selbst, Burnie, du willst das bloß nicht sehen.«

»Nenn mich nicht so«, sage ich.

Romina lacht. »Ich mag dich«, sagt sie. »Ich mag dich so, wie du bist.«

Die Sirenen der Rettungswagen, Feuerwehr, Polizei nachts auf der Petersburger, auf der Schönhauser, auf der Skalitzer, auf der Sonnenallee hören nicht auf. Corona hört auch nicht auf, doch das macht nichts. Marla hört nicht auf, in meinem Kopf zu flüstern. Dmitri der Locher hört nicht auf, in der *Arena* die weggeworfenen Wettscheine zu lochen. Dragana hört nicht auf, auf ihrem Handy zu scrollen, vielleicht findet sie eines Tages die Nachricht, auf die sie seit Jahren wartet. Der Durchgangsverkehr auf der Potsdamer hört nicht auf. Snake hört nicht auf, wenn du nicht aufgibst.

»Du verlierst nicht«, sagt Romina. »Du fängst einfach wieder von vorn an. Komm jetzt.«

DANK

Für Anregungen, Kritik, Informationen, Unterstützung und Begleitung danke ich: Thomas Wörtche, Sabine Kalff, Melchior Groschupf, Finn Klein, Michaela Klein, Pauline Klein, Wiebke Eden, Finn Witte, Peter Sura, Susann Sitzler, Julia Ritter, David Schwertgen, Matthias Pils, Ronnie Nauen vom *Café Beispiellos*, Kerstin Thomas von *Stadt und Land*, Gerd Pyka, Claudia Denker, Stefan Schomann, Klaus Schubert und Kollegin, Marianne Laufenberg, BHZ, *Book of Bott* vom Korbinian-Verlag, Duran Kabkyer, Andy Hahnemann, Christine Knoll und Ralf Amos vom *Erika und Hilde*.